Über dieses Buch

In den Erzählungen und Novellen entfaltet sich Stefan Zweigs poetisches Talent am überzeugendsten. Getrieben von »einer fast schmerzhaften Lebensneugier«, zogen ihn immer wieder die Schicksale von Menschen magisch an, deren Absonderlichkeit er mit einem geheimen Ahnungsvermögen, geschärft durch den an Sigmund Freud geschulten Blick des Psychologen, sofort zu spüren schien. Eine besondere Vorliebe des Autors gilt, mit der Titelgeschichte dieses Bandes, jener ›Verwirrung der Gefühle‹, die einen Menschen hilf- und rettungslos einer Leidenschaft ausliefert.

Da ist der junge Student, der nicht ahnt, in welche Qualen seine enthusiastische Verehrung den angebeteten Professor stürzt, bis es unausweichlich zur Katastrophe kommt (›Verwirrung der Gefühle‹). – Ein scheuer, unterentwickelter Junge von zwölf Jahren macht die schmerzvolle Erfahrung, daß seine Freundschaft von dem lebenslustigen Baron mißbraucht wird, um die schöne Mutter zu verführen (›Brennendes Geheimnis‹). – Ein einsamer Arzt in den Tropen verfällt einer Leidenschaft zu einer weißen Frau, die seine Hilfe sucht. Durch ihre kühle Unnahbarkeit aufs Äußerste gereizt, beleidigt er sie und hetzt sie damit in die Hände einer Kurpfuscherin (›Der Amokläufer‹). – Ganz anders die ergreifende Geschichte von einem russischen Kriegsgefangenen im Ersten Weltkrieg, der Selbstmord verübt, weil ihm der Weg in die Heimat versperrt ist (›Episode am Genfer See‹). – Gern erzählt Zweig auch von Sammlernaturen, jenen kautzigen Außenseitern der Gesellschaft, die von ihrer Umwelt fast nie verstanden und meist verlacht werden. Ein blinder Kriegsinvalide will voll Begeisterung seine in jahrzehntelanger Sammeltätigkeit zusammengetragenen kostbaren alten Zeichnungen und Stiche vorführen, ohne zu ahnen, daß er dem erschütterten Gast nur leere Blätter vorweist, da seine Frau und seine Tochter die herrlichen Originale während der Inflationsjahre verkaufen mußten (›Die unsichtbare Sammlung‹).

Der Autor

Stefan Zweig wurde am 28. November 1881 in Wien geboren, lebte von 1919 bis 1935 in Salzburg, emigrierte dann nach England und 1940 nach Brasilien. Früh als Übersetzer Verlaines, Baudelaires und vor allem Verhaerens hervorgetreten, veröffentlichte er 1901 seine ersten Gedichte unter dem Titel ›Silberne Saiten‹. Sein episches Werk machte ihn ebenso berühmt wie seine historischen Miniaturen und die biographischen Arbeiten. 1944 erschienen seine Erinnerungen, das von einer vergangenen Zeit erzählende Werk ›Die Welt von Gestern‹. Im Februar 1942 schied er in Petropolis, Brasilien, freiwillig aus dem Leben.

Im Fischer Taschenbuch Verlag sind ferner erschienen: ›Phantastische Nacht‹, Vier Erzählungen (Bd. 45), ›Sternstunden der Menschheit‹ (Bd. 595), ›Die Welt von Gestern‹ (Bd. 1152), ›Schachnovelle‹ (Bd. 1522), ›Ungeduld des Herzens‹ (Bd. 1679), ›Maria Stuart‹ (Bd. 1714), ›Magellan‹ (Bd. 1830), ›Joseph Fouché‹ (Bd. 1915), ›Balzac. Eine Biographie‹ (Bd. 2183), ›Marie Antoinette‹ (Bd. 2220).

STEFAN ZWEIG

VERWIRRUNG DER GEFÜHLE

und andere Erzählungen

FISCHER TASCHENBUCH VERLAG

Diese Erzählungen sind dem Band ›Meisternovellen‹,
erschienen im S. Fischer Verlag, Frankfurt am Main, 1970,
entnommen

Fischer Taschenbuch Verlag
1.–17. Tausend April 1979
18.–25. Tausend November 1979
26.–35. Tausend August 1980
Ausgewählte Ausgabe
Umschlagentwurf: Jan Buchholz / Reni Hinsch
Fischer Taschenbuch Verlag GmbH, Frankfurt am Main
Lizenzausgabe mit freundlicher Genehmigung des
S. Fischer Verlags GmbH, Frankfurt am Main

Gesamtherstellung: Hanseatische Druckanstalt GmbH, Hamburg
Printed in Germany
580-ISBN-3-596-22129-3

INHALT

BRENNENDES GEHEIMNIS

Der Partner

Die Lokomotive schrie heiser auf: der Semmering war erreicht. Eine Minute rasteten die schwarzen Wagen im silbrigen Licht der Höhe, warfen ein paar bunte Menschen aus, schluckten andere ein, Stimmen gingen geärgert hin und her, dann quäkte vorne wieder die heisere Maschine und riß die schwarze Kette rasselnd in die Höhle des Tunnels hinab. Rein ausgespannt, mit klaren, vom nassen Wind hellgefegten Hintergründen lag wieder die hingebreitete Landschaft.

Einer der Angekommenen, jung, durch gute Kleidung und eine natürliche Elastizität des Schrittes sympathisch auffallend, nahm den andern rasch voraus einen Fiaker zum Hotel. Ohne Hast trappten die Pferde den ansteigenden Weg. Es lag Frühling in der Luft. Jene weißen, unruhigen Wolken flatterten am Himmel, die nur der Mai und der Juni hat, jene weißen, selbst noch jungen und flatterigen Gesellen, die spielend über die blaue Bahn rennen, um sich plötzlich hinter hohen Bergen zu verstecken, die sich umarmen und fliehen, sich bald wie Taschentücher zerknüllen, bald in Streifen zerfasern und schließlich im Schabernack den Bergen weiße Mützen aufsetzen. Unruhe war auch oben im Wind, der die mageren, noch vom Regen feuchten Bäume so unbändig schüttelte, daß sie leise in den Gelenken krachten und tausend Tropfen wie Funken von sich wegsprühten. Manchmal schien auch Duft von Schnee kühl aus den Bergen herüberzukommen, dann spürte man im Atem etwas, das süß und scharf war zugleich. Alles in Luft und Erde verriet Bewegung und gärende Ungeduld. Leise schnaubend liefen die Pferde den jetzt niedersteigenden Weg, die Schellen klirrten ihnen weit voraus.

Im Hotel war der erste Weg des jungen Mannes zu der Liste der anwesenden Gäste, die er – bald enttäuscht – durchflog. ›Wozu bin ich eigentlich hier‹, begann es unruhig in ihm zu fragen. ›Allein hier auf dem Berg zu sein, ohne Gesellschaft, ist ärger noch als das Bureau. Offenbar bin ich zu früh gekommen oder zu spät. Ich habe nie Glück mit meinem Urlaub. Keinen einzigen bekannten

Namen unter all den Leuten. Wenn wenigstens ein paar Frauen da wären, irgendein kleiner, im Notfall sogar argloser Flirt, um diese Woche nicht gar zu trostlos zu verbringen.‹ Der junge Mann, ein Baron von nicht sehr klangvollem österreichischen Beamtenadel, in der Statthalterei angestellt, hatte sich diesen kleinen Urlaub ohne jegliches Bedürfnis genommen, eigentlich nur, weil sich all seine Kollegen eine Frühjahrswoche durchgesetzt hatten und er die seine dem Staate nicht schenken wollte. Er war, obwohl innerer Befähigung nicht entbehrend, eine durchaus gesellschaftliche Natur und als solche beliebt, in allen Kreisen gern gesehen und sich seiner Unfähigkeit zur Einsamkeit voll bewußt. In ihm war keine Neigung, sich selber allein gegenüberzustehen, und er vermied möglichst diese Begegnungen, weil er intimere Bekanntschaft mit sich selbst gar nicht wollte. Er wußte, daß er die Reibfläche von Menschen brauchte, um all seine Talente, die Wärme und den Übermut seines Herzens aufflammen zu lassen, und er allein frostig und sich selber nutzlos war wie ein Zündholz in der Schachtel.

Verstimmt ging er in der leeren Hall auf und ab, bald unschlüssig in den Zeitungen blätternd, bald wieder im Musikzimmer am Klavier einen Walzer antastend, bei dem ihm aber der Rhythmus nicht recht in die Finger sprang. Schließlich setzte er sich verdrossen hin, sah hinaus, wie das Dunkel langsam niederfiel, der Nebel als Dampf grau aus den Fichten brach. Eine Stunde zerbröselte er so nutzlos und nervös. Dann flüchtete er in den Speisesaal.

Dort waren erst ein paar Tische besetzt, die er alle mit eiligem Blick überflog. Vergeblich! Keine Bekannten, nur dort – er gab lässig einen Gruß zurück – ein Trainer, den er vom Rennplatz kannte, dort wieder ein Gesicht von der Ringstraße her, sonst nichts. Keine Frau, nichts, was ein auch flüchtiges Abenteuer versprach. Sein Mißmut wurde ungeduldiger. Er war einer jener jungen Menschen, deren hübschem Gesicht viel geglückt ist und in denen nun beständig alles für eine neue Begegnung, ein neues Erlebnis bereit ist, die immer gespannt sind, sich ins Unbekannte eines Abenteuers zu schnellen, die nichts überrascht, weil sie alles lauernd berechnet haben, die nichts Erotisches übersehen, weil schon ihr erster Blick jeder Frau in das Sinnliche greift, prüfend und ohne Unterschied, ob es die Gattin ihres Freundes ist oder das Stubenmädchen, das die Türe zu ihr öffnet. Wenn man solche Menschen mit einer gewissen leichtfertigen Verächtlichkeit Frauenjäger nennt, so geschieht es, ohne zu wissen, wieviel beobachtende Wahrheit in dem Worte versteinert ist, denn tatsächlich, alle leidenschaftlichen Instinkte der Jagd, das Aufspüren, die Erregtheit und die seelische Grausamkeit flackern in solchen Menschen. Sie leben beständig auf dem Anstand, immer bereit und entschlossen, die Spur eines Abenteuers bis hart an den Abgrund zu verfolgen. Sie sind immer geladen mit Leidenschaft, aber nicht jener edleren des Liebenden, sondern der des Spielers, der kalten, berechnenden und gefährlichen. Es gibt unter ihnen Beharrliche, denen weit über die Jugend hinaus das ganze Leben schon allein durch diese Erwartung zum ewigen Abenteuer wird, denen sich der einzelne Tag in hundert kleine, sinnliche Erlebnisse auflöst – ein Blick im Vorübergehen, ein weghuschendes Lächeln, ein im Gegenübersitzen gestreiftes Knie – und das Jahr wieder in hundert solche Tage, für die das sinnliche Erlebnis ewig fließende, nährende und anfeuernde Quelle des Lebens ist.

Hier waren keine Partner zu einem Spiele, das übersah der Suchende sofort. Und keine Gereiztheit ist ärgerlicher als die des Spielers, der mit den Karten in der Hand im Bewußtsein seiner Überlegenheit vor dem grünen Tisch sitzt und vergeblich den Partner erwartet. Der Baron rief nach einer Zeitung. Mürrisch ließ er die Blicke über die Zeilen rinnen, aber seine Gedanken waren lahm und stolperten wie betrunken den Worten nach.

Da hörte er hinter sich ein Kleid rauschen und eine Stimme leicht ärgerlich und mit affektiertem Akzent sagen: »Mais tais-toi donc, Edgar!«

An seinem Tisch knisterte im Vorüberschreiten ein seidenes Kleid, hoch und üppig schattete eine Gestalt vorbei und hinter ihr in einem schwarzen Samtanzug ein kleiner, blasser Bub, der ihn neugierig mit dem Blick anstreifte. Die beiden setzten sich gegenüber an den ihnen reservierten Tisch, das Kind sichtbar um eine Korrektheit bemüht, die der schwarzen Unruhe in seinen Augen zu widersprechen schien. Die Dame – und nur auf sie hatte der junge Baron acht – war sehr soigniert und mit sichtbarer Eleganz gekleidet, ein Typus überdies, den er sehr liebte, eine jener leicht üppigen Jüdinnen im Alter knapp vor der Überreife, offenbar auch leidenschaftlich, aber anderseits wohl erfahren, ihr Temperament hinter einer vornehmen Melancholie zu verbergen. Er vermochte zunächst noch nicht in ihre Augen zu sehen und bewunderte nur die schön geschwungene Linie der Brauen, rein über einer zarten Nase gerundet, die ihre Rasse zwar verriet, aber doch durch edle Form das Profil scharf und interessant machte. Die Haare waren, wie alles Weibliche an diesem vollen Körper, von einer auffallenden Üppigkeit, ihre Schönheit schien im sichern Selbstgefühl vieler Bewunderungen satt und prahlerisch geworden zu sein. Sie bestellte mit sehr leiser Stimme, wies den Buben, der mit der Gabel spielend klirrte, zurecht – all dies mit anscheinender Gleichgültigkeit gegen den vorsichtig anschleichenden Blick des Barons, den sie nicht zu bemerken schien, während es doch in Wirklichkeit nur seine rege Wachsamkeit war, die ihr diese gebändigte Sorgfalt aufzwang.

Das Dunkel im Gesicht des Barons war mit einem Male aufgehellt, unterirdisch belebend liefen die Nerven, strafften die Falten, rissen die Muskeln auf, daß seine Gestalt aufschnellte und Lichter in den Augen flackerten. Er war selber den Frauen nicht unähnlich, die erst die Gegenwart eines Mannes brauchen, um aus sich ihre ganze Gewalt herauszuholen. Erst ein sinnlicher Reiz spannte seine Energie zu voller Kraft. Der Jäger in ihm witterte hier eine Beute. Herausfordernd suchte sein Blick ihrem Blick zu begegnen, der ihn manchmal mit einer glitzernden Unbestimmtheit des Vorbeisehens kreuzte, nie aber blank eine klare Antwort bot. Auch um den Mund glaubte er manchmal ein Fließen wie von beginnendem Lächeln zu spüren, aber all dies war unsicher, und eben diese Unsicherheit erregte ihn. Das einzige, was ihm versprechend schien, war dieses stete Vorbeischauen, weil es Widerstand war und Befangenheit zugleich, und dann die merkwürdig sorgfältige, sichtlich auf einen Zuschauer eingestellte Art der Konversation mit dem Kinde. Eben das aufdringlich Betonte dieser ostentativen Gelegenheit verbarg, das fühlte er, ein erstes Beunruhigtsein. Auch er war erregt: das Spiel hatte begonnen. Er verzögerte raffiniert sein Diner, hielt diese Frau eine halbe Stunde fast unablässig mit dem Blick fest, bis er jede Linie ihres Gesichtes nachgezeichnet, an jede Stelle ihres üppigen Körpers unsichtbar gerührt hatte. Draußen fiel drückend das Dunkel nieder, die Wälder seufzten in kindischer Furcht, als jetzt die großen Regenwolken graue Hände nach ihnen reckten, immer finstrer drängten die Schatten ins Zimmer herein, immer mehr schienen die Menschen hier zusammengepreßt durch das Schweigen. Das Gespräch der Mutter mit ihrem Kinde wurde, das merkte er, unter der Drohung dieser Stille immer gezwungener, immer künstlicher; bald, fühlte er, würde es zu Ende sein. Da beschloß er eine Probe. Er stand als erster auf, ging langsam, mit einem langen Blick auf die Landschaft an ihr vorbeisehend, zur Türe. Dort zuckte er rasch, als hätte er etwas vergessen, mit dem Kopf herum. Und ertappte sie, wie sie ihm lebhaften Blickes nachsah.

Das reizte ihn. Er wartete in der Hall. Sie kam bald nach, den

Buben an der Hand, blätterte im Vorübergehen unter den Zeitschriften, zeigte dem Kind ein paar Bilder. Aber als der Baron wie zufällig an den Tisch trat, anscheinend um auch eine Zeitschrift zu suchen, in Wahrheit, um tiefer in das feuchte Glitzern ihrer Augen zu dringen, vielleicht sogar ein Gespräch zu beginnen, wandte sie sich weg, klopfte ihrem Sohn leicht auf die Schulter: »Viens, Edgar! Au lit!« und rauschte kühl an ihm vorbei. Ein wenig enttäuscht sah ihr der Baron nach. Er hatte eigentlich noch an diesem Abend auf ein Bekanntwerden gerechnet, und diese schroffe Art enttäuschte ihn. Aber schließlich, in diesem Widerstand war Reiz, und gerade das Unsichere entzündete seine Begier. Immerhin: er hatte seinen Partner, und das Spiel konnte beginnen.

Rasche Freundschaft

Als der Baron am nächsten Morgen in die Hall trat, sah er dort das Kind der schönen Unbekannten in eifrigem Gespräch mit den beiden Liftboys, denen es Bilder in einem Buch von Karl May zeigte. Seine Mama war nicht zugegen, offenbar noch mit der Toilette beschäftigt. Jetzt erst besah sich der Baron den Buben. Es war ein scheuer, unentwickelter nervöser Junge von etwa zwölf Jahren mit fahrigen Bewegungen und dunkel herumjagenden Augen. Er machte, wie Kinder in diesen Jahren so oft, den Eindruck grundloser Verschrecktheit, gleichsam als ob er eben aus dem Schlaf gerissen und plötzlich in fremde Umgebung gestellt sei. Sein Gesicht war nicht unhübsch, aber noch ganz unentschieden, der Kampf des Männlichen mit dem Kindlichen schien eben erst einsetzen zu wollen; noch war alles darin nur wie geknetet und noch nicht geformt, nichts in reinen Linien ausgesprochen, nur blaß und unruhig gemengt. Überdies stand er gerade in jenem unvorteilhaften Alter, da Kinder nie in ihre Kleider passen, Ärmel und Hosen schlaff um die mageren Gelenke schlottern und noch keine Eitelkeit sie mahnt, auf ihr Äußeres zu achten.

Der Junge machte hier, unschlüssig herumirrend, einen recht kläglichen Eindruck. Eigentlich stand er allen im Wege. Bald schob ihn der Portier beiseite, den er mit allerhand Fragen zu belästigen schien, bald verstellte er den Eingang; offenbar fehlte es ihm an freundschaftlichem Umgang. So suchte er in seinem kindlichen Schwatzbedürfnis sich an die Bediensteten des Hotels heranzumachen, die ihm, wenn sie gerade Zeit hatten, antworteten, das

Gespräch aber sofort unterbrachen, wenn ein Erwachsener in Sicht kam oder etwas Dringlicheres getan werden mußte. Der Baron sah lächelnd und mit Interesse dem unglücklichen Buben zu, der auf alles mit Neugier schaute und dem alles unfreundlich entwich. Einmal faßte er einen dieser neugierigen Blicke fest an, aber die schwarzen Augen krochen sofort ängstlich in sich hinein, sobald sie sich auf der Suche ertappt sahen, und duckten sich hinter gesenkten Lidern. Das amüsierte den Baron. Der Bub begann ihn zu interessieren, und er fragte sich, ob ihm dieses Kind, das offenbar nur aus Furcht so scheu war, nicht als raschester Vermittler einer Annäherung dienen könnte. Jedenfalls: er wollte es versuchen. Unauffällig folgte er dem Buben, der eben wieder zur Türe hinauspendelte und in seinem kindlichen Zärtlichkeitsbedürfnis die rosa Nüstern eines Schimmels liebkoste, bis ihn – er hatte wirklich kein Glück – auch hier der Kutscher ziemlich barsch wegwies. Gekränkt und gelangweilt lungerte er jetzt wieder herum mit seinem leeren und ein wenig traurigen Blick. Da sprach ihn der Baron an.

»Na, junger Mann, wie gefällts dir da?« setzte er plötzlich ein, bemüht, die Ansprache möglichst jovial zu halten.

Das Kind wurde feuerrot und starrte ängstlich auf. Es zog die Hand irgendwie in Furcht an sich und wand sich hin und her vor Verlegenheit. Das geschah ihm zum erstenmal, daß ein fremder Herr mit ihm ein Gespräch begann.

»Ich danke, gut«, konnte er gerade noch herausstammeln. Das letzte Wort war schon mehr gewürgt als gesprochen.

»Das wundert mich«, sagte der Baron lachend, »es ist doch eigentlich ein fader Ort, besonders für einen jungen Mann, wie du einer bist. Was treibst du denn den ganzen Tag?« Der Bub war immer noch zu sehr verwirrt, um rasch zu antworten. War es wirklich möglich, daß dieser fremde, elegante Herr mit ihm, um den sich sonst keiner kümmerte, ein Gespräch suchte? Der Gedanke machte ihn scheu und stolz zugleich. Mühsam raffte er sich zusammen.

»Ich lese, und dann gehen wir viel spazieren. Manchmal fahren wir auch im Wagen, die Mama und ich. Ich soll mich hier erholen, ich war krank. Ich muß darum auch viel in der Sonne sitzen, hat der Arzt gesagt.«

Die letzten Worte sagte er schon ziemlich sicher. Kinder sind immer stolz auf eine Krankheit, weil sie wissen, daß Gefahr sie ihren Angehörigen doppelt wichtig macht.

»Ja, die Sonne ist schon gut für junge Herren, wie du einer bist, sie wird dich schon braun brennen. Aber du solltest doch nicht den ganzen Tag dasitzen. Ein Bursch wie du sollte herumlaufen, übermütig sein und auch ein bißchen Unfug anstellen. Mir scheint, du bist zu brav, du siehst auch so aus wie ein Stubenhocker mit deinem großen dicken Buch unterm Arm. Wenn ich denke, was ich in deinem Alter für ein Galgenstrick war, jeden Abend bin ich mit zerrissenen Hosen nach Hause gekommen. Nur nicht zu brav sein!«

Unwillkürlich mußte das Kind lächeln, und das nahm ihm die Angst. Es hätte gern etwas erwidert, aber all dies schien ihm zu frech, zu selbstbewußt vor diesem lieben fremden Herrn, der so freundlich mit ihm sprach. Vorlaut war er nie gewesen und immer leicht verlegen; so kam er jetzt vor Glück und Scham in die ärgste Verwirrung. Er hätte so gern das Gespräch fortgesetzt, aber es fiel ihm nichts ein. Glücklicherweise kam gerade der große, gelbe Bernhardiner des Hotels vorbei, schnüffelte sie beide an und ließ sich willig liebkosen.

»Hast du Hunde gern?« fragte der Baron.

»O sehr, meine Großmama hat einen in ihrer Villa in Baden, und wenn wir dort wohnen, ist er immer den ganzen Tag mit mir. Das ist aber nur im Sommer, wenn wir dort zu Besuch sind.«

»Wir haben zu Hause, auf unserem Gut, ich glaube zwei Dutzend. Wenn du hier brav bist, kriegst du einen von mir geschenkt. Einen braunen mit weißen Ohren, einen ganz jungen. Willst du?«

Das Kind errötete vor Vergnügen.

»O ja.«

Es fuhr ihm so heraus, heiß und gierig. Aber gleich hinterher stolperte, ängstlich und wie erschrocken, das Bedenken.

»Aber Mama wird es nicht erlauben. Sie sagt, sie duldet keinen Hund zu Hause. Sie machen zuviel Schererei.«

Der Baron lächelte. Endlich hielt das Gespräch bei der Mama.

»Ist die Mama so streng?«

Das Kind überlegte, blickte eine Sekunde zu ihm auf, gleichsam fragend, ob man diesem fremden Herrn schon vertrauen dürfe. Die Antwort blieb vorsichtig:

»Nein, streng ist die Mama nicht. Jetzt, weil ich krank war, erlaubt sie mir alles. Vielleicht erlaubt sie mir sogar einen Hund.«

»Soll ich sie darum bitten?«

»Ja, bitte, tun Sie das«, jubelte der Bub. »Dann wird es die Mama sicher erlauben. Und wie sieht er aus? Weiße Ohren hat er, nicht wahr? Kann er apportieren?«

»Ja, er kann alles.« Der Baron mußte lächeln über die heißen Funken, die er so rasch aus den Augen des Kindes geschlagen hatte. Mit einem Male war die anfängliche Befangenheit gebrochen, und die von der Angst zurückgehaltene Leidenschaftlichkeit sprudelte über. In blitzschneller Verwandlung war das scheue, verängstigte Kind von früher ein ausgelassener Bub. Wenn nur die Mutter auch so wäre, dachte unwillkürlich der Baron, so heiß hinter ihrer Angst! Aber schon sprang der Bub mit zwanzig Fragen an ihm hinauf:

»Wie heißt der Hund?«

»Karo.«

»Karo«, jubelte das Kind. Er mußte irgendwie lachen und jubeln über jedes Wort, ganz betrunken von dem unerwarteten Geschehen, daß sich jemand seiner in Freundlichkeit angenommen hatte. Der Baron staunte selbst über seinen raschen Erfolg und beschloß das heiße Eisen zu schmieden. Er lud den Knaben ein, mit ihm ein bißchen spazieren zu gehen, und der arme Bub, seit Wochen ausgehungert nach einem geselligen Beisammensein, war von diesem Vorschlag entzückt. Unbedacht plauderte er alles aus, was ihm sein neuer Freund mit kleinen, wie zufälligen Fragen entlockte. Bald wußte der Baron alles über die Familie, vor allem, daß Edgar der einzige Sohn eines Wiener Advokaten sei, offenbar aus der vermögenden jüdischen Bourgeoisie. Und durch geschickte Umfragen erkundete er rasch, daß die Mutter sich über den Aufenthalt am Semmering durchaus nicht entzückt geäußert und den Mangel an sympathischer Gesellschaft beklagt habe, ja er glaubte sogar, aus der ausweichenden Art, mit der Edgar die Frage beantwortete, ob die Mama den Papa sehr gern habe, entnehmen zu können, daß hier nicht alles zum besten stünde. Beinahe schämte er sich, wie leicht es ihm wurde, dem arglosen Buben all diese kleinen Familiengeheimnisse zu entlocken, denn Edgar, ganz stolz, daß irgend etwas von dem, was er zu erzählen hatte, einen Erwachsenen interessieren konnte, drängte sein Vertrauen dem neuen Freunde geradezu auf. Sein kindisches Herz klopfte vor Stolz – der Baron hatte im Spazierengehen ihm seinen Arm um die Schulter gelegt –, in solcher Intimität öffentlich mit einem Erwachsenen gesehen zu werden, und allmählich vergaß er seine eigene Kindheit, schnatterte frei und ungezwungen wie zu einem Gleichaltrigen. Edgar war, wie sein Sprechen zeigte, sehr klug, etwas frühreif wie die meisten kränklichen Kinder, die mehr mit Erwachsenen beisammen waren als mit Schulkameraden, und von einer merkwürdig überreizten Leidenschaft der Zuneigung oder

Feindlichkeit. Zu nichts schien er ein ruhiges Verhältnis zu haben, von jedem Menschen oder Ding sprach er entweder in Verzückung oder mit einem Hasse, der so heftig war, daß er sein Gesicht unangenehm verzerrte und es fast bösartig und häßlich machte. Etwas Wildes und Sprunghaftes, vielleicht noch bedingt durch die kürzlich überstandene Krankheit, gab seinen Reden fanatisches Feuer, und es schien, daß seine Linkischkeit nur mühsam unterdrückte Angst vor der eigenen Leidenschaft war.

Der Baron gewann mit Leichtigkeit sein Vertrauen. Eine halbe Stunde bloß, und er hatte dieses heiße und unruhig zuckende Herz in der Hand. Es ist ja so unsäglich leicht, Kinder zu betrügen, diese Arglosen, um deren Liebe so selten geworben wird. Er brauchte sich selbst nur in die Vergangenheit zu vergessen, und so natürlich, so ungezwungen wurde ihm das kindliche Gespräch, daß auch der Bub ihn ganz als seinesgleichen empfand und nach wenigen Minuten jedes Distanzgefühl verlor. Er war nur selig von Glück, hier in diesem einsamen Ort plötzlich einen Freund gefunden zu haben, und welch einen Freund! Vergessen waren sie alle in Wien, die kleinen Jungen mit ihren dünnen Stimmen, ihrem unerfahrenem Geschwätz, wie weggeschwemmt waren ihre Bilder von dieser einen neuen Stunde! Seine ganze schwärmerische Leidenschaft gehörte jetzt diesem neuen, seinem großen Freunde, und sein Herz dehnte sich vor Stolz, als dieser ihn jetzt zum Abschied nochmals einlud, morgen vormittags wiederzukommen, und der neue Freund ihm nun zuwinkte von der Ferne, ganz wie ein Bruder. Diese Minute war vielleicht die schönste seines Lebens. Es ist so leicht, Kinder zu betrügen. – Der Baron lächelte dem Davonstürmenden nach. Der Vermittler war nun gewonnen. Der Bub würde jetzt, das wußte er, seine Mutter mit Erzählungen bis zur Erschöpfung quälen, jedes einzelne Wort wiederholen – und dabei erinnerte er sich mit Vergnügen, wie geschickt er einige Komplimente an ihre Adresse eingeflochten, wie er immer nur von Edgars ›schöner Mama‹ gesprochen hatte. Es war ausgemachte Sache für ihn, daß der mitteilsame Knabe nicht früher ruhen würde, ehe er seine Mama und ihn zusammengeführt hätte. Er selbst brauchte nun keinen Finger zu rühren, um die Distanz zwischen sich und der schönen Unbekannten zu verringern, konnte nun ruhig träumen und die Landschaft überschauen, denn er wußte, ein paar heiße Kinderhände bauten ihm die Brücke zu ihrem Herzen.

Der Plan war, wie sich einige Stunden später erwies, trefflich und bis in die letzten Einzelheiten gelungen. Als der junge Baron, mit Absicht etwas verspätet, den Speisesaal betrat, zuckte Edgar vom Sessel auf, grüßte eifrig mit einem beglückten Lächeln und winkte ihm zu. Gleichzeitig zupfte er seine Mutter am Ärmel, sprach hastig und erregt auf sie ein, mit auffälligen Gesten gegen den Baron hindeutend. Sie verwies ihm geniert und errötend sein allzu reges Benehmen, konnte es aber doch nicht vermeiden, einmal hinüberzusehen, um dem Buben seinen Willen zu tun, was der Baron sofort zum Anlaß einer respektvollen Verbeugung nahm. Die Bekanntschaft war gemacht. Sie mußte danken, beugte aber von nun ab das Gesicht tiefer über den Teller und vermied sorgfältig während des ganzen Diners, nochmals hinüberzublicken. Anders Edgar, der unablässig hinguckte, einmal sogar versuchte hinüberzusprechen, eine Unstatthaftigkeit, die ihm sofort von seiner Mutter energisch verwiesen wurde. Nach Tisch wurde ihm bedeutet, daß er schlafen zu gehen habe, und ein emsiges Wispern begann zwischen ihm und seiner Mama, dessen Endresultat war, daß es seinen heißen Bitten verstattet wurde, zum andern Tisch hinüberzugehen und sich bei seinem Freund zu empfehlen. Der Baron sagte ihm ein paar herzliche Worte, die wieder die Augen des Kindes zum Flackern brachten, plauderte mit ihm ein paar Minuten. Plötzlich aber, mit einer geschickten Wendung, drehte er sich, aufstehend, zum andern Tisch hinüber, beglückwünschte die etwas verwirrte Nachbarin zu ihrem klugen, aufgeweckten Sohn, rühmte den Vormittag, den er so vortrefflich mit ihm verbracht hatte – Edgar stand dabei, rot vor Freude und Stolz –, und erkundigte sich schließlich nach seiner Gesundheit, so ausführlich und mit so viel Einzelfragen, daß die Mutter zur Antwort gezwungen war. So gerieten sie unaufhaltsam in ein längeres Gespräch, dem der Bub beglückt und mit einer Art Ehrfurcht lauschte. Der Baron stellte sich vor und glaubte zu bemerken, daß sein klingender Name auf die Eitle einen gewissen Eindruck machte. Jedenfalls war sie von außerordentlicher Zuvorkommenheit gegen ihn, wiewohl sie sich nichts vergab und sogar frühen Abschied nahm, des Buben halber, wie sie entschuldigend beifügte.

Der protestierte heftig, er sei nicht müde und gerne bereit, die ganze Nacht aufzubleiben. Aber schon hatte seine Mutter dem Baron die Hand geboten, der sie respektvoll küßte.

Edgar schlief schlecht in dieser Nacht. Es war eine Wirrnis in ihm von Glückseligkeit und kindischer Verzweiflung. Denn heute war etwas Neues in seinem Leben geschehn. Zum erstenmal hatte er in die Schicksale von Erwachsenen eingegriffen. Er vergaß, schon im Halbtraum, seine eigene Kindheit und dünkte sich mit einem Male groß. Bisher hatte er, einsam erzogen und oft kränklich, wenig Freunde gehabt. Für all sein Zärtlichkeitsbedürfnis war niemand dagewesen als die Eltern, die sich wenig um ihn kümmerten, und die Dienstboten. Und die Gewalt einer Liebe wird immer falsch bemessen, wenn man sie nur nach ihrem Anlaß wertet und nicht nach der Spannung, die ihr vorausgeht, jenem hohlen, dunklen Raum von Enttäuschung und Einsamkeit, die vor allen großen Ereignissen des Herzens liegt. Ein überschweres, ein unverbrauchtes Gefühl hatte hier gewartet und stürzte nun mit ausgebreiteten Armen dem ersten entgegen, der es zu verdienen schien. Edgar lag im Dunkeln, beglückt und verwirrt, er wollte lachen und mußte weinen. Denn er liebte diesen Menschen, wie er nie einen Freund, nie Vater und Mutter und nicht einmal Gott geliebt hatte. Die ganze unreife Leidenschaft seiner frühen Jahre umklammerte das Bild dieses Menschen, dessen Namen er vor zwei Stunden noch nicht gekannt hatte.

Aber er war doch klug genug, um durch das Unerwartete und Eigenartige dieser neuen Freundschaft nicht bedrängt zu sein. Was ihn so verwirrte, war das Gefühl seiner Unwertigkeit, seiner Nichtigkeit. ›Bin ich denn seiner würdig, ich, ein kleiner Bub, zwölf Jahre alt, der noch die Schule vor sich hat, der abends vor allen andern ins Bett geschickt wird?‹ quälte er sich ab. ›Was kann ich ihm sein, was kann ich ihm bieten?‹ Gerade dieses qualvoll empfundene Unvermögen, irgendwie sein Gefühl zeigen zu können, machte ihn unglücklich. Sonst, wenn er einen Kameraden liebgewonnen hatte, war es sein erstes, ein paar kleinen Kostbarkeiten seines Pultes, Briefmarken und Steine, den kindischen Besitz der Kindheit, mit ihm zu teilen, aber all diese Dinge, die ihm gestern noch von hoher Bedeutung und seltenem Reiz waren, schienen ihm mit einem Male entwertet, läppisch und verächtlich. Denn wie konnte er derlei diesem neuen Freunde bieten, dem er nicht einmal wagen durfte, das Du zu erwidern; wo war ein Weg, eine Möglichkeit, seine Gefühle zu verraten? Immer mehr empfand er die Qual, klein zu sein, etwas Halbes, Unreifes, ein Kind von zwölf Jahren, und noch nie hatte er so stürmisch das Kindsein verflucht, so herzlich sich gesehnt, anders aufzuwachen, so wie er sich träumte: groß und stark, ein Mann, ein Erwachsener wie die andern.

In diesen unruhigen Gedanken flochten sich rasch die ersten farbigen Träume von dieser neuen Welt des Mannseins. Edgar schlief endlich mit einem Lächeln ein, aber doch, die Erinnerung der morgigen Verabredung unterhöhlte seinen Schlaf. Er schreckte schon um sieben Uhr mit der Angst auf, zu spät zu kommen. Hastig zog er sich an, begrüßte die erstaunte Mutter, die ihn sonst nur mit Mühe aus dem Bett bringen konnte, in ihrem Zimmer und stürmte, ehe sie weitere Fragen stellen konnte, hinab. Bis neun Uhr trieb er sich ungeduldig umher, vergaß sein Frühstück, einzig besorgt, den Freund für den Spaziergang nicht lange warten zu lassen.

Um halb zehn kam endlich der Baron sorglos angeschlendert. Er hatte natürlich längst die Verabredung vergessen, jetzt aber, da der Knabe gierig auf ihn losschnellte, mußte er lächeln über so viel Leidenschaft und zeigte sich bereit, sein Versprechen einzuhalten. Er nahm den Buben wieder unterm Arm, ging mit dem Strahlenden auf und nieder, nur daß er sanft, aber nachdrücklich abwehrte, schon jetzt den gemeinsamen Spaziergang zu beginnen. Er schien auf irgend etwas zu warten, wenigstens deutete darauf sein nervös die Türen abgreifender Blick. Plötzlich straffte er sich empor. Edgars Mama war hereingetreten und kam, den Gruß erwidernd, freundlich auf beide zu. Sie lächelte zustimmend, als sie von dem beabsichtigten Spaziergang vernahm, den ihr Edgar als etwas zu Kostbares verschwiegen hatte, ließ sich aber rasch von der Einladung des Barons zum Mitgehen bestimmen.

Edgar wurde sofort mürrisch und biß die Lippen. Wie ärgerlich, daß sie gerade jetzt vorbeikommen mußte! Dieser Spaziergang sollte doch ihm allein gehören, und wenn er seinen Freund auch der Mama vorgestellt hatte, so war das nur eine Liebenswürdigkeit von ihm gewesen; aber teilen wollte er ihn deshalb nicht. Schon regte sich in ihm etwas wie Eifersucht, als er die Freundlichkeit des Barons zu seiner Mutter bemerkte.

Sie gingen dann zu dritt spazieren, und das gefährliche Gefühl seiner Wichtigkeit und plötzlichen Bedeutsamkeit wurde in dem Kinde noch genährt durch das auffällige Interesse, das beide ihm widmeten. Edgar war fast ausschließlich Gegenstand der Konversation, indem sich die Mutter mit etwas erheuchelter Besorgnis über seine Blässe und Nervosität aussprach, während der Baron dies wieder lächelnd abwehrte und sich rühmend über die nette Art seines ›Freundes‹, wie er ihn nannte, erging. Es war Edgars schönste Stunde. Er hatte Rechte, die ihm niemals im Laufe seiner Kindheit zugestanden worden waren. Er durfte mitreden, ohne sofort zur Ruhe verwiesen zu werden, und sogar allerhand vorlaute Wünsche äußern, die ihm bislang übel aufgenommen worden wären. Und es war nicht verwunderlich, wenn immer selbstbewußter in ihm das trügerische Gefühl wuchernd wuchs, daß er ein Erwachsener sei. Schon lag die Kindheit in seinen hellen Träumen hinter ihm wie ein weggeworfenes entwachsendes Kleid.

Mittags saß der Baron, der Einladung der immer freundlicheren Mutter Edgars folgend, an ihrem Tisch. Aus dem vis-à-vis war ein Nebeneinander geworden, aus der Bekanntschaft eine Freundschaft. Das Terzett war im Gang, und die drei Stimmen der Frau, des Mannes und des Kindes klangen rein zusammen.

Angriff

Nun schien es dem ungeduldigen Jäger an der Zeit, sein Wild anzuschleichen. Das Familiäre, der Dreiklang in dieser Angelegenheit mißfiel ihm. Es war ja ganz nett, so zu dritt zu plaudern, aber schließlich, Plaudern war nicht seine Absicht. Und er wußte, daß das Gesellschaftliche mit dem Maskenspiel seiner Begehrlichkeit zwischen Mann und Frau das Erotische immer retardiert, den Worten die Glut, dem Angriff sein Feuer nimmt. Sie sollte über die Konversation nie seine eigentliche Absicht vergessen, die er – dessen war er sicher – von ihr bereits verstanden wußte. Daß sein Bemühen bei dieser Frau nicht vergeblich sein würde, hatte viel Wahrscheinlichkeiten. Sie war in jenen entscheidenden Jahren, da eine Frau zu bereuen beginnt, einem eigentlich nie geliebten Gatten treu geblieben zu sein, und da das Abendlicht einer schon sinkenden Schönheit ihr noch eine letzte dringlichste Wahl zwischen dem Mütterlichen und dem Weiblichen gewährt. Das Leben, das schon längst beantwortet schien, wird in dieser Minute noch einmal zur Frage, zum letzten Male zittert die magnetische Nadel des Willens zwischen der Hoffnung auf erotisches Erleben und der endgültigen Resignation. Eine Frau hat dann die gefährliche Entscheidung, ihr eigenes Schicksal oder das ihrer Kinder zu leben, Frau oder Mutter zu sein. Und der Baron, scharfsichtig in diesen Dingen, glaubte bei ihr dieses gefährliche Schwanken zu bemerken. Sie vergaß beständig im Gespräch, ihren Gatten zu erwähnen, und wußte innerlich eigentlich herzlich wenig von ihrem Kinde. Ein Schatten von Langeweile, als Melancholie verschleiert, lag über ihren mandelförmigen Augen und verdunkelte nur unsicher deren Sinnlichkeit. Der Baron beschloß, rasch vorzugehen, aber gleichzeitig jeden Anschein von Eile zu vermeiden. Im Gegenteil, er wollte, wie der Angler den Haken lockend zurückzieht, dieser neuen Freundschaft seinerseits äußerliche Gleichgültigkeit entgegensetzen, wollte um sich werben lassen, während er doch in Wahrheit der Werbende war. Er nahm sich vor, einen gewissen Hochmut zu outrieren, den Unterschied ihres sozialen Standes scharf hervorzukehren, und der Gedanke reizte ihn, nur durch das Betonen seines Hochmutes, durch sein Äußeres, durch einen klingenden aristokratischen Namen und kalte Manieren diesen üppigen, vollen, schönen Körper gewinnen zu können.

Das heiße Spiel begann ihn schon zu erregen, und darum zwang er sich zur Vorsicht. Den Nachmittag verblieb er in seinem Zimmer mit dem angenehmen Bewußtsein, gesucht und vermißt zu werden. Aber diese Abwesenheit wurde nicht so sehr von ihr bemerkt, gegen die sie eigentlich gezielt war, sondern gestaltete sich für den armen Buben zur Qual. Edgar fühlte sich den ganzen Nachmittag unendlich hilflos und verloren; mit der Knaben eigenen hartnäckigen Treue wartete er die ganzen langen Stunden unablässig auf seinen Freund. Es wäre ihm wie ein Vergehen erschienen, wegzugehen oder irgend etwas allein zu tun. Unnütz trollte er sich in den Gängen herum, und je später es wurde desto mehr füllte sich sein Herz mit Unglück an. In der Unruhe seiner Phantasie träumte er schon von einem Unfall oder einer unbewußt zugefügten Beleidigung und war schon nahe daran, zu weinen vor Ungeduld und Angst.

Als der Baron dann abends zu Tisch kam, wurde er glänzend empfangen. Edgar sprang, ohne auf den abmahnenden Ruf seiner Mutter und das Erstaunen der anderen Leute zu achten, ihm entgegen, umfaßte mit den mageren Ärmchen stürmisch seine Brust. »Wo waren Sie? Wo sind Sie gewesen?« rief er hastig. »Wir haben Sie überall gesucht.« Die Mutter errötete bei dieser unwillkommenen Einbeziehung und sagte ziemlich hart: »Sois sage, Edgar. Assieds toi!« (Sie sprach nämlich immer Französisch mit ihm, obwohl ihr diese Sprache gar nicht so sehr selbstverständlich war und sie bei umständlichen Erläuterungen leicht auf Sand geriet.) Edgar gehorchte, ließ aber nicht ab, den Baron auszufragen. »Aber vergiß doch nicht, daß der Herr Baron tun kann, was er will. Vielleicht langweilt ihn unsere Gesellschaft.« Diesmal bezog sie sich selber ein, und der Baron fühlte mit raschem Vergnügen, wie dieser Vorwurf um ein Kompliment warb.

Der Jäger in ihm wachte auf. Er war berauscht, erregt, so rasch hier die richtige Fährte gefunden zu haben, das Wild nun ganz nahe vor dem Schuß zu fühlen. Seine Augen glänzten, das Blut flog ihm leicht durch die Adern, die Rede sprudelte ihm, er wußte selbst nicht wie, von den Lippen. Er war, wie jeder stark erotisch veranlagte Mensch, doppelt so gut, doppelt er selbst, wenn er wußte, daß er Frauen gefiel, so wie manche Schauspieler erst feurig werden, wenn sie die Hörer, die atmende Masse vor ihnen ganz im Bann spüren. Er galt bei seinen Freunden seit je als ein guter, mit sinnlichen Bildern begabter Erzähler, aber heute – er trank ein paar Gläser Champagner dazwischen, den er zu Ehren der neuen Freundschaft bestellt hatte – übertraf er sich selbst. Er erzählte von indischen Jagden, denen er als Gastfreund eines hohen aristokratischen englischen Freundes beigewohnt hatte, klug dies Thema wählend, weil es indifferent war und er anderseits spürte, wie alles Exotische und für sie Unerreichbare diese Frau erregte. Wen er aber damit bezauberte, das war vor allem Edgar, dessen Augen vor Begeisterung flammten. Er vergaß zu essen, zu trinken und starrte dem Erzähler die Worte von den Lippen weg. Nie hatte er gehofft, einen Menschen wirklich zu sehen, der diese ungeheuren Dinge erlebt hatte, von denen er in seinen Büchern las, die Tigerjagden, die braunen Menschen, die Hindus und das Dschaggernat, das furchtbare Rad, das tausend Menschen unter seinen Speichen begrub. Bislang hatte er nie daran gedacht, daß es solche Menschen wirklich gäbe, so wenig wie er die Länder der Märchen für wahr hielt, und diese Sekunde sprengte in ihm ein ganzes riesiges Stück Welt zum erstenmal auf. Er konnte den Blick von seinem Freund nicht wenden, starrte mit gepreßtem Atem auf die Hände da hart vor ihm, die einen Tiger getötet hatten. Kaum wagte er etwas zu fragen, und dann klang seine Stimme fiebrig erregt. Seine rasche Phantasie zauberte ihm immer das Bild zu den Erzählungen herauf, er sah den Freund hoch auf einem Elefanten mit purpurner Schabracke, braune Männer rechts und links mit kostbaren Turbans, und dann plötzlich den Tiger, der mit seinen gebleckten Zähnen aus dem Dschungel vorsprang und dem Elefanten die Pranke in den Rüssel schlug. Jetzt erzählte der Baron noch Interessanteres, wie listig man Elefanten fing, indem man durch alte, gezähmte Tiere die jungen, wilden und übermütigen in die Verschläge locken ließ: die Augen des Kindes sprühten Feuer. Da sagte – ihm war, als fiele blitzend ein Messer vor ihm nieder – die Mama plötzlich, mit einem Blick auf die Uhr: »Neuf heures! Au lit!«

Edgar wurde blaß vor Schreck. Für alle Kinder ist das Zu-Bette-geschickt-Werden ein furchtbares Wort, weil es für sie die offenkundigste Demütigung vor den Erwachsenen ist, das Eingeständnis, das Stigma der Kindheit, des Kleinseins, der kindlichen Schlafbedürftigkeit. Aber wie furchtbar war solche Schmach in diesem interessanten Augenblick, da sie ihn solch unerhörte Dinge versäumen ließ.

»Nur das eine noch, Mama, das von den Elefanten, nur das laß mich hören!«

Er wollte zu betteln beginnen, besann sich aber rasch auf seine neue Würde als Erwachsener. Einen einzigen Versuch wagte er bloß. Aber seine Mutter war heute merkwürdig streng. »Nein, es ist schon spät. Geh nur hinauf! Sois sage, Edgar. Ich erzähl dir schon alle die Geschichten des Herrn Barons genau wieder.«

Edgar zögerte. Sonst begleitete ihn seine Mutter immer zu Bette. Aber er wollte nicht betteln vor dem Freunde. Sein kindischer Stolz wollte dem kläglichen Abgang wenigstens noch einen Schein von Freiwilligkeit retten.

»Aber wirklich, Mama, du erzählst mir alles, alles! Das von den Elefanten und alles andere!«

»Ja, mein Kind.«

»Und sofort! Noch heute!«

»Ja, ja, aber jetzt geh nur schlafen. Geh!«

Edgar bewunderte sich selbst, daß es ihm gelang, dem Baron und seiner Mama die Hand zu reichen, ohne zu erröten, obschon das Schluchzen ihm schon ganz hoch in der Kehle saß. Der Baron beutelte ihn freundschaftlich am Schopf, das zwang dem Kind noch ein Lächeln über sein gespanntes Gesicht. Aber dann mußte es rasch zur Türe eilen, sonst hätten sie gesehen, wie ihm die dicken Tränen über die Wangen liefen.

Die Elefanten

Die Mutter blieb noch eine Zeitlang mit dem Baron bei Tisch, aber sie sprachen nicht von Elefanten und Jagden mehr. Eine leise Schwüle, eine unruhige flattrige Verlegenheit kam in ihr Gespräch, seit der Bub sie verlassen hatte. Schließlich gingen sie hinüber in die Hall und setzten sich in eine Ecke. Der Baron war blendender als je, sie selbst befeuert durch die paar Glas Champagner, und so nahm die Konversation rasch gefährlichen Charakter an. Der Baron war eigentlich nicht hübsch zu nennen, er war nur jung und blickte sehr männlich aus seinem dunkelbraunen energischen Bubengesicht mit dem kurzgeschorenen Haar und entzückte sie durch die frischen, fast ungezogenen Bewegungen. Sie sah ihn gern jetzt von der Nähe und fürchtete auch nicht mehr seinen Blick. Doch allmählich schlich sich in seine Reden eine Kühnheit, die sie leicht verwirrte, etwas, das wie Greifen an ihrem Körper war, ein Betasten und Wieder-Lassen, irgendein unfaßbar Begehrliches, das ihr das Blut in die Wangen trieb. Aber dann lachte er wieder leicht, ungezwungen, knabenhaft, und das gab all den kleinen Begehrlichkeiten den losen Schein kindlicher Scherze. Manchmal war ihr, als müßte sie ein Wort schroff zurückweisen, aber kokett von Natur, wurde sie durch diese kleinen Lüsternheiten nur gereizt, mehr abzuwarten. Und hingerissen von dem verwegenen Spiel, versuchte sie am Ende sogar, ihm nachzutun. Sie warf kleine, flatternde Versprechungen auf den Blicken hinüber, gab sich in Worten und Bewegungen schon hin, duldete sogar sein Heranrücken, die Nähe dieser Stimme, deren Atem sie manchmal warm und zuckend an den Schultern spürte. Wie alle Spieler vergaßen sie die Zeit und verloren sich so gänzlich in dem gespannten Gespräch, daß sie erst aufschraken, als die Hall sich um Mitternacht abzudunkeln begann.

Sie sprang sofort empor, dem ersten Erschrecken gehorchend, und fühlte mit einem Male, wie verwegen weit sie sich vorgewagt hatte. Ihr war sonst das Spiel mit dem Feuer nicht fremd, aber jetzt spürte ihr aufgereizter Instinkt, wie nahe dieses Spiel schon dem Gefährlichen kam. Mit Schauern entdeckte sie, daß sie sich nicht mehr ganz sicher fühlte, daß irgend etwas in ihr zu gleiten begann und sie alles so erregt sah, wie man Dinge im Fieber empfindet. Im Kopf wogte ein Wirbel von Angst, von Wein und heißen Reden, und eine dumme, sinnlose Angst überfiel sie, jene Angst, die sie schon einige Male in ihrem Leben in solchen gefährlichen Sekunden gekannt hatte, aber nie so schwindelnd und gewalttätig. »Gute Nacht, gute Nacht. Auf morgen früh!« sagte sie hastig und wollte entlaufen. Entlaufen nicht ihm so sehr wie der Gefahr dieser Minute und einer neuen, fremdartigen Unsicherheit in sich selbst. Aber der Baron hielt die dargebotene Abschiedshand mit sanfter Gewalt, küßte sie, und nicht nur in Korrektheit ein einziges Mal, sondern vier- oder fünfmal mit den Lippen von den feinen Fingerspitzen bis hinauf zum Handgelenk, zitternd, wobei sie mit einem leichten Frösteln seinen rauhen Schnurrbart über den Handrücken kitzeln fühlte. Irgendein warmes und beklemmendes Gefühl flog von dort mit dem Blut durch den ganzen Körper, Angst schoß süß empor, hämmerte drohend an die Schläfen, ihr Kopf glühte, die Angst, die sinnlose Angst zuckte jetzt durch ihren ganzen Körper, und sie entzog ihm rasch die Hand.

»Bleiben Sie doch noch«, flüsterte der Baron. Aber schon eilte sie fort mit einer Ungelenkigkeit der Hast, die ihre Angst und Verwirrung augenfällig machte. In ihr war jetzt die Erregtheit, die der andere beabsichtigt hatte, sie fühlte, wie ihr Gefühl immer undeutbarer wurde. Die grausam brennende Angst jagte sie, der Mann hinter ihr könnte ihr folgen und sie fassen, gleichzeitig aber, noch im Entspringen, spürte sie schon ein Bedauern, daß er es nicht tat. In dieser Stunde hätte das geschehen können, was sie seit Jahren unbewußt ersehnte, das Abenteuer, dessen nahen Hauch sie wollüstig liebte, um ihm bisher immer im letzten Augenblick zu entweichen, das große und gefährliche, nicht nur der flüchtige, aufreizende Flirt. Aber der Baron war zu stolz, einer günstigen Sekunde nachzulaufen. Er war seines Sieges zu gewiß, um diese Frau räuberisch in einer schwachen, weintrunkenen Minute zu nehmen, im Gegenteil, den fairen Spieler reizte nur der Kampf und die Hingabe bei vollem Bewußtsein. Entrinnen konnte sie ihm nicht. Ihr zuckte, das merkte er, das heiße Gift schon in den Adern.

Oben auf der Treppe blieb sie stehen, die Hand an das keuchende Herz gepreßt. Sie mußte eine Sekunde ausruhen. Ihre Nerven versagten. Ein Seufzer brach aus der Brust, halb Beruhigung, einer Gefahr entronnen zu sein, halb Bedauern; aber das alles war verworren und wirrte im Blut nur als leises Schwindligsein weiter. Mit halbgeschlossenen Augen wie eine Betrunkene tappte sie weiter zu ihrer Türe und atmete auf, da sie jetzt die kühle Klinke faßte. Nun empfand sie sich erst in Sicherheit!

Leise bog sie die Türe ins Zimmer. Und schrak schon zurück in der nächsten Sekunde. Irgend etwas hatte sich gerührt in dem Zimmer, ganz hinten im Dunkeln. Ihre erregten Nerven zuckten grell, schon wollte sie um Hilfe schreien, da kam es leise von drinnen, mit ganz schlaftrunkener Stimme:

»Bist du es, Mama?«

»Um Gottes willen, was machst du da?« Sie stürzte hin zum Diwan, wo Edgar zusammengeknüllt lag und sich eben vom Schlafe aufraffte. Ihr erster Gedanke war, das Kind müsse krank sein oder der Hilfe bedürftig.

Aber Edgar sagte, ganz verschlafen noch mit leisem Vorwurf: »Ich habe so lange auf dich gewartet, und dann bin ich eingeschlafen.«

»Warum denn?«

»Wegen der Elefanten.«

»Was für Elefanten?«

Jetzt erst begriff sie. Sie hatte ja dem Kinde versprochen, alles zu erzählen, heute noch, von der Jagd und den Abenteuern. Und da hatte sich dieser Bub in ihr Zimmer geschlichen, dieser einfältige, kindische Bub, und im sicheren Vertrauen gewartet, bis sie kam, und war darüber eingeschlafen. Die Extravaganz empörte sie. Oder eigentlich, sie fühlte Zorn gegen sich selbst, ein leises Raunen von Schuld und Scham, das sie überschreien wollte. »Geh sofort zu Bett, du ungezogener Fratz«, schrie sie ihn an. Edgar staunte ihr entgegen. Warum war sie so zornig auf ihn, er hatte doch nichts getan? Aber diese Verwunderung reizte die schon Aufgeregte noch mehr. »Geh sofort in dein Zimmer«, schrie sie wütend, weil sie fühlte, daß sie ihm unrecht tat. Edgar ging ohne ein Wort. Er war eigentlich furchtbar müde und spürte nur stumpf durch den drückenden Nebel von Schlaf, daß seine Mutter ein Versprechen nicht gehalten hatte und daß man in irgendeiner Weise gegen ihn schlecht war. Aber er revoltierte nicht. In ihm lag alles bleiern, alles stumpf durch die Müdigkeit, und dann, er ärgerte sich sehr, hier oben eingeschlafen zu sein, statt wach zu warten. ›Ganz wie ein kleines Kind‹, sagte er empört zu sich selber, ehe er wieder in Schlaf fiel.

Denn seit gestern haßte er seine eigene Kindheit.

Geplänkel

Der Baron hatte schlecht geschlafen. Es ist immer gefährlich nach einem abgebrochenen Abenteuer zu Bette zu gehen: eine unruhige, von schwülen Träumen gefährdete Nacht ließ es ihn bald bereuen, die Minute nicht mit hartem Griff gepackt zu haben. Als er morgens, noch von Schlaf und Mißmut umwölkt, herunterkam, sprang ihm der Knabe aus einem Versteck entgegen, schloß ihn begeistert in die Arme und begann ihn mit tausend Fragen zu quälen. Er war glücklich, seinen großen Freund wieder eine Minute für sich zu haben und nicht mit der Mama teilen zu müssen. Nur ihm sollte er erzählen, nicht mehr Mama, bestürmte er ihn, denn die hätte trotz ihrem Versprechen ihm nichts von all den wunderbaren Dingen wiedergesagt. Er überschüttet den unangenehm Aufgeschreckten, der seine Mißlaune nur schlecht verbarg, mit hundert kindischen Belästigungen. In diese Fragen mengte er überdies stürmische Bezeugungen seiner Liebe, glückselig, wieder mit dem Langgesuchten und seit frühmorgens Erwarteten allein zu sein.

Der Baron antwortete unwirsch. Dieses ewige Auflauern des Kindes, die Läppischkeit der Fragen wie überhaupt die unbegehrte Leidenschaft begannen ihn zu langweilen. Er war es müde, nun tagaus, tagein mit einem zwölfjährigen Buben herumzuziehen und mit ihm Unsinn zu schwatzen. Ihm lag jetzt nur daran, das heiße Eisen zu schmieden und die Mutter allein zu fassen, was eben durch des Kindes unerwünschte Anwesenheit zum Problem wurde. Ein erstes Unbehagen vor dieser unvorsichtig geweckten Zärtlichkeit begann ihn zu bedrücken, denn vorläufig sah er keine Möglichkeit, den allzu anhänglichen Freund loszuwerden.

Immerhin: es kam auf den Versuch an. Bis zehn Uhr, der Stunde, die er mit der Mutter zum Spaziergang verabredet hatte, ließ er das eifrige Gerede des Buben achtlos über sich hinplätschern, warf hin und wieder einen Brocken Gespräch hin, um ihn nicht zu beleidigen, durchblätterte aber gleichzeitig die Zeitung. Endlich, als der Zeiger fast senkrecht stand bat er Edgar, wie sich plötzlich erinnernd, für ihn ins andere Hotel bloß einen Augenblick hinüberzugehen, um dort nachzufragen, ob der Graf Grundheim, sein Vetter, schon angekommen sei.

Das arglose Kind, glückselig, endlich einmal seinem Freund mit etwas dienlich sein zu können, stolz auf seine Würde als Bote, sprang sofort weg und stürmte so scharf den Weg hin, daß die Leute ihm verwundert nachstarrten. Aber ihm war daran gelegen zu zeigen, wie verläßlich er war, wenn man ihm Botschaften vertraute. Der Graf war, so sagte man ihm dort, noch nicht eingetroffen, ja zur Stunde gar nicht angemeldet. Diese Nachricht brachte er im neuerlichen Sturmschritt zurück. Aber in der Hall war der Baron nicht mehr zu finden. So klopfte er an seine Zimmertür – vergeblich! Beunruhigt rannte er alle Räume ab, das Musikzimmer und das Kaffeehaus, stürmte aufgeregt zu seiner Mama, um Erkundigungen einzuziehen: auch sie war fort. Der Portier, an den er sich schließlich ganz verzweifelt wandte, sagte ihm zu seiner Verblüffung, sie seien beide vor wenigen Minuten gemeinsam weggegangen!

Edgar wartete geduldig. Seine Arglosigkeit vermutete nichts Böses. Sie konnten ja nur eine kurze Weile wegbleiben, dessen war er sicher, denn der Baron erwartete doch seinen Bescheid. Aber die Zeit streckte breit ihre Stunden, Unruhe schlich sich an ihn heran. Überhaupt, seit dem Tage, da sich dieser fremde verführerische Mensch in sein kleines, argloses Leben gemengt hatte, war das Kind den ganzen Tag angespannt, gehetzt und verwirrt. In einen so feinen Organismus wie den der Kinder drückt jede Leidenschaft wie in weiches Wachs ihre Spuren. Das nervöse Zittern der Augenlider trat wieder auf, schon sah er blässer aus. Edgar wartete und wartete, geduldig zuerst, dann wild erregt und schließlich schon dem Weinen nah. Aber argwöhnisch war er noch immer nicht. Sein blindes Vertrauen in diesen wundervollen Freund vermutete ein Mißverständnis, und geheime Angst quälte ihn, er könnte vielleicht den Auftrag falsch verstanden haben.

Wie seltsam aber war erst dies, daß sie jetzt, da sie endlich zurückkamen, heiter plaudernd blieben und gar keine Verwunderung bezeigten. Es schien, als hätten sie ihn gar nicht sonderlich vermißt: »Wir sind dir entgegengegangen, weil wir hofften, dich am Wege zu treffen, Edi«, sagte der Baron, ohne sich nach dem Auftrag zu erkundigen. Und als das Kind; ganz erschrocken, sie könnten ihn vergebens gesucht haben, zu beteuern begann, er sei nur auf dem geraden Wege zur Hochstraße gelaufen, und wissen wollte, welche Richtung sie gewählt hätten, da schnitt die Mama kurz das Gespräch ab. »Schon gut, schon gut! Kinder sollen nicht so viel reden.«

Edgar wurde rot vor Ärger. Das war nun schon das zweite Mal so ein niederträchtiger Versuch, ihn vor seinem Freund herabzusetzen. Warum tat sie das, warum versuchte sie immer, ihn als Kind darzustellen, das er doch – er war davon überzeugt – nicht mehr war? Offenbar war sie ihm neidisch auf seinen Freund und plante, ihn zu sich herüberzuziehen. Ja, und sicherlich war sie es gewesen, die den Baron mit Absicht den falschen Weg geführt hatte. Aber er ließ sich nicht von ihr mißhandeln, das sollte sie sehen. Er wollte ihr schon Trotz bieten. Und Edgar beschloß, heute bei Tisch kein Wort mit ihr zu reden, nur mit seinem Freund allein.

Doch das wurde ihm hart: was er am wenigsten erwartet hatte, trat ein – man bemerkte seinen Trotz nicht. Ja sogar ihn selber schienen sie nicht zu sehen, ihn, der doch gestern Mittelpunkt ihres Beisammenseins gewesen war! Sie sprachen beide über ihn hinweg, scherzten miteinander und lachten, als ob er unter den Tisch gesunken wäre. Das Blut stieg ihm zu den Wangen, in der Kehle saß ein Knollen, der den Atem würgte. Mit steigender Erbitterung wurde er seiner entsetzlichen Machtlosigkeit bewußt. Er sollte also hier ruhig sitzen und zusehen, wie seine Mutter ihm den Freund wegnahm, den einzigen Menschen, den er liebte, und sollte sich nicht wehren können, nicht anders als durch Schweigen? Ihm war, als müsse er aufstehen und plötzlich mit beiden Fäusten auf den Tisch losschlagen. Nur damit sie ihn bemerkten. Aber er hielt sich zusammen, legte bloß Gabel und Messer nieder und rührte keinen Bissen mehr an. Aber auch dies hartnäckige Fasten bemerkten sie lange nicht; erst beim letzten Gang fiel es der Mutter auf, und sie fragte, ob er sich nicht wohl fühle. ›Widerlich‹, dachte er sich, ›immer denkt sie nur das eine, ob ich krank bin, sonst ist ihr alles einerlei.‹ Er antwortete kurz, er habe keine Lust, und damit gab sie sich zufrieden. Nichts, gar nichts erzwang ihm Beachtung. Der Baron schien ihn vergessen zu haben, wenigstens richtete er nicht ein einziges Mal das Wort an ihn. Heißer und heißer quoll es ihm in die Augen, und er mußte die kindische List anwenden, rasch die Serviette zu heben, ehe es jemand sehen konnte, damit die verdammten, die kindischen Tränen nicht offen über seine Wangen sprangen und ihm salzig die Lippen näßten. Er atmete auf, als das Essen zu Ende war.

Während des Diners hatte seine Mutter eine gemeinsame Wagenfahrt nach Maria-Schutz vorgeschlagen. Edgar hatte es gehört, die Lippen zwischen den Zähnen. Nicht eine Minute wollte sie ihn also mehr mit seinem Freund allein lassen. Aber sein Haß stieg erst wild auf, als sie ihm jetzt beim Aufstehen sagte: »Edgar, du wirst noch alles für die Schule vergessen, du solltest doch einmal zu Hause bleiben, ein bißchen nachlernen!« Wieder ballte er die kleine Kinderfaust. Immer wollte sie ihn vor seinem Freund demütigen, immer öffentlich daran erinnern, daß er noch ein Kind war, daß er in die Schule gehen mußte und nur geduldet unter Erwachsenen war. Diesmal war die Absicht aber doch zu durchsichtig. Er gab gar keine Antwort, sondern drehte sich kurzweg um.

»Aha, wieder beleidigt«, sagte sie lächelnd, und dann zum Baron: »Wäre das wirklich so arg, wenn er einmal eine Stunde arbeitete?«

Und da – im Herzen des Kindes wurde etwas kalt und starr – sagte der Baron, er, der sich seinen Freund nannte, er, der ihn als Stubenhocker verhöhnt hatte: »Na, eine Stunde oder zwei könnten wirklich nicht schaden.«

War das ein Einverständnis? Hatten sie sich wirklich beide gegen ihn verbündet? In dem Blick des Kindes flammte Zorn. »Mein Papa hat verboten, daß ich hier lerne, Papa will, daß ich mich hier erhole«, schleuderte er heraus mit dem ganzen Stolz auf seine Krankheit, verzweifelt sich an das Wort, an die Autorität seines Vaters anklammernd. Wie eine Drohung stieß er es hervor. Und was das Merkwürdigste war: das Wort schien tatsächlich in den beiden ein Mißbehagen zu erwecken. Die Mutter sah weg und trommelte nur nervös mit den Fingern auf den Tisch. Ein peinliches Schweigen stand breit zwischen ihnen. »Wie du meinst, Edi«, sagte schließlich der Baron mit einem erzwungenen Lächeln. »Ich muß ja keine Prüfung machen, ich bin schon längst bei allen durchgefallen.«

Aber Edgar lächelte nicht zu dem Scherz, sondern sah ihn nur an mit einem prüfenden, sehnsüchtig eindringenden Blick, als wollte er ihm bis in die Seele greifen. Was ging da vor? Etwas war verändert zwischen ihnen, und das Kind wußte nicht warum. Unruhig ließ es die Augen wandern. In seinem Herzen hämmerte ein kleiner hastiger Hammer: der erste Verdacht.

Brennendes Geheimnis

›Was hat sie so verwandelt?‹ sann das Kind, das ihnen im rollenden Wagen gegenübersaß. ›Warum sind sie nicht mehr zu mir wie früher? Weshalb vermeidet Mama immer meinen Blick, wenn ich sie ansehe? Warum sucht er immer vor mir Witze zu machen und den Hanswurst zu spielen? Beide reden sie nicht mehr zu mir wie gestern und vorgestern, mir ist beinahe, als hätten sie andere Gesichter bekommen. Mama hat heute so rote Lippen, sie muß sie gefärbt haben. Das habe ich nie gesehen an ihr. Und er zieht immer die Stirn kraus, als sei er beleidigt. Ich habe ihnen doch nichts getan, kein Wort gesagt, das sie verdrießen konnte? Nein, ich kann nicht die Ursache sein, denn sie sind selbst zueinander anders als vordem. Sie sind so, als ob sie etwas angestellt hätten, das sie sich nicht zu sagen getrauen. Sie plaudern nicht mehr wie gestern, sie lachen auch nicht, sie sind befangen, sie verbergen etwas. Irgendein Geheimnis ist zwischen ihnen, das sie mir nicht verraten wollen. Ein Geheimnis, das ich ergründen muß um jeden Preis. Ich kenne es schon, es muß dasselbe sein, vor dem sie mir immer die Türe verschließen, von dem in den Büchern die Rede ist und in den Opern, wenn die Männer und die Frauen mit ausgebreiteten Armen gegeneinander singen, sich umfassen und sich wegstoßen. Es muß irgendwie dasselbe sein wie das mit meiner französischen Lehrerin, die sich mit Papa so schlecht vertrug und die dann weggeschickt wurde. All diese Dinge hängen zusammen, das spüre ich, aber ich weiß nur nicht wie. Oh, es zu wissen, endlich zu wissen, dieses Geheimnis, ihn zu fassen, diesen Schlüssel, der alle Türen aufschließt, nicht länger mehr Kind sein, vor dem man alles versteckt und verhehlt, sich nicht mehr hinhalten lassen und betrügen! Jetzt oder nie! Ich will es ihnen entreißen, dieses furchtbare Geheimnis.‹ Eine Falte grub sich in seine Stirne, beinahe alt sah der schmächtige Zwölfjährige aus, wie er so ernst vor sich hin grübelte, ohne einen einzigen Blick an die Landschaft zu wenden, die sich in klingenden Farben rings entfaltete, die Berge im gereinigten Grün ihrer Nadelwälder, die Täler im noch zarten Glanz des verspäteten Frühlings. Er sah nur immer die beiden ihm gegenüber im Rücksitz des Wagens an, als könne er mit diesen heißen Blicken wie mit einer Angel das Geheimnis aus den glitzernden Tiefen ihrer Augen herausreißen. Nichts schärft Intelligenz mehr als leidenschaftlicher Verdacht, nichts entfaltet mehr alle Möglichkeiten eines unreifen Intellekts als eine Fährte, die ins Dunkel läuft. Manchmal ist es ja nur eine einzige, dünne Tür, welche Kinder von der Welt, die wir die wirkliche nennen, abtrennt, und ein zufälliger Windhauch sprengt sie ihnen auf.

Edgar fühlt sich mit einem Male dem Unbekannten, dem großen Geheimnis, so greifbar nahe wie noch nie, er spürte es knapp vor sich, zwar noch verschlossen und unenträtselt, aber nah, ganz nah. Das erregte ihn und gab ihm diesen plötzlichen, feierlichen Ernst. Denn unbewußt ahnte er, daß er am Rand seiner Kindheit stand.

Die beiden gegenüber fühlten irgendeinen dumpfen Widerstand vor sich, ohne zu ahnen, daß er von dem Knaben ausging. Sie fühlten sich eng und gehemmt zu dritt im Wagen. Die beiden Augen ihnen gegenüber mit ihrer dunkel in sich flackernden Glut behinderten sie. Sie wagten kaum zu reden, kaum zu blicken. Zu ihrer vormaligen leichten, gesellschaftlichen Konversation fanden sie jetzt nicht mehr zurück, schon zu sehr verstrickt in dem Ton der heißen Vertraulichkeiten, jener gefährlichen Worte, in denen die schmeichelnde Unzüchtigkeit von heimlichen Betastungen zittert. Ihr Gespräch stieß immer auf Lücken und Stockungen. Es blieb stehen, wollte weiter, stolperte aber immer wieder über das hartnäckige Schweigen des Knaben.

Besonders für die Mutter war sein verbissenes Schweigen eine Last. Sie sah ihn vorsichtig von der Seite an und erschrak, als sie plötzlich in der Art, wie das Kind die Lippen verkniff, zum erstenmal eine Ähnlichkeit mit ihrem Mann erkannte, wenn er gereizt oder verärgert war. Der Gedanke war ihr unbehaglich, gerade jetzt an ihren Mann erinnert zu werden, da sie mit einem Abenteuer spielte. Ein Gespenst, ein Wächter des Gewissens, doppelt unerträglich hier in der Enge des Wagens, zehn Zoll gegenüber mit seinen dunkel arbeitenden Augen und dem Lauern hinter der blassen Stirn, schien ihr das Kind. Da schaute Edgar plötzlich auf, eine Sekunde lang. Beide senkten sie sofort den Blick: sie spürten, daß sie sich belauerten, zum erstenmal in ihrem Leben. Bisher hatten sie einander blind vertraut, jetzt aber war etwas zwischen Mutter und Kind, zwischen ihr und ihm plötzlich anders geworden. Zum erstenmal in ihrem Leben begannen sie, sich zu beobachten, ihre beiden Schicksale voneinander zu trennen, beide schon mit einem heimlichen Haß gegeneinander, der nur noch zu neu war, als daß sie sich ihn einzugestehen wagten.

Alle drei atmeten sie auf, als die Pferde wieder vor dem Hotel hielten. Es war ein verunglückter Ausflug gewesen, alle fühlten es, und keiner wagte es zu sagen. Edgar sprang zuerst ab. Seine Mutter entschuldigte sich mit Kopfschmerzen und ging eilig hinauf. Sie war müde und wollte allein sein. Edgar und der Baron blieben zurück. Der Baron zahlte dem Kutscher, sah auf die Uhr und schritt gegen die Hall zu, ohne den Buben zu beachten. Er ging vorbei mit seinem feinen, schlanken Rücken, diesem rhythmisch leichten Wiegegang, der das Kind so bezauberte und den es gestern schon heimlich vor dem Spiegel nachzuahmen versucht hatte. Er ging vorbei, glatt vorbei. Offenbar hatte er den Knaben vergessen und ließ ihn stehen neben dem Kutscher, neben den Pferden, als gehöre er nicht zu ihm.

In Edgar riß irgend etwas entzwei, als er ihn so vorübergehen sah, ihn, den er trotz allem noch immer so abgöttisch liebte. Verzweiflung brach aus seinem Herzen, als er so vorbeiging, ohne ihn mit dem Mantel zu streifen, ohne ihm ein Wort zu sagen, der sich doch keiner Schuld bewußt war. Die mühsam bewahrte Fassung zerriß, die künstlich erhöhte Last der Würde glitt ihm von den zu schmalen Schultern, er wurde wieder ein Kind, klein und demütig wie gestern und vordem. Es riß ihn weiter wider seinen Willen. Mit rasch zitternden Schritten ging er dem Baron nach, trat ihm, der eben die Treppe hinauf wollte, in den Weg und sagte gepreßt, mit schwer verhaltenen Tränen:

»Was habe ich Ihnen getan, daß Sie nicht mehr auf mich achten? Warum sind Sie jetzt immer so fremd zu mir? Und die Mama auch? Warum wollen Sie mich immer wegschicken? Bin ich Ihnen lästig oder habe ich etwas getan?«

Der Baron schrak auf. In der Stimme war etwas, das ihn verwirrte und weich stimmte. Mitleid überkam ihn mit dem arglosen Buben. »Edi, du bist ein Narr! Ich war nur schlechter Laune heute. Und du bist ein lieber Bub, den ich wirklich gern hab.« Dabei schüttelte er ihn am Schopf tüchtig hin und her, aber doch das Gesicht halb abgewendet, um nicht diese großen, feuchten, flehenden Kinderaugen sehen zu müssen. Die Komödie, die er spielte, begann ihm peinlich zu werden. Er schämte sich eigentlich schon, mit der Liebe dieses Kindes so frech gespielt zu haben, und diese dünne, von unterirdischem Schluchzen geschüttelte Stimme tat ihm weh.

»Geh jetzt hinauf, Edi, heute abend werden wir uns wieder vertragen, du wirst schon sehen«, sagte er begütigend.

»Aber Sie dulden nicht, daß mich Mama gleich hinaufschickt. Nicht wahr?«

»Nein, nein, Edi, ich dulde es nicht«, lächelte der Baron. »Geh nur jetzt hinauf, ich muß mich anziehen für das Abendessen.«

Edgar ging, beglückt für den Augenblick. Aber bald begann der Hammer im Herzen sich wieder zu rühren. Er war um Jahre älter geworden seit gestern; ein fremder Gast, das Mißtrauen, saß jetzt schon fest in seiner kindischen Brust.

Er wartete. Es galt ja die entscheidende Probe. Sie saßen zusammen bei Tisch. Es wurde neun Uhr, aber die Mutter schickte ihn nicht zu Bett. Schon wurde er unruhig. Warum ließ sie ihn gerade heute so lange hier bleiben, sie, die sonst so genau war? Hatte ihr am Ende der Baron seinen Wunsch und das Gespräch verraten? Brennende Reue überfiel ihn plötzlich, ihm heute mit seinem vollen, vertrauenden Herzen nachgelaufen zu sein. Um zehn erhob sich plötzlich seine Mutter und nahm Abschied vom Baron. Und seltsam, auch er schien durch diesen frühen Aufbruch keineswegs verwundert zu sein, suchte auch nicht, wie sonst immer, sie zurückzuhalten. Immer heftiger schlug der Hammer in der Brust des Kindes.

Nun galt es scharfe Probe. Auch er stellte sich nichtsahnend und folgte ohne Widerrede seiner Mutter zur Tür. Dort aber zuckte er plötzlich auf mit den Augen. Und wirklich, er fing in dieser Sekunde einen lächelnden Blick auf, der über seinen Kopf von ihr gerade zum Baron hinüberging, einen Blick des Einverständnisses, irgendeines Geheimnisses. Der Baron hatte ihn also verraten. Deshalb also der frühe Aufbruch: er sollte heute eingewiegt werden in Sicherheit, um ihnen morgen nicht mehr im Wege zu sein.

»Schuft«, murmelte er.

»Was meinst du?« fragte die Mutter.

»Nichts«, stieß er zwischen den Zähnen hervor. Auch er hatte jetzt sein Geheimnis. Es hieß Haß, grenzenloser Haß gegen sie beide.

Edgars Unruhe war nun vorbei. Endlich genoß er ein reines, klares Gefühl: Haß und offene Feindschaft. Jetzt, da er gewiß war, ihnen im Weg zu sein, wurde das Zusammensein für ihn zu einer grausam komplizierten Wollust. Er weidete sich im Gedanken, sie zu stören, ihnen nun endlich mit der ganzen geballten Kraft seiner Feindseligkeit entgegenzutreten. Dem Baron wies er zuerst die Zähne. Als der morgens herabkam und ihn im Vorübergehen herzlich mit einem »Servus, Edi« begrüßte, knurrte Edgar, der, ohne aufzuschauen, im Fauteuil sitzen blieb, ihm nur ein hartes »Morgen« zurück.

»Ist die Mama schon unten?« Edgar blickte in die Zeitung: »Ich weiß nicht.«

Der Baron stutzte. Was war das auf einmal? »Schlecht geschlafen, Edi, was?« Ein Scherz sollte wie immer hinüberhelfen. Aber Edgar warf ihm nur wieder verächtlich ein »Nein« hin und vertiefte sich neuerdings in die Zeitung. »Dummer Bub«, murmelte der Baron vor sich hin, zuckte die Achseln und ging weiter. Die Feindschaft war erklärt.

Auch gegen seine Mama war Edgar kühl und höflich. Einen ungeschickten Versuch, ihn auf den Tennisplatz zu schicken, wies er ruhig zurück. Sein Lächeln, knapp an den Lippen aufgerollt und leise von Erbitterung gekräuselt, zeigte, daß er sich nicht mehr betrügen lasse. »Ich gehe lieber mit euch spazieren, Mama«, sagte er mit falscher Freundlichkeit und blickte ihr in die Augen. Die Antwort war ihr sichtlich ungelegen. Sie zögerte und schien etwas zu suchen. »Warte hier auf mich«, entschied sie endlich und ging zum Frühstück.

Edgar wartete. Aber sein Mißtrauen war rege. Ein unruhiger Instinkt arbeitete nun zwischen jedem Wort dieser beiden eine geheime feindselige Absicht heraus. Der Argwohn gab ihm jetzt manchmal eine merkwürdige Hellsichtigkeit der Entschlüsse. Und statt, wie ihm angewiesen war, in der Hall zu warten, zog Edgar es vor, sich auf der Straße zu postieren, wo er nicht nur den einen Hauptausgang, sondern alle Türen überwachen konnte. Irgend etwas in ihm witterte Betrug. Aber sie sollten ihm nicht mehr entwischen. Auf der Straße drückte er sich, wie er es in seinen Indianerbüchern gelernt hatte, hinter einen Holzstoß. Und lachte nur zufrieden, als er nach etwa einer halben Stunde seine Mutter tatsächlich aus der Seitentür treten sah, einen Buschen prachtvoller Rosen in der Hand und gefolgt vom Baron, dem Verräter.

Beide schienen sie sehr übermütig. Atmeten sie schon auf, ihm entgangen zu sein, allein für ihr Geheimnis? Sie lachten im Gespräch und schickten sich an, den Waldweg hinabzugehen.

Jetzt war der Augenblick gekommen. Edgar schlenderte gemächlich, als hätte ein Zufall ihn hergeführt, hinter dem Holzstoß hervor. Ganz, ganz gelassen ging er auf sie zu, ließ sich Zeit, sehr viel Zeit, um sich ausgiebig an ihrer Überraschung zu weiden. Die beiden waren verblüfft und tauschten einen befremdeten Blick. Langsam, mit gespielter Selbstverständlichkeit kam das Kind heran und ließ seinen höhnischen Blick nicht von ihnen. »Ah, da bist du, Edi, wir haben dich schon drin gesucht«, sagte endlich die Mutter. ›Wie frech sie lügt‹, dachte das Kind. Aber die Lippen blieben hart. Sie hielten das Geheimnis des Hasses hinter den Zähnen.

Unschlüssig standen sie alle drei. Einer lauerte auf den andern. »Also gehen wir«, sagte resigniert die verärgerte Frau und zerpflückte eine der schönen Rosen. Wieder dieses leichte Zittern um die Nasenflügel, das bei ihr Zorn verriet. Edgar blieb stehen, als ginge ihn das nichts an, sah ins Blaue, wartete, bis sie gingen, dann schickte er sich an, ihnen zu folgen. Der Baron machte noch einen Versuch. »Heute ist Tennisturnier, hast du das schon einmal gesehen?« Edgar blickte ihn nur verächtlich an. Er antwortete ihm gar nicht mehr, zog nur die Lippen krumm, als ob er pfeifen wollte. Das war sein Bescheid. Sein Haß wies die blanken Zähne.

Wie ein Alp lastete nun seine unerbetene Gegenwart auf den beiden. Sträflinge gehen so hinter dem Wärter, mit heimlich geballten Fäusten. Das Kind tat eigentlich gar nichts und wurde ihnen doch in jeder Minute mehr unerträglich mit seinen lauernden Blicken, die feucht waren von verbissenen Tränen, seiner gereizten Mürrischkeit, die alle Annäherungsversuche wegknurrte. »Geh voraus«, sagte plötzlich wütend die Mutter, beunruhigt durch sein fortwährendes Lauschen. »Tanz mir nicht immer vor den Füßen, das macht mich nervös!« Edgar gehorchte, aber immer nach ein paar Schritten wandte er sich um, blieb wartend stehen, wenn sie zurückgeblieben waren, sie mit seinem Blick wie der schwarze Pudel mephistophelisch umkreisend und einspinnend in dieses feurige Netz von Haß, in dem sie sich unentrinnbar gefangen fühlten.

Sein böses Schweigen zerriß wie eine Säure ihre gute Laune, sein Blick vergällte ihnen das Gespräch von den Lippen weg. Der Baron wagte kein einziges werbendes Wort mehr, er spürte mit Zorn diese Frau ihm wieder entgleiten, ihre mühsam angefachte

Leidenschaftlichkeit jetzt auskühlen in der Furcht vor diesem lästigen, widerlichen Kind. Immer wieder versuchten sie zu reden, immer brach ihre Konversation zusammen. Schließlich trotteten sie alle drei schweigend über den Weg, hörten nur mehr die Bäume flüsternd gegeneinander schlagen und ihren eigenen verdrossenen Schritt. Das Kind hatte ihr Gespräch erdrosselt.

Jetzt war in allen dreien die gereizte Feindseligkeit. Mit Wollust spürte das verratene Kind, wie sich ihre Wut wehrlos gegen seine mißachtete Existenz wendete, aber er wartete auf ihren Ausbruch mit einer gehässigen Ungeduld. Mit zwinkernd höhnischem Blick streifte er ab und zu das verbissene Gesicht des Barons. Er sah, wie der zwischen den Zähnen Schimpfworte knirschte und an sich halten mußte, um sie nicht gegen ihn zu speien, merkte zugleich auch mit diabolischer Lust den aufsteigenden Zorn seiner Mutter und daß beide nur einen Anlaß ersehnten, sich auf ihn zu stürzen, ihn wegzuschieben oder unschädlich zu machen. Aber es bot sich keine Gelegenheit, sein Haß war in langen Stunden berechnet und gab sich keine Blößen.

»Gehen wir zurück!« sagte plötzlich die Mutter. Sie fühlte, daß sie nicht länger an sich halten könnte, daß sie etwas tun müßte, aufschrein zumindest unter dieser Folter. »Wie schade«, sagte Edgar ruhig, »es ist so schön.«

Beide merkten, daß das Kind sie verhöhnte. Aber sie wagten nichts zu sagen, dieser Tyrann hatte in zwei Tagen zu wundervoll gelernt, sich zu beherrschen. Kein Zucken im Gesicht verriet die schneidende Ironie. Ohne Worte gingen sie den langen Weg wieder heim. In ihr flackerte die Erregung noch nach, als sie dann beide allein im Zimmer waren. Sie warf den Sonnenschirm und ihre Handschuhe ärgerlich weg. Edgar merkte sofort, daß ihre Nerven erregt waren und nach Entladung verlangten, aber er wollte einen Ausbruch und blieb mit Absicht im Zimmer, um sie zu reizen. Sie ging auf und ab, setzte sich wieder hin, ihre Finger trommelten auf dem Tisch, dann sprang sie wieder auf. »Wie zerrauft du bist, wie schmutzig du umhergehst! Es ist eine Schande vor den Leuten. Schämst du dich nicht in deinem Alter?« Ohne ein Wort der Gegenrede ging das Kind hin und kämmte sich. Dieses Schweigen, dieses obstinate kalte Schweigen mit dem Zittern von Hohn auf den Lippen machte sie rasend. Am liebsten hätte sie ihn geprügelt. »Geh auf dein Zimmer«, schrie sie ihn an. Sie konnte seine Gegenwart nicht mehr ertragen. Edgar lächelte und ging.

Wie sie jetzt beide zitterten vor ihm, wie sie Angst hatten, der

Baron und sie, vor jeder Stunde des Zusammenseins, dem unbarmherzig harten Griff seiner Augen! Je unbehaglicher sie sich fühlten, in desto satterem Wohlbehagen beglänzte sich sein Blick, desto herausfordernder wurde seine Freude. Edgar quälte die Wehrlosen jetzt mit der ganzen fast noch tierischen Grausamkeit der Kinder. Der Baron konnte seinen Zorn noch dämmen, weil er immer hoffte, dem Buben noch einen Streich spielen zu können, und nur an sein Ziel dachte. Aber sie, die Mutter, verlor immer wieder die Beherrschung. Für sie war es eine Erleichterung, ihn anschreien zu können. »Spiel nicht mit der Gabel«, fuhr sie ihn bei Tisch an. »Du bist ein ungezogener Fratz, du verdienst noch gar nicht, unter Erwachsenen zu sitzen.« Edgar lächelte nur immer, lächelte, den Kopf ein wenig schief zur Seite gelegt. Er wußte, daß dieses Schreien Verzweiflung war, und empfand Stolz, daß sie sich so verrieten. Er hatte jetzt einen ganz ruhigen Blick wie den eines Arztes. Früher wäre er vielleicht boshaft gewesen, um sie zu ärgern, aber man lernt viel und rasch im Haß. Jetzt schwieg er nur, schwieg und schwieg, bis sie zu stöhnen begann unter dem Druck seines Schweigens.

Seine Mutter konnte es nicht länger ertragen. Als sie jetzt vom Essen aufstanden und Edgar wieder mit dieser selbstverständlichen Anhänglichkeit ihnen folgen wollte, brach es plötzlich los aus ihr. Sie vergaß alle Rücksicht und spie die Wahrheit aus. Gepeinigt von seiner schleichenden Gegenwart, bäumte sie sich wie ein von Fliegen gefoltertes Pferd. »Was rennst du mir immer nach wie ein dreijähriges Kind? Ich will dich nicht immer in der Nähe haben. Kinder gehören nicht zu Erwachsenen. Merk dir das! Beschäftige dich doch einmal eine Stunde mit dir selbst. Lies etwas oder tu, was du willst. Laß mich in Ruh! Du machst mich nervös mit deinem Herumschleichen, deiner widerlichen Verdrossenheit.«

Endlich hatte er es ihr entrissen, das Geständnis! Edgar lächelte, während der Baron und sie jetzt verlegen schienen. Sie wandte sich ab und wollte weiter, wütend über sich selbst, daß sie ihr Unbehagen dem Kind verraten hatte. Aber Edgar sagte nur kühl: »Papa will nicht, daß ich allein hier herumgehe. Papa hat mir das Versprechen abgenommen, daß ich nicht unvorsichtig bin und bei dir bleibe.«

Er betonte das Wort ›Papa‹, weil er damals bemerkt hatte, daß es eine gewisse lähmende Wirkung auf die beiden übte. Auch sein Vater mußte also irgendwie verstrickt sein in dieses heiße Geheimnis. Papa mußte irgendeine geheime Macht über die beiden haben, die er nicht kannte, denn schon die Erwähnung seines

Namens schien ihnen Angst und Unbehagen zu bereiten. Auch diesmal entgegneten sie nichts. Sie streckten die Waffen. Die Mutter ging voran, der Baron mit ihr. Hinter ihnen kam Edgar, aber nicht demütig wie ein Diener, sondern hart, streng und unerbittlich wie ein Wächter. Unsichtbar klirrte er mit der Kette, an der sie rüttelten und die nicht zu zersprengen war. Der Haß hatte seine kindische Kraft gestählt, er, der Unwissende, war stärker als sie beide, denen das Geheimnis die Hände band.

Die Lügner

Aber die Zeit drängte. Der Baron hatte nur mehr wenige Tage, und die wollten genützt sein. Widerstand gegen die Hartnäckigkeit des gereizten Kindes war, das fühlten sie, vergeblich, und so griffen sie zum letzten, zum schmählichsten Ausweg: zur Flucht, um nur für eine oder zwei Stunden seiner Tyrannei zu entgehen.

»Gib diese Briefe rekommandiert zur Post«, sagte die Mutter zu Edgar. Sie standen beide in der Hall, der Baron sprach draußen mit einem Fiaker.

Mißtrauisch übernahm Edgar die beiden Briefe. Er hatte bemerkt, daß früher ein Diener irgendeine Botschaft seiner Mutter übermittelt hatte. Bereiteten sie am Ende etwas gemeinsam gegen ihn vor?

Er zögerte. »Wo erwartest du mich?«

»Hier.«

»Bestimmt?«

»Ja.«

»Daß du aber nicht weggehst! Du wartest also hier in der Hall auf mich, bis ich zurückkomme?« Er sprach im Gefühl seiner Überlegenheit mit seiner Mutter schon befehlshaberisch. Seit vorgestern hatte sich viel verändert.

Dann ging er mit den beiden Briefen. An der Tür stieß er mit dem Baron zusammen. Er sprach ihn an, zum erstenmal seit zwei Tagen.

»Ich gebe nur die zwei Briefe auf. Meine Mama wartet auf mich, bis ich zurückkomme. Bitte gehen Sie nicht früher fort.«

Der Baron drückte sich rasch vorbei. »Ja, ja, wir warten schon.«

Edgar stürmte zum Postamt. Er mußte warten. Ein Herr vor ihm hatte ein Dutzend langweiliger Fragen. Endlich konnte er sich des Auftrags entledigen und rannte sofort mit den Aufgabescheinen zurück. Und er kam eben zurecht, um zu sehen, wie seine

Mutter und der Baron im Fiaker davonfuhren.

Er war starr vor Wut. Fast hätte er sich niedergebückt und ihnen einen Stein nachgeschleudert. Sie waren ihm also doch entkommen, aber mit einer wie gemeinen, wie schurkischen Lüge! Daß seine Mutter log, wußte er seit gestern. Aber daß sie so schamlos sein konnte, ein offenes Versprechen zu mißachten, daß zerriß ihm ein letztes Vertrauen. Er verstand das ganze Leben nicht mehr, seit er sah, daß die Worte, hinter denen er die Wirklichkeit vermutet hatte, nur farbige Blasen waren, die sich blähten und in nichts zersprangen. Aber was für ein furchtbares Geheimnis mußte das sein, das erwachsene Menschen so weit trieb, ihn, ein Kind, zu belügen, sich wegzustehlen wie Verbrecher? In den Büchern, die er gelesen hatte, mordeten und betrogen die Menschen, um Geld zu gewinnen oder Macht oder Königreiche. Was aber war hier die Ursache, was wollten diese beiden, warum versteckten sie sich vor ihm, was suchten sie unter hundert Lügen zu verhüllen? Er zermarterte sein Gehirn. Dunkel spürte er, daß dieses Geheimnis der Riegel der Kindheit sei, daß, es erobert zu haben, bedeutete, erwachsen zu sein, endlich, endlich ein Mann. Oh, es zu fassen! Aber er konnte nicht mehr klar denken. Die Wut, daß sie ihm entkommen waren, verbrannte und verqualmte ihm den klaren Blick.

Er lief hinaus in den Wald, gerade konnte er sich noch ins Dunkel retten, wo ihn niemand sah, und da brach es heraus, in einem Strom heißer Tränen. »Lügner, Hunde, Betrüger, Schurken« – er mußte diese Worte laut herausschreien, sonst wäre er erstickt. Die Wut, die Ungeduld, der Ärger, die Neugier, die Hilflosigkeit und der Verrat der letzten Tage, im kindischen Kampf, im Wahn seiner Erwachsenheit niedergehalten, sprengten jetzt die Brust und wurden Tränen. Es war das letzte Weinen seiner Kindheit, das letzte wildeste Weinen, zum letztenmal gab er sich weibisch hin an die Wollust der Tränen. Er weinte in dieser Stunde fassungsloser Wut alles aus sich heraus, Vertrauen, Liebe, Gläubigkeit, Respekt – seine ganze Kindheit.

Der Knabe, der dann zum Hotel zurückging, war ein anderer. Er war kühl und handelte vorbedacht. Zunächst ging er in sein Zimmer, wusch sorgfältig das Gesicht und die Augen, um den beiden nicht den Triumph zu gönnen, die Spuren seiner Tränen zu sehen. Dann bereitete er die Abrechnung vor. Und wartete geduldig ohne jede Unruhe.

Die Hall war recht gut besucht, als der Wagen mit den beiden Flüchtigen draußen hielt. Ein paar Herren spielten Schach, andere lasen ihre Zeitung, die Damen plauderten. Unter ihnen hatte reglos, ein wenig blaß, mit zitternden Blicken das Kind gesessen. Als jetzt seine Mutter und der Baron zur Türe hereinkamen, ein wenig geniert, ihn so plötzlich zu sehen, und schon die vorbereitete Ausrede stammeln wollten, trat er ihnen aufrecht und ruhig entgegen und sagte herausfordernd: »Herr Baron, ich möchte Ihnen etwas sagen.«

Dem Baron wurde es unbehaglich. Er kam sich irgendwie ertappt vor. »Ja, ja, später, gleich!«

Aber Edgar warf die Stimme hoch und sagte hell und scharf, daß alle rings es hören konnten: »Ich will aber jetzt mit Ihnen reden. Sie haben sich niederträchtig benommen. Sie haben mich angelogen. Sie wußten, daß meine Mama auf mich wartet, und sind ...«

»Edgar!« schrie die Mutter, die alle Blicke auf sich gerichtet sah, und stürzte gegen ihn los.

Aber das Kind kreischte jetzt, da es sah, daß sie seine Worte überschreien wollten, plötzlich gellend auf:

»Ich sage es Ihnen nochmals vor allen Leuten. Sie haben infam gelogen, und das ist gemein, das ist erbärmlich.«

Der Baron stand blaß, die Leute starrten auf, einige lächelten.

Die Mutter packte das vor Erregung zitternde Kind: »Komm sofort auf dein Zimmer, oder ich prügle dich hier vor allen Leuten«, stammelte sie heiser.

Edgar aber stand schon wieder ruhig. Es tat ihm leid, so leidenschaftlich gewesen zu sein. Er war unzufrieden mit sich selbst, denn eigentlich wollte er ja den Baron kühl herausfordern; erst im letzten Augenblicke war die Wut wilder gewesen als sein Wille. Ruhig, ohne Hast wandte er sich zur Treppe.

»Entschuldigen Sie, Herr Baron, seine Ungezogenheit. Sie wissen ja, er ist ein nervöses Kind«, stotterte sie noch, verwirrt von den ein wenig hämischen Blicken der Leute, die sie ringsum anstarrten. Nichts in der Welt war ihr fürchterlicher als Skandal, und sie wußte, daß sie nun Haltung bewahren mußte. Statt gleich die Flucht zu ergreifen, ging sie zuerst zum Portier, fragte nach Briefen und anderen gleichgültigen Dingen und rauschte dann hinauf, als ob nichts geschehen wäre. Aber hinter ihr wisperte ein leises Kielwasser von Zischeln und unterdrücktem Gelächter.

Unterwegs verlangsamte sich ihr Schritt. Sie war ernsten Situationen gegenüber immer hilflos und hatte eigentlich Angst vor dieser Auseinandersetzung. Daß sie schuldig war, konnte sie nicht leugnen, und dann: sie fürchtete sich vor dem Blick des Kindes, vor diesem neuen, fremden, so merkwürdigen Blick, der sie lähmte und unsicher machte. Aus Furcht beschloß sie, es mit Milde zu versuchen. Denn bei einem Kampf war, das wußte sie, dieses gereizte Kind jetzt der Stärkere.

Leise klinkte sie die Türe auf. Der Bub saß da, ruhig und kühl. Die Augen, die er zu ihr aufhob, waren ganz ohne Angst, verrieten nicht einmal Neugierde. Er schien sehr sicher zu sein.

»Edgar«, begann sie möglichst mütterlich, »was ist dir eingefallen? Ich habe mich geschämt für dich. Wie kann man nur so ungezogen sein, schon gar als Kind zu einem Erwachsenen! Du wirst dich dann sofort beim Herrn Baron entschuldigen.«

Edgar schaute zum Fenster hinaus. Das »Nein« sagte er gleichsam zu den Bäumen gegenüber.

Seine Sicherheit begann sie zu befremden.

»Edgar, was geht denn vor mit dir? Du bist ja ganz anders als sonst? Ich kenne mich gar nicht mehr in dir aus. Du warst doch sonst immer ein kluges, artiges Kind, mit dem man alles besprechen konnte. Und auf einmal benimmst du dich so, als sei der Teufel in dich gefahren. Was hast du denn gegen den Baron? Du hast ihn doch sehr gern gehabt. Er war immer so lieb gegen dich.«

»Ja, weil er dich kennenlernen wollte.«

Ihr wurde unbehaglich. »Unsinn! Was fällt dir ein. Wie kannst du so etwas denken?«

Aber da fuhr das Kind auf.

»Ein Lügner ist er, ein falscher Mensch. Was er tut, ist Berechnung und Gemeinheit. Er hat dich kennenlernen wollen, deshalb war er freundlich zu mir und hat mir einen Hund versprochen. Ich weiß nicht, was er dir versprochen hat und warum er zu dir freundlich ist, aber auch von dir will er etwas, Mama, ganz bestimmt. Sonst wäre er nicht so höflich und freundlich. Er ist ein schlechter Mensch. Er lügt. Sieh ihn dir nur einmal an, wie falsch er immer schaut. Oh, ich hasse ihn, diesen erbärmlichen Lügner, diesen Schurken ...«

»Aber Edgar, wie kann man so etwas sagen.« Sie war verwirrt und wußte nicht zu antworten. In ihr regte sich ein Gefühl, das dem Kind recht gab.

»Ja, er ist ein Schurke, das lasse ich mir nicht ausreden. Das mußt du selbst sehen. Warum hat er denn Angst vor mir? Warum versteckt er sich vor mir? Weil er weiß, daß ich ihn durchschaue, daß ich ihn kenne, diesen Schurken!«

»Wie kann man so etwas sagen, wie kann man so etwas sagen.« Ihr Gehirn war ausgetrocknet, nur die Lippen stammelten blutlos immer wieder die beiden Sätze. Sie begann jetzt plötzlich eine

furchtbare Angst zu spüren und wußte eigentlich nicht, ob vor dem Baron oder vor dem Kinde.

Edgar sah, daß seine Mahnung Eindruck machte. Und es verlockte ihn, sie zu sich herüberzureißen, einen Genossen zu haben im Hasse, in der Feindschaft gegen ihn. Weich ging er auf seine Mutter zu, umfaßte sie, und seine Stimme wurde schmeichlerisch vor Erregung.

»Mama«, sagte er, »du mußt doch bemerkt haben, daß er nichts Gutes will. Er hat dich ganz anders gemacht. Du bist verändert, und nicht ich. Er hat dich aufgehetzt gegen mich, nur um dich allein zu haben. Sicher will er dich betrügen. Ich weiß nicht, was er dir versprochen hat. Ich weiß nur, er wird es nicht halten. Du solltest dich hüten vor ihm. Wer einen belügt, belügt auch den andern. Er ist ein böser Mensch, dem man nicht trauen soll.«

Diese Stimme, weich und fast in Tränen klang wie aus ihrem eigenen Herzen. In ihr war ohnehin schon ein Mißbehagen, das ihr dasselbe sagte: eindringlicher und eindringlicher. Aber sie schämte sich, dem eigenen Kinde recht zu geben. Und rettete sich, wie viele, aus der Verlegenheit eines überwältigenden Gefühls in die Rauheit des Ausdrucks. Sie reckte sich auf.

»Kinder verstehen so etwas nicht. Du hast in solche Sachen nicht dreinzureden. Du hast dich anständig zu benehmen. Das ist alles.«

Edgars Gesicht fror wieder kalt ein. »Wie du meinst«, sagte er hart, »ich habe dich gewarnt.«

»Also du willst dich nicht entschuldigen?«

»Nein.«

Sie standen sich schroff gegenüber. Sie fühlte, es ging um ihre Autorität.

»Dann wirst du hier oben speisen. Allein. Und nicht eher an unseren Tisch kommen, bis du dich entschuldigt hast. Ich werde dich noch Manieren lehren. Du wirst dich nicht vom Zimmer rühren, bis ich es dir erlaube. Hast du verstanden?«

Edgar lächelte. Dieses tückische Lächeln schien schon mit seinen Lippen verwachsen zu sein. Innerlich war er zornig gegen sich selbst. Wie töricht von ihm, daß er wieder einmal sein Herz hatte entlaufen lassen und sie, die Lügnerin, noch warnen wollte.

Die Mutter rauschte hinaus; ohne ihn noch einmal anzusehen. Sie fürchtete diese schneidenden Augen. Das Kind war ihr unbehaglich geworden, seit sie fühlte, daß es seine Augen offen hatte und ihr gerade das sagte, was sie nicht wissen und nicht hören wollte. Schreckhaft war es ihr, eine innere Stimme, ihr Gewissen, abgelöst von sich selber, als Kind verkleidet, als ihr eigenes Kind herumgehen und sie warnen, sie verhöhnen zu sehen. Bisher war dieses Kind neben ihrem Leben gewesen, ein Schmuck, ein Spielzeug, irgendein Liebes und Vertrautes, manchmal vielleicht eine Last, aber immer etwas, das in derselben Strömung, im gleichen Takt ihres Lebens lief. Zum erstenmal bäumte das sich heute auf und trotzte gegen ihren Willen. Etwas wie Haß mischte sich jetzt immer in die Erinnerung an ihr Kind.

Aber dennoch: jetzt, da sie die Treppe, ein wenig müde, niederstieg, klang die kindliche Stimme aus ihrer eigenen Brust. »Du solltest dich hüten vor ihm.« – Die Mahnung ließ sich nicht zum Schweigen bringen. Da glänzte ihr im Vorüberschreiten ein Spiegel entgegen, fragend blickte sie hinein, tiefer und immer tiefer, bis sich dort die Lippen leise lächelnd auftaten und sich rundeten wie zu einem gefährlichen Wort. Noch immer klang von innen die Stimme; aber sie warf die Achseln hoch, als schüttle sie all diese unsichtbaren Bedenken von sich herab, gab dem Spiegel einen hellen Blick, raffte das Kleid und ging hinab mit der entschlossenen Geste eines Spielers, der sein letztes Goldstück klingend über den Tisch rollen läßt.

Spuren im Mondlicht

Der Kellner, der Edgar das Essen in seinen Stubenarrest gebracht hatte, schloß die Türe. Hinter ihm knackte das Schloß. Das Kind fuhr wütend auf: das war offenbar im Auftrag seiner Mutter geschehen, daß man ihn einsperrte wie ein bösartiges Tier. Finster rang es sich aus ihm.

›Was geschieht nun da drunten, während ich hier eingeschlossen bin? Was mögen die beiden jetzt bereden? Geschieht am Ende jetzt dort das Geheime, und ich muß es versäumen? Oh, dieses Geheimnis, das ich immer und überall spüre, wenn ich unter Erwachsenen bin, vor dem sie die Türe zuschließen in der Nacht, das sie in leises Gespräch versenken, trete ich unversehens herein, dieses große Geheimnis, das mir jetzt seit Tagen nahe ist, hart vor den Händen, und das ich noch immer nicht greifen kann! Was habe ich nicht schon getan, um es zu fassen! Ich habe Papa damals Bücher aus dem Schreibtisch gestohlen und sie gelesen, und alle diese merkwürdigen Dinge waren darin, nur daß ich sie nicht verstand. Es muß irgendwie ein Siegel daran sein, das erst abzulösen ist, um es zu finden, vielleicht in mir, vielleicht in den anderen.

Ich habe das Dienstmädchen gefragt, sie gebeten, mir diese Stellen in den Büchern zu erklären, aber sie hat mich ausgelacht. Furchtbar, Kind zu sein, voll von Neugier, und doch niemand fragen zu dürfen, immer lächerlich zu sein vor diesen Großen, als ob man etwas Dummes und Nutzloses wäre. Aber ich werde es erfahren, ich fühle, ich werde es jetzt bald wissen. Ein Teil ist schon in meinen Händen, und ich will nicht früher ablassen, bis ich das Ganze besitze!‹

Er horchte, ob jemand käme. Ein leichter Wind flog von draußen durch die Bäume und brach den starren Spiegel des Mondlichtes zwischen dem Geäste in hundert schwanke Splitter.

›Es kann nichts Gutes sein, was die beiden vorhaben, sonst hätten sie nicht solche erbärmliche Lügen gesucht, um mich fortzukriegen. Gewiß, sie lachen jetzt über mich, die Verfluchten, daß sie mich endlich los sind, aber ich werde zuletzt lachen. Wie dumm von mir, mich hier einsperren zu lassen, statt an ihnen zu kleben und jede ihrer Bewegungen zu belauschen. Ich weiß, die Großen sind ja immer unvorsichtig, und auch sie werden sich verraten. Sie glauben immer von uns, daß wir noch ganz klein sind und abends immer schlafen, sie vergessen, daß man sich auch schlafend stellen kann und lauschen, daß man sich dumm geben kann und sehr klug sein. Jüngst, als meine Tante ein Kind bekam, haben sie es lange vorausgewußt und sich nur vor mir verwundert gestellt, als seien sie überrascht worden. Aber ich habe es auch gewußt, denn ich habe sie reden gehört, vor Wochen am Abend, als sie glaubten, ich schliefe. Und so werde ich auch diesmal sie überraschen, diese Niederträchtigen. Oh, wenn ich durch die Türe spähen könnte, sie heimlich jetzt beobachten, während sie sich sicher wähnen. Sollte ich nicht vielleicht jetzt läuten. Dann käme das Mädchen, sperrte die Tür auf und fragte, was ich wollte. Oder ich könnte poltern, könnte Geschirr zerschlagen, dann sperrte man auch auf. Und in dieser Sekunde könnte ich hinausschlüpfen und sie belauschen. Aber nein, das will ich nicht. Niemand soll sehen, wie niederträchtig sie mich behandeln. Ich bin zu stolz dazu. Morgen will ich es ihnen schon heimzahlen.‹

Unten lachte eine Frauenstimme. Edgar schrak zusammen: das könnte seine Mutter sein. Die hatte ja Grund zu lachen, ihn zu verhöhnen, den Kleinen, Hilflosen, hinter dem man den Schlüssel abdrehte, wenn er lästig war, den man in den Winkel warf wie ein Bündel nasser Kleider. Vorsichtig beugte er sich zum Fenster hinaus. Nein, sie war es nicht, sondern fremde übermütige Mädchen, die einen Burschen neckten.

Da, in dieser Minute bemerkte er, wie wenig hoch sich eigentlich sein Fenster über der Erde erhob. Und schon, kaum daß ers merkte, war der Gedanke da: hinausspringen, jetzt, da sie sich ganz sicher wähnten, sie belauschen. Er fieberte vor Freude über seinen Entschluß. Ihm war, als hielte er damit das große, das funkelnde Geheimnis der Kindheit in den Händen. ›Hinaus, hinaus‹, zitterte es in ihm. Gefahr war keine. Menschen gingen nicht vorüber, und schon sprang er. Es gab ein leises Geräusch von knirschendem Kies, das keiner vernahm.

In diesen zwei Tagen war ihm das Beschleichen, das Lauern zur Lust seines Lebens geworden. Und Wollust fühlte er jetzt gemengt mit einem leisen Schauer von Angst, als er auf ganz leisen Sohlen um das Hotel schlich, sorgsam den stark ausstrahlenden Widerschein der Lichter vermeidend. Zunächst blickte er, die Wange vorsichtig an die Scheiben pressend, in den Speisesaal. Ihr gewohnter Platz war leer. Er spähte dann weiter, von Fenster zu Fenster. Ins Hotel selbst wagte er sich nicht hinein aus Furcht, er könnte ihnen zwischen den Gängen unversehens in den Weg laufen. Nirgends waren sie zu finden. Schon wollte er verzweifeln, da sah er zwei Schatten aus der Türe vorfallen und – er zuckte zurück und duckte sich in das Dunkel – seine Mutter mit ihrem nun unvermeidlichen Begleiter heraustreten. Er war also gerade zurecht gekommen. Was sprachen sie? Er konnte es nicht verstehen. Sie redeten leise, und der Wind rumorte zu unruhig in den Bäumen. Jetzt aber zog deutlich ein Lachen vorüber, die Stimme seiner Mutter. Es war ein Lachen, das er an ihr gar nicht kannte, ein seltsam scharfes, wie gekitzeltes, gereiztes, nervöses Lachen, das ihn fremd anmutete und vor dem er erschrak. Sie lachte. Also konnte es nichts Gefährliches sein, nicht etwas ganz Großes und Gewaltiges, das man vor ihm verbarg. Edgar war ein wenig enttäuscht.

Aber warum verließen sie das Hotel? Wohin gingen sie jetzt allein in der Nacht? Hoch oben mußten mit riesigen Flügeln Winde dahinstreifen, denn der Himmel, eben noch rein und mondklar, wurde jetzt dunkel. Schwarze Tücher, von unsichtbaren Händen geworfen, wickelten manchmal den Mond ein, und die Nacht wurde dann so undurchdringlich, daß man kaum den Weg sehen konnte, um bald wieder hell zu glänzen, wenn sich der Mond befreite. Silber floß kühl über die Landschaft. Geheimnisvoll war dieses Spiel zwischen Licht und Schatten und aufreizend wie das Spiel einer Frau mit Blöße und Verhüllungen. Gerade jetzt entkleidete die Landschaft wieder ihren blanken Leib: Edgar sah schräg über dem Weg die wandelnden Silhouetten oder vielmehr die eine, denn so aneinandergepreßt gingen sie, als drängte sie eine innere Furcht zusammen. Aber wohin gingen sie jetzt, die beiden? Die Föhren ächzten, es atmete eine unheimliche Geschäftigkeit im Wald, als wühle die wilde Jagd darin. ›Ich folge ihnen‹, dachte Edgar, ›sie können meinen Schritt nicht hören in diesem Aufruhr von Wind und Wald.‹ Und er sprang, indes die unten auf der breiten, hellen Straße gingen, oben im Gehölz von einem Baum zum anderen leise weiter, von Schatten zu Schatten. Er folgte ihnen zäh und unerbittlich, segnete den Wind, der seine Schritte unhörbar machte, und verfluchte ihn, weil er ihm immer die Worte von drüben wegtrug. Wenn er nur einmal ihr Gespräch hätte hören können, war er sicher, das Geheimnis zu halten.

Die beiden gingen ahnungslos. Sie fühlten sich selig allein in dieser weiten, verwirrten Nacht und verloren sich in ihrer wachsenden Erregung. Keine Ahnung warnte sie, daß oben im vielverzweigten Dunkel jedem ihrer Schritte gefolgt wurde und zwei Augen sie mit der ganzen Kraft von Haß und Neugier umkrallt hielten.

Plötzlich blieben sie stehen. Auch Edgar hielt sofort inne und preßte sich eng an einen Baum. Ihn befiel eine stürmische Angst. Wie, wenn sie jetzt umkehrten und vor ihm das Hotel erreichten, wenn er sich nicht retten konnte in sein Zimmer und die Mutter es leer fand? Dann war alles verloren, dann wußten sie, daß er sie heimlich belauerte, und er durfte nie mehr hoffen, ihnen das Geheimnis zu entreißen. Aber die beiden zögerten, offenbar in einer Meinungsverschiedenheit. Glücklicherweise war Mondlicht, und er konnte alles deutlich sehen. Der Baron deutete auf einen dunklen, schmalen Seitenweg, der ins Tal hinabführte, wo das Mondlicht nicht wie hier auf der Straße einen weiten, vollen Strom rauschte, sondern nur in Tropfen und seltsamen Strahlen durchs Dickicht sickerte. ›Warum will er dort hinab?‹ zuckte es in Edgar. Seine Mutter schien »Nein« zu sagen, er aber, der andere, sprach ihr zu. Edgar konnte an der Art seiner Gestikulation merken, wie eindringlich er sprach. Angst befiel das Kind. Was wollte dieser Mensch von seiner Mutter? Warum versuchte er, dieser Schurke, sie ins Dunkel zu schleppen? Aus seinen Büchern, die für ihn die Welt waren, kamen plötzlich lebendige Erinnerungen von Mond und Entführung, von finsteren Verbrechen. Sicherlich, er wollte sie ermorden, und dazu hatte er ihn weggehalten, sie einsam hierher gelockt. Sollte er um Hilfe schreien? Mörder! Der Ruf saß ihm schon ganz oben in der Kehle, aber die Lippen waren vertrocknet und brachten keinen Laut heraus. Seine Nerven spannten sich vor Aufregung, kaum konnte er sich gerade halten, erschreckt vor Angst griff er nach einem Halt – da knackte ihm ein Zweig unter den Händen.

Die beiden wandten sich erschreckt um und starrten ins Dunkel. Edgar blieb stumm an den Baum gelehnt mit angepreßten Armen, den kleinen Körper tief in den Schatten geduckt. Es blieb Totenstille. Aber doch, sie schienen erschreckt. »Kehren wir um«, hörte er seine Mutter sagen. Es klang geängstigt von ihren Lippen. Der Baron, offenbar selbst beunruhigt, willigte ein. Die beiden gingen langsam und eng aneinandergeschmiegt zurück. Ihre innere Befangenheit war Edgars Glück. Auf allen vieren, ganz unten im Holz, kroch er, die Hände sich blutig reißend, bis zur Wendung des Waldes, von dort lief er mit aller Geschwindigkeit, daß ihm der Atem stockte, bis zum Hotel und da mit ein paar Sprüngen hinauf. Der Schlüssel, der ihn eingesperrt hatte, steckte glücklicherweise von außen, er drehte ihn um, stürzte ins Zimmer und schon hin aufs Bett. Ein paar Minuten mußte er rasten, denn das Herz schlug ungestüm an seine Brust wie ein Klöppel an die klingende Glokkenwand.

Dann wagte er sich auf, lehnte am Fenster und wartete, bis sie kamen. Es dauerte lange. Sie mußten sehr, sehr langsam gegangen sein. Vorsichtig spähte er aus dem umschatteten Rahmen. Jetzt kamen sie langsam daher, Mondlicht auf den Kleidern. Gespensterhaft sahen sie aus in diesem grünen Licht, und wieder überfiel ihn das süße Grauen, ob das wirklich ein Mörder sei und welch furchtbares Geschehen er durch seine Gegenwart verhindert hatte. Deutlich sah er in die kreidehellen Gesichter. In dem seiner Mutter war ein Ausdruck von Verzücktheit, den er an ihr nicht kannte, er hingegen schien hart und verdrossen. Offenbar weil ihm seine Absicht mißlungen war.

Ganz nahe waren sie schon. Erst knapp vor dem Hotel lösten sich ihre Gestalten voneinander. Ob sie hinaufsehen würden? Nein, keiner blickte hinauf. ›Sie haben mich vergessen‹, dachte der Knabe mit einem wilden Ingrimm, mit einem heimlichen Triumph, ›aber ich nicht euch. Ihr denkt wohl, daß ich schlafe oder nicht auf der Welt bin, aber ihr sollt eueren Irrtum sehen. Jeden Schritt will ich euch überwachen, bis ich ihm, dem Schurken, das Geheimnis entrissen habe, das furchtbare, das mich nicht schlafen läßt. Ich werde euer Bündnis schon zerreißen. Ich schlafe nicht.‹

Langsam traten die beiden in die Türe. Und als sie jetzt, einer hinter dem anderen, hineingingen, umschlangen sich wieder für eine Sekunde die fallenden Silhouetten, als einziger schwarzer Streif schwand ihr Schatten in die erhellte Tür. Dann lag der Platz im Mondlicht wieder blank vor dem Hause wie eine weite Wiese voll Schnee.

Der Überfall

Edgar trat atmend zurück vom Fenster. Das Grauen schüttelte ihn. Noch nie war er in seinem Leben ähnlich Geheimnisvollem so nahe gewesen. Die Welt der Aufregungen, der spannenden Abenteuer, jene Welt von Mord und Betrug aus seinen Büchern war in seiner Anschauung immer dort gültig, wo die Märchen waren, hart hinter den Träumen, im Unwirklichen und Unerreichbaren. Jetzt auf einmal aber schien er mitten hineingeraten in diese grauenhafte Welt, und sein ganzes Wesen wurde fieberhaft geschüttelt durch diese heiße Berührung. Wer war dieser Mensch, der geheimnisvolle, der plötzlich in ihr ruhiges Leben getreten war? War er wirklich ein Mörder, daß er immer das Entlegene suchte und seine Mutter hinschleppen wollte, wo es dunkel war? Furchtbares schien bevorzustehen. Er wußte nicht, was tun. Morgen, das war sicher, wollte er dem Vater schreiben oder telegraphieren. Aber konnte das Böse, das Furchtbare, das Rätselhafte nicht noch jetzt geschehen, heute abend? Nun war ja seine Mutter nicht in ihrem Zimmer, noch war sie mit diesem verhaßten fremden Menschen.

Zwischen der inneren Tür und der äußeren leicht beweglichen Tapetentür war ein schmaler Zwischenraum, nicht größer als das Innere eines Kleiderschrankes. Dort in diese Handbreit Dunkel preßte er sich hinein, um auf ihre Schritte im Gang zu lauern. Denn nicht einen Augenblick, so hatte er beschlossen, wollte er sie allein lassen. Der Gang lag jetzt um Mitternacht leer, matt nur beleuchtet von einer einzelnen Flamme.

Endlich – die Minuten dehnten sich ihm fürchterlich – hörte er behutsame Schritte heraufkommen. Er horchte angestrengt. Es war nicht ein rasches Losschreiten, wie wenn jemand gerade in sein Zimmer will, sondern schleifende, zögernde, sehr verlangsamte Schritte, wie einen unendlich schweren und steilen Weg empor. Dazwischen immer wieder Geflüster und ein Innehalten. Edgar zitterte vor Erregung. Waren es am Ende die beiden, blieb er noch immer mit ihr? Das Flüstern war zu entfernt. Aber die Schritte, wenn auch noch zögernd, kamen immer näher. Und jetzt hörte er auf einmal die verhaßte Stimme des Barons leise und heiser etwas sagen, das er nicht verstand, und dann gleich die seiner Mutter in rascher Abwehr: »Nein, nicht heute! Nein.« Edgar zitterte, sie kamen näher, und er mußte alles hören. Jeder Schritt gegen ihn zu tat ihm, so leise er auch war, weh in der Brust. Und die Stimme, wie häßlich schien sie ihm, diese gierig werbende, widerliche Stimme des Verhaßten!

»Seien Sie nicht so grausam. Sie waren so schön heute abend.« Und die andere wieder: »Nein, ich darf nicht, ich kann nicht, lassen Sie mich los.«

Es war so viel Angst in der Stimme seiner Mutter, daß das Kind erschrak. Was will er denn noch von ihr? Warum fürchtet sie sich? Sie sind immer näher gekommen und müssen jetzt schon ganz vor seiner Tür sein. Knapp hinter ihnen steht er, zitternd und unsichtbar, eine Hand weit, geschützt nur durch die dünne Scheibe Tuch. Die Stimmen sind jetzt atemnah.

»Kommen Sie, Mathilde, kommen Sie!« Wieder hört er seine Mutter stöhnen, schwächer jetzt, in erlahmendem Widerstand.

Aber was ist dies? Sie sind ja weitergegangen im Dunkeln. Seine Mutter ist nicht in ihr Zimmer, sondern daran vorbeigegangen! Wohin schleppt er sie? Warum spricht sie nicht mehr? Hat er ihr einen Knebel in den Mund gestopft, preßt er ihr die Kehle zu?

Die Gedanken machen ihn wild. Mit zitternder Hand stößt er die Türe eine Spannweite auf. Jetzt sieht er im dunkelnden Gang die beiden. Der Baron hat seiner Mutter den Arm um die Hüfte geschlungen und führt sie, die schon nachzugeben scheint, leise fort. Jetzt macht er halt vor seinem Zimmer. ›Er will sie wegschleppen‹, erschrickt das Kind, ›jetzt will er das Furchtbare tun.‹

Ein wilder Ruck, er schlägt die Türe zu und stürzt hinaus, den beiden nach. Seine Mutter schreit auf, als jetzt da aus dem Dunkel plötzlich etwas auf sie losstürzt, scheint in eine Ohnmacht gesunken, vom Baron nur mühsam gehalten. Der aber fühlt in dieser Sekunde eine kleine, schwache Faust in seinem Gesicht, die ihm die Lippe hart an die Zähne schlägt, etwas, das sich katzenhaft an seinen Körper krallt. Er läßt die Erschreckte los, die rasch entflieht, und schlägt blind, ehe er noch weiß, gegen wen er sich wehrt, mit der Faust zurück.

Das Kind weiß, daß es der Schwächere ist, aber es gibt nicht nach. Endlich, endlich ist der Augenblick da, der lang ersehnte, all die verratene Liebe, den aufgestapelten Haß leidenschaftlich zu entladen. Er hämmerte mit seinen kleinen Fäusten blind darauflos, die Lippen verbissen in einer fiebrigen, sinnlosen Gereiztheit.

Auch der Baron hat ihn jetzt erkannt, auch er steckt voll Haß gegen diesen heimlichen Spion, der ihm die letzten Tage vergällte und das Spiel verdarb; er schlägt derb zurück, wohin es eben trifft. Edgar stöhnt auf, läßt aber nicht los und schreit um Hilfe. Sie ringen eine Minute stumm und verbissen in dem mitternächtigen Gang. Allmählich wird dem Baron das Lächerliche seines Kampfes mit einem halbwüchsigen Buben bewußt, er packt ihn fest an, um ihn wegzuschleudern. Aber das Kind, als es jetzt seine Muskeln nachlassen spürt und weiß, daß es in der nächsten Sekunde der Besiegte, der Geprügelte sein wird, schnappt in wilder Wut nach dieser starken, festen Hand, die ihn im Nacken fassen will. Unwillkürlich stößt der Gebissene einen dumpfen Schrei aus und läßt los – eine Sekunde, die das Kind benützt, um in sein Zimmer zu flüchten und den Riegel vorzuschieben.

Eine Minute nur hat dieser mitternächtige Kampf gedauert. Niemand rechts und links hat ihn gehört. Alles ist still, alles scheint in Schlaf ertrunken. Der Baron wischt sich die blutende Hand mit dem Taschentuch, späht beunruhigt in das Dunkel. Niemand hat gelauscht. Nur oben flimmert – ihm dünkt: höhnisch – ein letztes unruhiges Licht.

Gewitter

›War das Traum, ein böser, gefährlicher Traum?‹ fragte sich Edgar am nächsten Morgen, als er mit versträhntem Haar aus einer Wirrnis von Angst erwachte. Den Kopf quälte dumpfes Dröhnen, die Gelenke ein erstarrtes, hölzernes Gefühl, und jetzt, als er an sich hinabsah, merkte er erschreckt, daß er noch in den Kleidern stak. Er sprang auf, taumelte an den Spiegel und schauerte zurück vor seinem eigenen blassen, verzerrten Gesicht, das über die Stirne zu einem rötlichen Striemen verschwollen war. Mühsam raffte er seine Gedanken zusammen und erinnerte sich jetzt beängstigt an alles, an den nächtigen Kampf draußen im Gang, sein Zurückstürzen ins Zimmer, und daß er dann, zitternd im Fieber, angezogen und fluchtbereit sich auf das Bett geworfen habe. Dort mußte er eingeschlafen sein, hinabgestürzt in diesen dumpfen, verhangenen Schlaf, in dessen Träumen dann all dies noch einmal wiedergekehrt war, nur anders und noch furchtbarer, mit einem feuchten Geruch von frischem, fließendem Blut.

Unten gingen Schritte knirschend über den Kies, Stimmen flogen wie unsichtbare Vögel herauf, und die Sonne griff tief ins

Zimmer hinein. Es mußte schon spät am Vormittag sein, aber die Uhr, die er erschreckt befragte, deutete auf Mitternacht, er hatte in seiner Aufregung gestern vergessen, sie aufzuziehen. Und diese Ungewißheit, irgendwo lose in der Zeit zu hängen, beunruhigte ihn, verstärkt durch das Gefühl der Unkenntnis, was eigentlich geschehen war. Er richtete sich rasch zusammen und ging hinab, Unruhe und ein leises Schuldgefühl im Herzen.

Im Frühstückszimmer saß seine Mama allein am gewohnten Tisch. Edgar atmete auf, daß sein Feind nicht zugegen war, daß er sein verhaßtes Gesicht nicht sehen mußte, in das er gestern im Zorn seine Faust geschlagen hatte. Und doch, als er nun an den Tisch herantrat, fühlte er sich unsicher.

»Guten Morgen«, grüßte er.

Seine Mutter antwortete nicht. Sie blickte nicht einmal auf, sondern betrachtete mit merkwürdig starren Pupillen in der Ferne die Landschaft. Sie sah sehr blaß aus, hatte die Augen leicht umrändert und um die Nasenflügel jenes nervöse Zucken, das so verräterisch für ihre Erregung war. Edgar verbiß die Lippen. Dieses Schweigen verwirrte ihn. Er wußte eigentlich nicht, ob er den Baron gestern schwer verletzt hatte und ob sie überhaupt um diesen nächtigen Zusammenstoß wissen konnte. Und diese Unsicherheit quälte ihn. Aber ihr Gesicht blieb so starr, daß er gar nicht versuchte, zu ihr aufzublicken, aus Angst, die jetzt gesenkten Augen könnten plötzlich hinter den verhangenen Lidern aufspringen und ihn fassen. Er wurde ganz still, wagte nicht einmal Lärm zu machen, ganz vorsichtig hob er die Tasse und stellte sie wieder zurück, verstohlen hinblickend auf die Finger seiner Mutter, die sehr nervös mit dem Löffel spielten und in ihrer Gekrümmtheit geheimen Zorn zu verraten schienen. Eine Viertelstunde saß er so in dem erdrosselnden Gefühl der Erwartung auf etwas, das nicht kam. Kein Wort, kein einziges erlöste ihn. Und jetzt, da seine Mutter aufstand, noch immer, ohne seine Gegenwart bemerkt zu haben, wußte er nicht, was er tun sollte: allein hier beim Tisch sitzen bleiben oder ihr folgen. Schließlich erhob er sich doch, ging demütig hinter ihr her, die ihn geflissentlich übersah, und spürte dabei immer, wie lächerlich sein Nachschleichen war. Immer kleiner machte er seine Schritte, um mehr und mehr hinter ihr zurückzubleiben, die, ohne ihn zu beachten, in ihr Zimmer ging. Als Edgar endlich nachkam, stand er vor einer hart geschlossenen Türe.

Was war geschehen? Er kannte sich nicht mehr aus. Das sichere Bewußtsein von gestern hatte ihn verlassen. War er am Ende gestern im Unrecht gewesen mit diesem Überfall? Und bereitete sie gegen ihn eine Strafe vor oder eine neue Demütigung? Etwas mußte geschehen, das fühlte er, etwas Furchtbares mußte sehr bald geschehen. Zwischen ihnen war die Schwüle eines aufziehenden Gewitters, die elektrische Spannung zweier geladener Pole, die sich im Blitz erlösen mußte. Und diese Last des Vorgefühls schleppte er durch vier einsame Stunden mit sich herum, von Zimmer zu Zimmer, bis sein schmaler Kindernacken niederbrach von unsichtbarem Gewicht und er mittags, nun schon ganz demütig an den Tisch trat.

»Guten Tag«, sagte er wieder. Es mußte dieses Schweigen zerreißen, dieses furchtbar drohende, das über ihm als schwarze Wolke hing.

Wieder antwortete die Mutter nicht, wieder sah sie an ihm vorbei. Und mit neuem Erschrecken fühlte sich Edgar jetzt einem besonnenen, geballten Zorn gegenüber, wie er ihn bisher in seinem Leben noch nicht gekannt hatte. Bisher waren ihre Streitigkeiten immer nur Wutausbrüche mehr der Nerven als des Gefühls gewesen, rasch verflüchtigt in ein Lächeln der Begütigung. Diesmal aber hatte er, das spürte er, ein wildes Gefühl aus dem untersten Grund ihres Wesens aufgewühlt und erschrak vor dieser unvorsichtig beschworenen Gewalt. Kaum vermochte er zu essen. In seiner Kehle quoll etwas Trockenes auf, das ihn zu erwürgen drohte. Seine Mutter schien von alldem nichts zu merken. Nur jetzt, beim Aufstehen, wandte sie sich wie gelegentlich zurück und sagte:

»Komm dann hinauf, Edgar, ich habe mit dir zu reden.«

Es klang nicht drohend, aber doch so eisig kalt, daß Edgar die Worte schauernd fühlte, als hätte man ihm eine eiserne Kette plötzlich um den Hals gelegt. Sein Trotz war zertreten. Schweigend wie ein geprügelter Hund folgte er ihr hinauf in das Zimmer.

Sie verlängerte ihm die Qual, indem sie einige Minuten schwieg. Minuten, in denen er die Uhr schlagen hörte und draußen ein Kind lachen und in sich selbst das Herz an die Brust hämmern. Aber auch in ihr mußte eine große Unsicherheit sein, denn sie sah ihn nicht an, während sie jetzt zu ihm sprach, sondern wandte ihm den Rücken.

»Ich will nicht mehr über dein Betragen von gestern reden. Es war unerhört, und ich schäme mich jetzt, wenn ich daran denke. Du hast dir die Folgen selber zuzuschreiben. Ich will dir jetzt nur sagen, es war das letzte Mal, daß du allein unter Erwachsenen sein durftest. Ich habe eben an deinen Papa geschrieben, daß du einen

Hofmeister bekommst oder in ein Pensionat geschickt wirst, um Manieren zu lernen. Ich werde mich nicht mehr mit dir ärgern.«

Edgar stand mit gesenktem Kopf da. Er spürte, daß dies nur eine Einleitung, eine Drohung war, und wartete beunruhigt auf das Eigentliche.

»Du wirst dich jetzt sofort beim Baron entschuldigen.«

Edgar zuckte auf, aber sie ließ sich nicht unterbrechen.

»Der Baron ist heute abgereist, und du wirst ihm einen Brief schreiben, den ich dir diktieren werde.«

Edgar rührte sich wieder, aber seine Mutter war fest.

»Keine Widerrede. Da ist Papier und Tinte, setze dich hin.«

Edgar sah auf. Ihre Augen waren gehärtet von einem unbeugsamen Entschluß. So hatte er seine Mutter nie gekannt, so hart und gelassen. Furcht überkam ihn. Er setzte sich hin, nahm die Feder, duckte aber das Gesicht tief auf den Tisch.

»Oben das Datum. Hast du? Vor der Überschrift eine Zeile leer lassen! So. Sehr geehrter Herr Baron! Rufzeichen. Wieder eine Zeile freilassen. Ich erfahre soeben zu meinem Bedauern – hast du? – zu meinem Bedauern, daß Sie den Semmering schon verlassen haben – Semmering mit zwei m – und so muß ich brieflich tun, was ich persönlich beabsichtigt hatte, nämlich – etwas rascher, es muß nicht kalligraphiert sein! – Sie um Entschuldigung bitten für mein gestriges Betragen. Wie Ihnen meine Mama gesagt haben wird, bin ich noch Rekonvaleszent nach einer schweren Erkrankung und sehr reizbar. Ich sehe dann oft Dinge, die übertrieben sind und die ich im nächsten Augenblick bereue ...«

Der gekrümmte Rücken über dem Tisch schnellte auf. Edgar drehte sich um: sein Trotz war wieder wach.

»Das schreibe ich nicht, das ist nicht wahr!«

»Edgar!«

Sie drohte mit der Stimme.

»Es ist nicht wahr. Ich habe nichts getan, was ich zu bereuen habe. Ich habe nichts Schlechtes getan, weswegen ich mich zu entschuldigen hätte. Ich bin dir nur zu Hilfe gekommen, als du gerufen hast!«

Ihre Lippen wurden blutlos, die Nasenflügel spannten sich.

»Ich habe um Hilfe gerufen? Du bist toll!«

Edgar wurde zornig. Mit einem Ruck sprang er auf.

»Ja, du hast um Hilfe gerufen, da draußen im Gang, gestern nacht, als er dich angefaßt hat. ›Lassen Sie mich, lassen Sie mich‹, hast du gerufen. So laut, daß ichs bis ins Zimmer hinein gehört habe.«

»Du lügst, ich war nie mit dem Baron im Gang hier. Er hat mich nur bis zur Treppe begleitet ...«

In Edgar stockte das Herz bei dieser kühnen Lüge. Die Stimme verschlug sich ihm, er starrte sie an mit gläsernen Augensternen.

»Du ... warst nicht ... im Gang? Und er ... er hat dich nicht gehalten? Nicht mit Gewalt umfaßt?«

Sie lachte. Ein kaltes, trockenes Lachen.

»Du hast geträumt.«

Das war zuviel für das Kind. Er wußte jetzt ja schon, daß die Erwachsenen logen, daß sie kleine, kecke Ausreden hatten, Lügen, die durch enge Maschen schlüpften, und listige Zweideutigkeiten. Aber dies freche, kalte Ableugnen, Stirn gegen Stirn, machte ihn rasend.

»Und da diese Striemen habe ich auch geträumt?«

»Wer weiß, mit wem du dich herumgeschlagen hast. Aber ich brauche ja mit dir keine Diskussion zu führen, du hast zu parieren, und damit Schluß. Setze dich hin und schreib!«

Sie war sehr blaß und suchte mit letzter Kraft ihre Anspannung aufrechtzuhalten.

Aber in Edgar brach irgendwie etwas jetzt zusammen, irgendeine letzte Flamme von Gläubigkeit. Daß man die Wahrheit so einfach mit dem Fuß ausstampfen konnte wie ein brennendes Zündholz, das ging ihm nicht ein. Eisig zogs sich in ihm zusammen, alles wurde spitz, boshaft, ungefaßt, was er sagte:

»So, das habe ich geträumt? Das im Gang und den Striemen da? Und daß ihr beide gestern dort im Mondschein promeniert seid und daß er dich den Weg hinabführen wollte, das vielleicht auch? Glaubst du, ich lasse mich einsperren im Zimmer wie ein kleines Kind! Nein, ich bin nicht so dumm, wie ihr glaubt. Ich weiß, was ich weiß.«

Frech starrte er ihr ins Gesicht, und das brach ihre Kraft: das Gesicht ihres eigenen Kindes zu sehen, knapp vor sich und verzerrt von Haß. Ungestüm brach ihr Zorn heraus.

»Vorwärts, du wirst sofort schreiben! Oder ...«

»Oder was ...?« Herausfordernd frech war jetzt seine Stimme geworden.

»Oder ich prügle dich wie ein kleines Kind.«

Edgar trat einen Schritt näher, höhnisch und lachte nur.

Da fuhr ihm schon ihre Hand ins Gesicht. Edgar schrie auf. Und wie ein Ertrinkender, der mit den Händen um sich schlägt, nur ein dumpfes Brausen in den Ohren, rotes Flirren vor den Augen, so hieb er blind mit den Fäusten zurück. Er spürte, daß er in etwas

Weiches schlug, jetzt gegen das Gesicht, hörte einen Schrei ...

Dieser Schrei brachte ihn zu sich. Plötzlich sah er sich selbst, und das Ungeheure wurde ihm bewußt: daß er seine Mutter schlug. Jähe Angst überfiel ihn, Scham und Entsetzen, das ungestüme Bedürfnis, jetzt weg zu sein, in den Boden zu sinken, fort zu sein, fort, nur nicht mehr unter diesen Blicken. Er stürzte zur Türe und die Treppe rasch hinab, durch das Haus auf die Straße, fort, nur fort, als hetze hinter ihm eine rasende Meute.

Erste Einsicht

Weiter unten am Weg blieb er endlich stehen. Er mußte sich an einem Baum festhalten, so sehr zitterten seine Glieder in Angst und Erregung, so röchelnd brach ihm der Atem aus der überhetzten Brust. Hinter ihm war das Grauen vor der eigenen Tat gerannt, nun faßte es seine Kehle und schüttelte ihn wie im Fieber hin und her. Was sollte er jetzt tun? Wohin fliehen? Denn hier schon, mitten im nahen Wald, eine Viertelstunde nur vom Haus, wo er wohnte, befiel ihn das Gefühl der Verlassenheit. Alles schien anders, feindlicher, gehässiger, seit er allein und ohne Hilfe war. Die Bäume, die gestern ihn noch brüderlich umrauscht hatten, ballten sich mit einem Male finster wie eine Drohung. Um wieviel aber mußte all dies, was noch vor ihm war, fremder und unbekannter sein? Dieses Alleinsein gegen die große, unbekannte Welt machte das Kind schwindlig. Nein, er konnte es noch nicht ertragen, noch nicht allein ertragen. Aber zu wem sollte er fliehen? Vor seinem Vater hatte er Angst, der war leicht erregbar, unzugänglich und würde ihn sofort zurückschicken. Zurück aber wollte er nicht, eher noch in die gefährliche Fremdheit des Unbekannten hinein; ihm war, als könnte er nie mehr das Gesicht seiner Mutter sehen, ohne zu denken, daß er mit der Faust hineingeschlagen hatte.

Da fiel ihm seine Großmutter ein, diese alte, gute, freundliche Frau, die ihn von Kindheit an verzärtelt hatte, immer sein Schutz gewesen war, wenn ihm zu Hause eine Züchtigung, ein Unrecht drohte. Bei ihr in Baden wollte er sich verstecken, bis der erste Zorn vorüber war, und dann von dort einen Brief an die Eltern schreiben und sich entschuldigen. In dieser Viertelstunde war er schon so gedemütigt, bloß durch den Gedanken, allein mit seinen unerfahrenen Händen in der Welt zu stehen, daß er seinen Stolz verwünschte, diesen dummen Stolz, den ihm ein fremder Mensch mit einer Lüge ins Blut gejagt hatte. Er wollte ja nichts sein als das

Kind von vordem, gehorsam, geduldig, ohne die Anmaßung, deren lächerliche Übertriebenheit er jetzt fühlte.

Aber wie hinkommen nach Baden? Wie stundenweit das Land überfliegen? Hastig griff er in sein kleines, ledernes Portemonnaie, das er immer bei sich trug. Gott sei Dank, da blinkte es noch, das neue, goldene Zwanzigkronenstück, das ihm zum Geburtstag geschenkt worden war. Nie hatte er sich entschließen können, es auszugeben. Aber fast täglich hatte er nachgesehen, ob es noch da sei, sich an seinem Anblick geweidet, daran reich gefühlt und dann immer die Münze in dankbarer Zärtlichkeit mit seinem Taschentuch blank geputzt, bis sie funkelte wie eine kleine Sonne. Aber – der jähe Gedanke erschreckte ihn – würde das genügen? Er war oft schon in seinem Leben mit der Bahn gefahren, aber doch immer, ohne daran zu denken, daß man dafür bezahlen mußte, oder schon gar, wieviel das kosten könnte, ob eine Krone oder hundert. Zum erstenmal spürte er, daß es da Tatsachen des Lebens gab, an die er nie gedacht hatte, daß all die vielen Dinge, die ihn umringten, irgendwie mit einem eigenen Wert gefüllt waren, einem besonderen Gewicht. Er, der sich noch vor einer Stunde allwissend dünkte, war, das spürte er jetzt, an tausend Geheimnissen und Fragen achtlos vorbeigegangen und schämte sich, daß seine arme Weisheit schon über die erste Stufe ins Leben hineinstolperte. Immer verzagter wurde er, immer kleiner sein unsicherer Schritt bis hinab zur Station. Wie oft hatte er geträumt von dieser Flucht, gedacht, ins Leben hinauszustürmen, Kaiser zu werden oder König, Soldat oder Dichter, und nun sah er zaghaft auf das kleine helle Haus hin und dachte nur einzig daran, ob die zwanzig Kronen ausreichen würden, ihn bis zu seiner Großmutter zu bringen.

Die Schienen glänzten weit ins Land hinaus, der Bahnhof war leer und verlassen. Schüchtern schlich sich Edgar an die Kasse hin und flüsterte, damit niemand anderer ihn hören könne, wieviel eine Karte nach Baden koste. Ein verwundertes Gesicht sah hinter dem dunklen Verschlag heraus, zwei Augen lächelten hinter den Brillen auf das zaghafte Kind.

»Eine ganze Karte?«

»Ja«, stammelte Edgar. Aber ganz ohne Stolz, mehr in Angst, es werde zuviel kosten.

»Sechs Kronen!«

»Bitte!«

Erleichtert schob er das blanke, vielgeliebte Stück hin, Geld klirrte zurück, und Edgar fühlte sich mit einem Male wieder unsäglich reich, nun, da er das braune Stück Pappe in der Hand hatte, das ihm die Freiheit verbürgte, und in seiner Tasche die gedämpfte Musik von Silber klang.

Der Zug sollte in zwanzig Minuten eintreffen, belehrte ihn der Fahrplan. Edgar drückte sich in eine Ecke. Ein paar Leute standen am Perron, unbeschäftigt und ohne Gedanken. Aber dem Beunruhigten war, als sähen alle nur ihn an, als wunderten sich alle, daß so ein Kind schon allein mit der Eisenbahn fahren wolle; immer mehr drückte er sich in die Ecke, als wäre ihm die Flucht und das Verbrechen sichtbar an die Stirne geheftet. Er atmete auf, als endlich von ferne der Zug zum erstenmal heulte und dann heranbrauste. Der Zug, der ihn in die Welt tragen sollte. Beim Einsteigen erst bemerkte er, daß seine Karte für die dritte Klasse galt. Bisher war er immer nur erster Klasse gefahren, und wiederum fühlte er, daß hier etwas verändert sei, daß es Verschiedenheiten gab, die ihm entgangen waren. Andere Leute hatte er zu Nachbarn als bisher. Ein paar italienische Arbeiter mit harten Händen und rauhen Stimmen, Spaten und Schaufel in den Händen, saßen gerade gegenüber und blickten mit dumpfen, trostlosen Augen vor sich hin. Sie mußten offenbar schwer am Weg gearbeitet haben, denn einige von ihnen waren müde und schliefen im ratternden Zug, an das harte und schmutzige Holz gelehnt, mit offenem Munde. Sie hatten gearbeitet, um Geld zu verdienen, dachte Edgar, konnte sich aber nicht denken, wieviel es gewesen sein mochte; er fühlte aber wiederum, daß Geld eine Sache war, die man nicht immer hatte, sondern die irgendwie erworben werden mußte. Zum erstenmal kam ihm jetzt zum Bewußtsein, daß er eine Atmosphäre von Wohlbehagen selbstverständlich gewohnt war und daß rechts und links von seinem Leben Abgründe tief ins Dunkel hineinklafften, an die sein Blick nie gerührt hatte. Zum erstenmal ahnte er etwas davon, daß es Berufe gab und Bestimmungen, daß rings um sein Leben Geheimnisse geschart waren, nah zum Greifen und doch nie beachtet. Edgar lernte viel von dieser einen Stunde, seit er allein stand, er begann vieles zu sehn aus diesem engen Abteil mit den Fenstern ins Freie. Und leise begann in seiner dunklen Angst etwas aufzublühen, das noch nicht Glück war, aber doch schon ein Staunen vor der Mannigfaltigkeit des Lebens. Er war geflüchtet, aus Angst und Feigheit, das empfand er in jeder Sekunde, aber doch zum erstenmal hatte er selbständig gehandelt, etwas erlebt von dem Wirklichen, an dem er bisher vorbeigegangen war. Zum erstenmal war er vielleicht der Mutter und dem Vater selbst Geheimnis geworden, wie bislang die Welt ihm. Mit anderen Blicken sah er aus dem Fenster. Und es war ihm, als ob er zum erstenmal alles Wirkliche sähe, als ob ein Schleier von den Dingen gefallen sei und sie ihm nun alles zeigten, das Innere ihrer Absicht, den geheimen Nerv ihrer Tätigkeit. Häuser flogen vorbei wie vom Wind weggerissen, und er mußte an die Menschen denken, die drinnen wohnten, ob sie reich seien oder arm, glücklich oder unglücklich, ob sie auch die Sehnsucht hatten wie er, alles zu wissen, und ob vielleicht Kinder dort seien, die auch nur mit den Dingen bisher gespielt hatten wie er selbst. Die Bahnwächter, die mit wehenden Fahnen am Weg standen, schienen ihm zum erstenmal nicht, wie bisher, lose Puppen und totes Spielzeug. Dinge, hingestellt von gleichgültigem Zufall, sondern er verstand, daß das ihr Schicksal war, ihr Kampf gegen das Leben. Immer rascher rollten die Räder, nun ließen die runden Serpentinen den Zug zum Tale niedersteigen, immer sanfter wurden die Berge, immer ferner, schon war die Ebene erreicht. Einmal noch sah er zurück, da waren sie schon blau und schattenhaft, die Gebirge, weit und unerreichbar, und ihm war, als läge dort, wo sie langsam in dem nebligen Himmel sich lösten, seine eigene Kindheit.

Verwirrende Finsternis

Aber dann in Baden, als der Zug hielt und Edgar sich allein auf dem Perron befand, wo schon die Lichter entflammt waren, die Signale grün und rot in die Ferne glänzten, verband sich unversehens mit diesem bunten Anblick eine plötzliche Bangnis vor der nahen Nacht. Bei Tag hatte er sich noch sicher gefühlt, denn ringsum waren ja Menschen, man konnte sich ausruhen, auf eine Bank setzen oder vor den Läden in die Fenster starren. Wie aber würde er dies ertragen können, wenn die Menschen sich wieder in die Häuser verloren, jeder ein Bett hatte, ein Gespräch und dann eine beruhigte Nacht, während er im Gefühl seiner Schuld allein herumirren mußte, in einer fremden Einsamkeit. Oh, nur bald ein Dach über sich haben, nicht eine Minute mehr unter freiem, fremdem Himmel stehen: das war sein einziges klares Gefühl.

Hastig ging er den wohlbekannten Weg, ohne nach rechts und nach links zu blicken, bis er endlich vor die Villa kam, die seine Großmutter bewohnte. Das Haus lag schön an einer breiten Straße, aber nicht frei den Blicken dargeboten, sondern hinter Ranken und Efeu eines wohlbehüteten Gartens, ein Glanz hinter einer Wolke von Grün, ein weißes, altväterisch freundliches Haus.

Edgar spähte durch das Gitter wie ein Fremder. Innen regte sich nichts, die Fenster waren verschlossen, offenbar waren alle mit Gästen hinten im Garten. Schon berührte er die kühle Klinke, als ein Seltsames geschah: mit einem Male schien ihm das, was er sich jetzt seit zwei Stunden so leicht, so selbstverständlich gedacht hatte, unmöglich. Wie sollte er eintreten, wie sie begrüßen, wie diese Fragen ertragen und wie beantworten? Wie diesen ernsten Blick aushalten, wenn er berichten mußte, daß er heimlich seiner Mutter entflohen sei? Und wie gar das Ungeheuerliche seiner Tat erklären, die er selbst schon nicht mehr begriff? Innen ging jetzt eine Tür. Mit einem Male befiel ihn eine törichte Angst, es könnte jemand kommen, und er lief weiter, ohne zu wissen wohin.

Vor dem Kurpark hielt er an, weil er dort Dunkel sah und keine Menschen vermutete. Dort konnte er sich vielleicht niedersetzen und endlich, endlich ruhig denken, ausruhen und über sein Schicksal klar werden. Schüchtern trat er ein. Vorne brannten ein paar Laternen und gaben den noch jungen Blättern einen gespenstigen Wasserglanz von durchsichtigem Grün; weiter rückwärts aber, wo er den Hügel niedersteigen mußte, lag alles wie eine einzige dumpfe, schwarze gärende Masse in der wirren Finsternis einer verfrühten Frühlingsnacht. Edgar schlich scheu an den paar Menschen vorbei, die hier unter dem Lichtkreis der Laternen plaudernd oder lesend saßen: er wollte allein sein. Aber auch droben in der schattenden Finsternis der unbeleuchteten Gänge war keine Ruhe. Alles war da erfüllt von einem leisen, lichtscheuen Rieseln und Reden, das vielfach gemischt war mit dem Atem des Windes zwischen den biegsamen Blättern, dem Schlürfen ferner Schritte, dem Flüstern verhaltener Stimmen, mit irgendeinem wollüstigen, seufzenden, angstvoll stöhnenden Getön, das von Menschen und Tieren und der unruhig schlafenden Natur gleichzeitig ausgehen mochte. Es war eine gefährliche Unruhe, eine geduckte, versteckte und beängstigend rätselhafte, die hier atmete, irgendein unterirdisches Wühlen im Wald, das vielleicht nur mit dem Frühling zusammenhing, das ratlose Kind aber seltsam verängstigte.

Er preßte sich ganz klein auf eine Bank hin in dieses abgründige Dunkel und versuchte nun zu überlegen, was er zu Hause erzählen sollte. Aber die Gedanken glitten ihm glitschig weg, ehe er sie fassen konnte, gegen seinen eigenen Willen mußte er immer nur lauschen und lauschen auf das gedämpfte Tönen, die mystischen Stimmen des Dunkels. Wie furchtbar diese Finsternis war, wie verwirrend und doch wie geheimnisvoll schön! Waren es Tiere oder Menschen oder nur die gespenstige Hand des Windes, die all dieses Rauschen und Knistern, dieses Surren und Locken ineinanderwebte? Er lauschte. Es war der Wind, der unruhig durch die Bäume schlich, aber – jetzt sah er es deutlich – auch Menschen, verschlungene Paare, die von unten, von der hellen Stadt heraufkamen und die Finsternis mit ihrer rätselhaften Gegenwart belebten. Was wollten sie? Er konnte es nicht begreifen. Sie sprachen nicht miteinander, denn er hörte keine Stimmen, nur die Schritte knirschten unruhig im Kies, und hie und da sah er in der Lichtung ihre Gestalten flüchtig wie Schatten vorüberschweben, immer aber so in eins verschlungen, wie er damals seine Mutter mit dem Baron gesehen hatte. Dieses Geheimnis, das große, funkelnde und verhängnisvolle, es war also auch hier. Immer näher hörte er jetzt Schritte herankommen und nun auch ein gedämpftes Lachen. Angst befiel ihn, die Nahenden könnten ihn hier finden, und noch tiefer ins Dunkel drückte er sich hinein. Aber die beiden, die jetzt durch die undurchdringliche Finsternis den Weg heraufstasteten, sahen ihn nicht. Verschlungen gingen sie vorbei, schon atmete Edgar auf, da stockte plötzlich ihr Schritt, knapp vor seiner Bank. Sie preßten die Gesichter aneinander, Edgar konnte nichts deutlich sehen, er hörte nur, wie ein Stöhnen aus dem Munde der Frau brach, der Mann heiße, wahnsinnige Worte stammelte, und irgendein schwüles Vorgefühl durchdrang seine Angst mit einem wollüstigen Schauer. Eine Minute blieben sie so, dann knirschte wieder der Kies unter ihren weiterwandernden Schritten, die dann bald in der Finsternis verklangen.

Edgar schauerte zusammen. Das Blut stürzte ihm jetzt wieder in die Adern zurück, heißer und wärmer als zuvor. Und mit einem Male fühlte er sich unerträglich einsam in dieser verwirrenden Finsternis, urmächtig kam das Bedürfnis über ihn nach irgendeiner befreundeten Stimme, einer Umarmung, nach einem hellen Zimmer, nach Menschen, die er liebte. Ihm war, als wäre die ganze ratlose Dunkelheit dieser wirren Nacht nun in ihn gesunken und zersprenge ihm die Brust.

Er sprang auf. Nur heim, heim, irgendwo zu Hause sein im warmen, im hellen Zimmer, in irgendeinem Zusammenhang mit Menschen. Was konnte ihm denn geschehen? Mochte man ihn schlagen und beschimpfen, er fürchtete nichts mehr, seit er dieses Dunkel gespürt hatte und die Angst vor der Einsamkeit.

Es trieb ihn vorwärts, ohne daß er sich spürte, und plötzlich stand er neuerdings vor der Villa, die Hand wieder an der kühlen Klinke. Er sah, wie jetzt die Fenster erleuchtet durch das Grün glimmerten, sah in Gedanken hinter jeder hellen Scheibe den vertrauten Raum mit seinen Menschen darin. Schon dieses Nahsein gab ihm Glück, schon dieses erste, beruhigende Gefühl, daß er nah sei zu Menschen, von denen er sich geliebt wußte. Und wenn er noch zögerte, so war es nur, um dieses Vorgefühl inniger zu genießen.

Da schrie hinter ihm eine Stimme mit gellem Erschrecken:

»Edgar, da ist er ja!«

Das Dienstmädchen seiner Großmama hatte ihn gesehen, stürzte auf ihn los und faßte ihn bei der Hand. Die Türe wurde innen aufgerissen, bellend sprang ein Hund an ihm empor, aus dem Hause kam man mit Lichtern, er hörte Stimmen mit Jubel und Schreck rufen, einen freudigen Tumult von Schreien und Schritten, die sich näherten, Gestalten, die er jetzt erkannte. Vorerst seine Großmutter mit ausgestrecktem Arm und hinter ihr – er glaubte zu träumen – seine Mutter. Mit verweinten Augen, zitternd und verschüchtert, stand er selbst inmitten dieses heißen Ausbruchs überschwenglicher Gefühle, unschlüssig, was er tun, was er sagen sollte, und selber unklar, was er fühlte: Angst oder Glück.

Der letzte Traum

Das war so geschehen: man hatte ihn hier längst schon gesucht und erwartet. Seine Mutter, trotz ihrem Zorn erschreckt durch das rasende Wegstürzen des erregten Kindes, hatte ihn am Semmering suchen lassen. Schon war alles in furchtbarster Aufregung und voll gefährlicher Vermutungen, als ein Herr die Nachricht brachte, er habe das Kind gegen drei Uhr am Bahnschalter gesehen. Dort erfuhr man rasch, daß Edgar eine Karte nach Baden genommen hatte, und sie fuhr, ohne zu zögern, ihm sofort nach. Telegramme nach Baden und Wien an seinen Vater liefen ihr voran, Aufregung verbreitend, und seit zwei Stunden war alles in Bewegung nach dem Flüchtigen.

Jetzt hielten sie ihn fest, aber ohne Gewalt. In einem unterdrückten Triumph wurde er hineingeführt ins Zimmer; aber wie seltsam war ihm dies, daß er alle die harten Vorwürfe, die sie ihm sagten, nicht spürte, weil er in ihren Augen doch die Freude und die Liebe sah. Und sogar dieser Schein, dieser geheuchelte Ärger dauerte nur einen Augenblick. Dann umarmte ihn wieder die Großmutter mit Tränen, niemand sprach mehr von seiner Schuld, und er fühlte sich von einer wundervollen Fürsorge umringt. Da zog ihm das Mädchen den Rock aus und brachte ihm einen wärmeren, da fragte ihn die Großmutter, ob er nicht Hunger habe oder irgend etwas wolle, sie drängten und umhüllten ihn mit zärtlicher Besorgnis, sobald sie aber dann seine Befangenheit sahen, fragten sie nicht mehr. Wollüstig empfand er das so mißachtete und doch entbehrte Gefühl, wieder ganz Kind zu sein, und Scham befiel ihn über die Anmaßung der letzten Tage, all dies bevorrechtete Dasein einzutauschen für die trügerische Lust einer eigenen Einsamkeit.

Nebenan klingelte das Telephon. Er hörte die Stimme seiner Mutter, hörte einzelne Worte: »Edgar ... zurück ... herkommen ... letzter Zug«, und wunderte sich, daß sie ihn nicht wild angefahren hatte, nur umfaßt mit so merkwürdig verhaltenem Blick. Immer wilder wurde die Reue in ihm, und am liebsten hätte er sich hier all der Sorgfalt seiner Großmutter und seiner Tante entwunden und wäre hineingegangen, sie um Verzeihung zu bitten, ihr ganz in Demut, ganz allein zu sagen, er wolle wieder Kind sein und gehorchen. Aber als er jetzt leise aufstand, sagte die Großmutter leise erschreckt:

»Wohin willst du?«

Da stand er beschämt. Sie hatten schon Angst um ihn, wenn er sich regte. Er hatte sie alle verschreckt, nun fürchteten sie, er wolle wieder entfliehen. Wie würden sie begreifen können, daß niemand diese Flucht mehr bereute als er selbst!

Der Tisch war gedeckt, und man brachte ihm ein eiliges Abendessen. Die Großmutter saß bei ihm und wandte keinen Blick. Sie und die Tante und das Mädchen schlossen ihn in einen stillen Kreis, und er fühlte sich von dieser Wärme wundersam beruhigt. Nur daß seine Mutter nicht ins Zimmer trat, machte ihn wirr. Wenn sie hätte ahnen können, wie demütig er war, sie wäre bestimmt gekommen!

Da ratterte draußen ein Wagen und hielt vor dem Haus. Die anderen schreckten so sehr auf, daß auch Edgar unruhig wurde. Die Großmutter ging hinaus, Stimmen flogen laut hin und her durch das Dunkel, und auf einmal wußte er, daß sein Vater gekommen war. Scheu merkte Edgar, daß er jetzt wieder allein im Zimmer stand, und selbst dieses kleine Alleinsein verwirrte ihn. Sein Vater war streng; er war der einzige, den er wirklich fürchtete. Edgar horchte hinaus, sein Vater schien erregt zu sein, er sprach laut und geärgert. Dazwischen klangen begütigend die Stimmen seiner Großmutter und der Mutter, offenbar wollten sie ihn milder stimmen. Aber die Stimme blieb hart, hart wie die

Schritte, die jetzt herankamen, näher und näher, nun schon im Nebenzimmer waren, knapp vor der Türe, die jetzt aufgerissen wurde.

Sein Vater war sehr groß. Und unsäglich klein fühlte sich jetzt Edgar vor ihm, als er eintrat, nervös und anscheinend wirklich im Zorn.

»Was ist dir eingefallen, du Kerl, davonzulaufen? Wie kannst du deine Mutter so erschrecken?«

Seine Stimme war zornig und in den Händen eine wilde Bewegung. Hinter ihm war mit leisem Schritt jetzt die Mutter hereingetreten. Ihr Gesicht war verschattet.

Edgar antwortete nicht. Er hatte das Gefühl, sich rechtfertigen zu müssen; aber doch, wie sollte er das erzählen, daß man ihn betrogen hatte und geschlagen? Würde der Vater es verstehen?

»Nun, kannst du nicht reden? Was war los? Du kannst es ruhig sagen! War dir etwas nicht recht? Man muß doch einen Grund haben, wenn man davonläuft! Hat dir jemand etwas zuleide getan?« Edgar zögerte. Die Erinnerung machte ihn wieder zornig, schon wollte er anklagen. Da sah er – und sein Herz stand dabei still –, wie seine Mutter hinter dem Rücken des Vaters eine sonderbare Bewegung machte. Eine Bewegung, die er erst nicht verstand. Aber jetzt sah sie ihn an, in ihren Augen war eine flehende Bitte. Und leise, ganz leise hob sie den Finger zum Mund zum Zeichen des Schweigens.

Da brach, das Kind fühlte es, plötzlich etwas Warmes, eine ungeheure wilde Beglückung durch seinen ganzen Körper. Er verstand, daß sie ihm ein Geheimnis zu hüten gab, daß auf seinen kleinen Kinderlippen ein Schicksal lag. Und ein sein ganzes Wesen durchbrausender Stolz erfüllte ihn, daß sie ihm vertraute. Jäh überkam ihn ein Opfermut, ein Wille, seine eigene Schuld noch zu vergrößern, nur um zu zeigen, wie verläßlich und wie sehr er schon Mann war. Er raffte sich zusammen: »Nein, nein ... es war kein Anlaß. Mama war sehr gut zu mir, aber ich war ungezogen, ich habe mich schlecht benommen ... und da ... da bin ich davongelaufen, weil ich mich gefürchtet habe.«

Sein Vater sah ihn verdutzt an. Er hatte alles erwartet, nur nicht dieses Geständnis. Sein Zorn war entwaffnet.

»Na, wenn es dir leid tut, dann ists schon gut. Dann will ich heute nichts mehr darüber reden. Ich glaube, du wirst dirs ein anderes Mal doch überlegen! Daß so etwas nicht mehr vorkommt.«

Er blieb stehen und sah ihn an. Seine Stimme wurde jetzt milder.

»Wie blaß du aussiehst. Aber mir scheint, du bist schon wieder ein Stück größer geworden. Ich hoffe, du wirst solche Kindereien nicht mehr tun; du bist ja wirklich kein Bub mehr und könntest schon vernünftig sein!«

Edgar blickte die ganze Zeit über nur auf seine Mutter. Ihm war, als funkelte etwas in ihren Augen. Oder war dies nur der Widerschein der Flamme? Nein, es glänzte dort feucht und hell, und ein Lächeln war um ihren Mund, das ihm Dank sagte. Man schickte ihn jetzt zu Bett, aber er war nicht traurig darüber, daß sie alle ihn allein ließen. Er hatte ja so viel zu überdenken, so viel Buntes und Reiches. All der Schmerz der letzten Tage verging in dem gewaltigen Gefühl dieses seines ersten Erlebnisses, und er fühlte sich wie berauscht von einem geheimnisvollen Vorgefühl künftiger Geschehnisse. Draußen rauschten im Dunkel die Bäume in der verfinsterten Nacht, aber er kannte kein Bangen mehr. Er hatte alle Ungeduld vor dem Leben verloren, seit er wußte, wie reich es war. Ihm war, als hätte er das Wirkliche zum erstenmal heute nackt gesehen, nicht mehr verhüllt von tausend Lügen der Kindheit, sondern in seiner ganzen unvorstellbar gefährlichen Schönheit. Er hatte nie gedacht, daß Tage so voll gepreßt sein konnten vom vielfältigen Übergang des Schmerzes und der Lust, und der Gedanke beglückte ihn, daß noch viele solche Tage ihm bevorständen und ein ganzes Leben unausgefaltet warte, ihm seine Überraschungen zu entschleiern. Eine erste Ahnung der Vielfältigkeit des Wirklichen hatte ihn überkommen, zum erstenmal glaubte er das Wesen der Menschen verstanden zu haben, daß sie einander brauchten, selbst wenn sie sich feindlich schienen, und daß es sehr süß sei, von ihnen geliebt zu werden. Er war unfähig, an irgend etwas oder irgend jemanden mit Haß zu denken, er bereute nichts, und selbst für den Baron, den Verführer, seinen bittersten Feind, fand er ein neues Gefühl der Dankbarkeit, weil er ihm die Tür aufgetan hatte zu dieser Welt der ersten Gefühle.

Das alles war sehr süß und schmeichlerisch nun im Dunkel zu denken, leise schon verworren mit Bildern aus Träumen, und beinahe war es schon Schlaf. Da war ihm, als ob plötzlich die Türe ginge und leise etwas käme. Er glaubte sich zunächst nicht recht, war auch schon zu schlafbefangen, um die Augen aufzutun. Da spürte er atmend über sich ein Gesicht weich, warm und mild das seine streifen und wußte, daß seine Mutter es war, die ihn jetzt küßte und ihm mit der Hand übers Haar fuhr. Er fühlte die Küsse und fühlte die Tränen, sanft die Liebkosung erwidernd, und nahm es nur als Versöhnung, als Dankbarkeit für sein Schweigen. Erst später, viele Jahre später erkannte er in diesen stummen Tränen ein Gelöbnis der alternden Frau, daß sie von nun ab nur ihm, nur ihrem Kinde gehören wolle, eine Absage an das Abenteuer, ein Abschied von allen eigenen Begehrlichkeiten. Er wußte nicht, daß auch sie ihm dankbar war, aus einem unfruchtbaren Abenteuer gerettet zu sein, und ihm nun mit dieser Umarmung die bittersüße Last der Liebe für sein zukünftiges Leben wie ein Erbe überließ. All dies verstand das Kind von damals nicht, aber es fühlte, daß es sehr beseligend sei, so geliebt zu sein, und daß es durch diese Liebe schon verstrickt war mit dem großen Geheimnis der Welt.

Als sie dann die Hand von ihm ließ, die Lippen sich den seinen entwanden und die leise Gestalt entrauschte, blieb noch ein Warmes zurück, ein Hauch über seinen Lippen. Und schmeichlerisch flog ihn die Sehnsucht an, oft noch solche weiche Lippen zu spüren und so zärtlich umschlungen zu werden, aber dieses ahnungsvolle Vorgefühl des so ersehnten Geheimnisses war schon umwölkt vom Schatten des Schlafes. Noch einmal zogen all die Bilder der letzten Stunden farbig vorbei, noch einmal blätterte sich das Buch seiner Jugend verlockend auf. Dann schlief das Kind ein, und es begann der tiefere Traum seines Lebens.

DER AMOKLÄUFER

Im März des Jahres 1912 ereignete sich im Hafen von Neapel bei dem Ausladen eines großen Überseedampfers ein merkwürdiger Unfall, über den die Zeitungen umfangreiche, aber sehr phantastisch ausgeschmückte Berichte brachten. Obzwar Passagier der ›Oceania‹, war es mir ebensowenig wie den anderen möglich, Zeuge jenes seltsamen Vorfalles zu sein, weil er sich zur Nachtzeit während des Kohlenladens und der Löschung der Fracht abspielte, wir aber, um dem Lärm zu entgehen, alle an Land gegangen waren und dort in Kaffeehäusern oder Theatern die Zeit verbrachten. Immerhin meine ich persönlich, daß manche Vermutungen, die ich damals nicht öffentlich äußerte, die wirkliche Aufklärung jener erregenden Szene in sich tragen, und die Ferne der Jahre erlaubt mir wohl, das Vertrauen eines Gespräches zu nutzen, das jener seltsamen Episode unmittelbar vorausging.

Als ich in der Schiffsagentur von Kalkutta einen Platz für die Rückreise nach Europa auf der ›Oceania‹ bestellen wollte, zuckte der Clerk bedauernd die Schultern. Er wisse noch nicht, ob es möglich sei, mir eine Kabine zu sichern, das Schiff wäre jetzt knapp vor dem Einbruch der Regenzeit immer schon von Australien her ausverkauft, er müsse erst das Telegramm von Singapore abwarten. Am nächsten Tage teilte er mir erfreulicherweise mit, er könne mir noch einen Platz vormerken, freilich sei es nur eine wenig komfortable Kabine unter Deck und in der Mitte des Schiffes. Ich war schon ungeduldig, heimzukehren: so zögerte ich nicht lange und ließ mir den Platz zuschreiben.

Der Clerk hatte mich richtig informiert. Das Schiff war überfüllt und die Kabine schlecht, ein kleiner gepreßter, rechteckiger Winkel in der Nähe der Dampfmaschine, einzig vom trüben Blick der kreisrunden Glasscheibe erhellt. Die stockende, verdickte Luft roch nach Öl und Moder: nicht für einen Augenblick konnte man dem elektrischen Ventilator entgehen, der wie eine toll gewordene stählerne Fledermaus einem surrend über der Stirne kreiste. Von unten her ratterte und stöhnte wie ein Kohlenträger, der unablässig dieselbe Treppe hinaufkeucht, die Maschine, von oben hörte man unaufhörlich das schlurfende Hin und Her der Schritte vom Promenadendeck. So flüchtete ich, kaum daß ich den Koffer in das muffige Grab aus grauen Traversen verstaut hatte, wieder zurück auf Deck, und wie Ambra trank ich, aufsteigend aus der Tiefe, den süßlichen weichen Wind, der vom Lande her über die Wellen wehte.

Aber auch das Promenadendeck war voll Enge und Unruhe: es flatterte und flirrte von Menschen, die mit der flackernden Nervosität eingesperrter Untätigkeit unausgesetzt plaudernd auf und nieder gingen. Das zwitschernde Geschäker der Frauen, das rastlos kreisende Wandern auf dem Engpaß des Decks, wo vor den Stühlen der Schwarm in schwatzhafter Unruhe vorbeiwogte, um sich unablässig zu begegnen, tat mir irgendwie weh. Ich hatte eine neue Welt gesehen, rasch ineinanderstürzende Bilder in rasender Jagd in mich eingetrunken. Nun wollte ich mirs übersinnen, zerteilen, ordnen, nachbildend das heiß in den Blick Gedrängte gestalten, aber hier auf dem gedrängten Boulevard gab es nicht eine Minute Ruhe und Rast. Die Zeilen in einem Buch zerrannen vor den flüchtigen Schatten der Vorüberplaudernden. Es war unmöglich, mit sich selbst auf dieser schattenlosen wandernden Schiffsgasse allein zu sein.

Drei Tage lang versuchte ichs, sah resigniert auf die Menschen, auf das Meer, aber das Meer blieb immer dasselbe, blau und leer, nur im Sonnenuntergang plötzlich mit allen Farben jäh übergossen. Und die Menschen, sie kannte ich auswendig nach dreimal vierundzwanzig Stunden. Jedes Gesicht war mir vertraut bis zum Überdruß, das scharfe Lachen der Frauen reizte, das polternde Streiten zweier nachbarlicher holländischer Offiziere ärgerte nicht mehr. So blieb nur Flucht: aber die Kabine war heiß und dunstig, im Salon produzierten unablässig englische Mädchen ihr schlechtes Klavierspiel bei abgehackten Walzern. Schließlich drehte ich entschlossen die Zeitordnung um, tauchte in die Kabine schon nachmittags hinab, nachdem ich mich zuvor mit ein paar Gläsern Bier betäubte, um das Souper und den Tanzabend zu überschlafen.

Als ich aufwachte, war es ganz dunkel und dumpf in dem kleinen Sarg der Kabine. Den Ventilator hatte ich abgestellt, so schwälte die Luft fettig und feucht an die Schläfen. Meine Sinne waren irgendwie betäubt: ich brauchte Minuten, um mich an Zeit und Ort zurückzufinden. Mitternacht mußte jedenfalls schon vorbei sein, denn ich hörte weder Musik noch den rastlosen Schlurf der Schritte: nur die Maschine, das atmende Herz des Leviathans, stieß keuchend den knisternden Leib des Schiffes fort ins Unsichtbare.

Ich tastete empor auf Deck. Es war leer. Und wie ich den Blick aufhob über den dünstenden Turm des Schornsteins und die geisterhaft glänzenden Spieren, drang mit einmal magische Helle mir in die Augen. Der Himmel strahlte. Er war dunkel gegen die Sterne, die ihn weiß durchwirbelten, aber doch: er strahlte; es war, als verhüllte dort ein samtener Vorhang ungeheures Licht, als wären die sprühenden Sterne nur Luken und Ritzen, durch die jenes unbeschreiblich Helle vorglänzte. Nie hatte ich den Himmel gesehen wie in jener Nacht, so strahlend, so stahlblau hart und doch funkelnd, triefend, rauschend, quellend von Licht, das vom Mond verhangen niederschwoll und von den Sternen und das irgendwie aus einem geheimnisvollen Innen zu brennen schien. Weißer Lack, flimmerten im Monde alle Randlinien des Schiffes grell gegen das samtdunkle Meer, die Taue, die Rahen, alles Schmale, alle Konturen waren aufgelöst in diesem flutenden Glanz: gleichsam im Leeren schienen die Lichter auf den Masten und darüber das runde Auge des Ausgucks zu hängen, irdische gelbe Sterne zwischen den strahlenden des Himmels.

Gerade aber zu Häupten stand mir das magische Sternbild, das Südkreuz, mit flimmernden diamantenen Nägeln ins Unsichtbare gehämmert, schwebend scheinbar, indes nur das Schiff Bewegung schuf, das leise bebend sich mit atmender Brust nieder und auf, nieder und auf, ein gigantischer Schwimmer, durch die dunklen Wogen stieß. Ich stand und sah empor: mir war wie in einem Bade, wo Wasser warm von oben fällt, nur daß dies Licht war, das mir weiß und auch lau die Hände überspülte, die Schultern, das Haupt mild umgoß und irgendwie nach innen zu dringen schien, denn alles Dumpfe in mir war plötzlich aufgehellt. Ich atmete befreit, rein, und jäh beseligt spürte ich auf den Lippen wie ein klares Getränk die Luft, die weiche, gegorene, leicht trunken machende Luft, in der Atem von Früchten, Duft von fernen Inseln war. Nun, nun zum ersten Male, seit ich die Planken betreten, überkam mich die heilige Lust des Träumens, und jene andere sinnlichere, meinen Körper weibisch hinzugeben an dieses Weiche, das mich umdrängte. Ich wollte mich hinlegen, den Blick hinauf zu den weißen Hieroglyphen. Aber die Ruhesessel, die Deckchairs waren verräumt, nirgends fand sich auf dem leeren Promenadendeck ein Platz zu träumerischer Rast.

So tastete ich weiter, allmählich dem Vorderteil des Schiffes zu, ganz geblendet vom Licht, das immer heftiger aus den Gegenständen auf mich zu dringen schien. Fast tat es schon weh, dies kalkweiße, grellbrennende Sternenlicht, ich aber hatte Verlangen, mich irgendwo im Schatten zu vergraben, hingestreckt auf eine Matte, den Glanz nicht an mir zu fühlen, sondern nur über mir, an den Dingen gespiegelt, so wie man eine Landschaft sieht aus verdunkeltem Zimmer. Endlich kam ich, über Taue stolpernd, und vorbei an den eisernen Gewinden bis an den Kiel und sah hinab, wie der Bug in das Schwarze stieß und geschmolzenes Mondlicht schäumend zu beiden Seiten der Schneide aufsprühte. Immer wieder hob, immer wieder senkte sich der Pflug in die schwarzflutende Scholle, und ich fühlte alle Qual des besiegten Elements, fühlte alle Lust der irdischen Kraft in diesem funkelnden Spiel. Und im Schauen verlor ich die Zeit. War es eine Stunde, daß ich so stand, oder waren es nur Minuten: im Auf und Nieder schaukelte mich die ungeheure Wiege des Schiffes über die Zeit hinaus. Ich fühlte nur, daß in mich Müdigkeit kam, die wie eine Wollust war. Ich wollte schlafen, träumen und doch nicht weg aus dieser Magie, nicht hinab in meinen Sarg. Unwillkürlich ertastete ich mit meinem Fuß unter mir ein Bündel Taue. Ich setzte mich hin, die Augen geschlossen und doch nicht Dunkels voll, denn über sie, über mich strömte der silberne Glanz. Unten fühlte ich die Wasser leise rauschen, über mir mit unhörbarem Klang den weißen Strom dieser Welt. Und allmählich schwoll dieses Rauschen mir ins Blut: ich fühlte mich selbst nicht mehr, wußte nicht, ob dies Atmen mein eigenes war oder des Schiffes fernpochendes Herz, ich strömte, verströmte in diesem ruhelosen Rauschen der mitternächtigen Welt.

Ein leises, trockenes Husten hart neben mir ließ mich auffahren. Ich schrak aus meiner fast schon trunkenen Träumerei. Meine Augen, geblendet vom weißen Geleucht über den bislang geschlossenen Lidern, tasteten auf: mir knapp gegenüber im Schatten der Bordwand glänzte etwas wie der Reflex einer Brille, und jetzt glühte ein dicker, runder Funke auf, die Glut einer Pfeife. Ich hatte, als ich mich hinsetzte, einzig niederblickend in die schaumige Bugschneide und empor zum Südkreuz, offenbar diesen Nachbarn nicht bemerkt, der regungslos hier die ganze Zeit gesessen haben mußte. Unwillkürlich, noch dumpf in den Sinnen, sagte ich auf deutsch: »Verzeihung!« »Oh, bitte ...« antwortete die Stimme deutsch aus dem Dunkel.

Ich kann nicht sagen, wie seltsam und schaurig das war, dies stumme Nebeneinandersitzen im Dunkeln, knapp neben einem, den man nicht sah. Unwillkürlich hatte ich das Gefühl, als starre dieser Mensch auf mich, genau wie ich auf ihn starrte: aber so stark war das Licht über uns, das weißflimmernd flutende, daß keiner von keinem mehr sehen konnte als den Umriß im Schatten. Nur den Atem meinte ich zu hören und das fauchende Saugen an der Pfeife.

Das Schweigen war unerträglich. Ich wäre am liebsten weggegangen, aber das schien doch zu brüsk, zu plötzlich. Aus Verlegenheit nahm ich mir eine Zigarette heraus. Das Zündholz zischte auf, eine Sekunde lang zuckte Licht über den engen Raum. Ich sah hinter Brillengläsern ein fremdes Gesicht, das ich nie an Bord gesehen, bei keiner Mahlzeit, bei keinem Gang, und sei es, daß die plötzliche Flamme den Augen wehtat, oder war es eine Halluzination: es schien grauenhaft verzerrt, finster und koboldhaft. Aber ehe ich Einzelheiten deutlich wahrnahm, schluckte das Dunkel wieder die flüchtig erhellten Linien fort, nur den Umriß sah ich einer Gestalt, dunkel ins Dunkel gedrückt, und manchmal den kreisrunden roten Feuerring der Pfeife im Leeren. Keiner sprach, und dies Schweigen war schwül und drückend wie die tropische Luft. Endlich ertrug ichs nicht mehr. Ich stand auf und sagte höflich »Gute Nacht«.

»Gute Nacht«, antwortete es aus dem Dunkel, eine heisere harte, eingerostete Stimme.

Ich stolperte mich mühsam vorwärts durch das Takelwerk an den Pfosten vorbei. Da klang ein Schritt hinter mir her, hastig und unsicher. Es war der Nachbar von vordem. Unwillkürlich blieb ich stehen. Er kam nicht ganz heran, durch das Dunkel fühlte ich ein Irgendetwas von Angst und Bedrücktheit in der Art seines Schrittes.

»Verzeihen Sie«, sagte er dann hastig, »wenn ich eine Bitte an Sie richte. Ich ... ich ...« – er stotterte und konnte nicht gleich weitersprechen vor Verlegenheit – »ich ... ich habe private ... ganz private Gründe, mich hier zurückzuziehen ... ein Trauerfall ... ich meide die Gesellschaft an Bord ... Ich meine nicht Sie ... nein, nein ... Ich möchte nur bitten ... Sie würden mich sehr verpflichten, wenn Sie zu niemandem an Bord davon sprechen würden, daß Sie mich hier gesehen haben ... Es sind ... sozusagen private Gründe, die mich jetzt hindern, unter die Leute zu gehen ... ja ... nun ... es wäre mir peinlich, wenn Sie davon Erwähnung täten, daß jemand hier nachts ... daß ich ...« Das Wort blieb ihm wieder stecken. Ich beseitigte rasch seine Verwirrung, indem ich ihm eiligst zusicherte, seinen Wunsch zu erfüllen. Wir reichten einander die Hände. Dann ging ich in meine Kabine zurück und schlief einen dumpfen, merkwürdig verwühlten und von Bildern verwirrten Schlaf.

Ich hielt mein Versprechen und erzählte niemandem an Bord von der seltsamen Begegnung, obzwar die Versuchung keine geringe war. Denn auf einer Seereise wird das Kleinste zum Geschehnis, ein Segel am Horizont, ein Delphin, der aufspringt, ein neuentdeckter Flirt, ein flüchtiger Scherz. Dabei quälte mich die Neugier, mehr von diesem ungewöhnlichen Passagier zu wissen: ich durchforschte die Schiffsliste nach einem Namen, der ihm zugehören konnte, ich musterte die Leute, ob sie zu ihm in Beziehung stehen könnten: den ganzen Tag bemächtigte sich meiner eine nervöse Ungeduld, und ich wartete eigentlich nur auf den Abend, ob ich ihm wieder begegnen würde. Rätselhafte psychologische Dinge haben über mich eine geradezu beunruhigende Macht, es reizt mich bis ins Blut, Zusammenhänge aufzuspüren, und sonderbare Menschen können mich durch ihre bloße Gegenwart zu einer Leidenschaft des Erkennenwollens entzünden, die nicht viel geringer ist als jene des Besitzenwollens bei einer Frau. Der Tag wurde mir lang und zerbröckelte leer zwischen den Fingern. Ich legte mich früh ins Bett: ich wußte, ich würde um Mitternacht aufwachen, es würde mich erwecken.

Und wirklich: ich erwachte um die gleiche Stunde wie gestern. Auf dem Radiumzifferblatt der Uhr deckten sich die beiden Zeiger in einem leuchtenden Strich. Hastig stieg ich aus der schwülen Kabine in die noch schwülere Nacht.

Die Sterne strahlten wie gestern und schütteten ein diffuses Licht über das zitternde Schiff, hoch oben flammte das Kreuz des Südens. Alles war wie gestern – in den Tropen sind die Tage, die Nächte zwillingshafter als in unseren Sphären – nur in mir war nicht dies weiche, flutende, träumerische Gewiegtsein wie gestern. Irgend etwas zog mich, verwirrte mich, und ich wußte, wohin es mich zog: hin zu dem schwarzen Gewind am Kiel, ob er wieder dort starr sitze, der Geheimnisvolle. Von oben her schlug die Schiffsglocke. Dies riß mich fort. Schritt für Schritt, widerwillig und doch gezogen, gab ich mir nach. Noch war ich nicht am Steven, da zuckte plötzlich dort etwas auf wie ein rotes Auge: die Pfeife. Er saß also dort.

Unwillkürlich schreckte ich zurück und blieb stehen. Im nächsten Augenblick wäre ich gegangen. Da regte es sich drüben im Dunkel, etwas stand auf, tat zwei Schritte, und plötzlich hörte ich knapp vor mir seine Stimme höflich und gedrückt.

»Verzeihen Sie«, sagte er, »Sie wollen offenbar wieder an Ihren Platz, und ich habe das Gefühl, Sie flüchteten zurück, als Sie mich sahen. Bitte, setzen Sie sich nur hin, ich gehe schon wieder.«

Ich eilte, ihm meinerseits zu sagen, daß er nur bleiben solle, ich sei bloß zurückgetreten, um ihn nicht zu stören. »Mich stören Sie nicht«, sagte er mit einer gewissen Bitterkeit, »im Gegenteil, ich bin froh, einmal nicht allein zu sein. Seit zehn Tagen habe ich kein Wort gesprochen ... eigentlich seit Jahren nicht ... und da geht es so schwer, eben vielleicht weil man schon erstickt daran, alles in sich hineinzuwürgen ... Ich kann nicht mehr in der Kabine sitzen, in diesem ... diesem Sarg ... ich kann nicht mehr ... und die Menschen ertrage ich wieder nicht, weil sie den ganzen Tag lachen ... Das kann ich nicht ertragen jetzt ... ich höre es hinein bis in die Kabine und stopfe mir die Ohren zu ... freilich, sie wissen ja nicht, daß ... nun sie wissen eben nicht, und dann, was geht das die Fremden an ...«

Er stockte wieder. Und sagte dann ganz plötzlich und hastig: »Aber ich will Sie nicht belästigen ... verzeihen Sie meine Geschwätzigkeit.«

Er verbeugte sich und wollte fort. Aber ich widersprach ihm dringlich. »Sie belästigen mich durchaus nicht. Auch ich bin froh, hier ein paar stille Worte zu haben ... Nehmen Sie eine Zigarette?«

Er nahm eine. Ich zündete an. Wieder riß sich das Gesicht flackernd vom schwarzen Bordrand los, aber jetzt voll mir zugewandt: die Augen hinter der Brille forschten in mein Gesicht, gierig und mit einer irren Gewalt. Ein Grauen überlief mich. Ich spürte, daß dieser Mensch sprechen wollte, sprechen mußte. Und ich wußte, daß ich schweigen müsse, um ihm zu helfen.

Wir setzten uns wieder. Er hatte einen zweiten Deckchair dort, den er mir anbot. Unsere Zigaretten funkelten, und an der Art, wie der Lichtring der seinen unruhig im Dunkel zitterte, sah ich, daß seine Hand bebte. Aber ich schwieg, und er schwieg. Dann fragte plötzlich seine Stimme leise: »Sind Sie sehr müde?«

»Nein, durchaus nicht.«

Die Stimme aus dem Dunkel zögerte wieder. »Ich möchte Sie gerne um etwas fragen ... das heißt, ich möchte Ihnen etwas erzählen. Ich weiß, ich weiß genau, wie absurd das ist, mich an den ersten zu wenden, der mir begegnet, aber ... ich bin ... ich bin in einer furchtbaren psychischen Verfassung ... ich bin an einem Punkt, wo ich unbedingt mit jemandem sprechen muß ... ich gehe sonst zugrunde ... Sie werden das schon verstehen, wenn ich ... ja, wenn ich Ihnen eben erzähle ... Ich weiß, daß Sie mir nicht werden helfen können ... aber ich bin irgendwie krank von diesem Schweigen ... und ein Kranker ist immer lächerlich für die andern ...«

Ich unterbrach ihn und bat ihn, sich doch nicht zu quälen. Er möge mir nur erzählen ... ich könne ihm natürlich nichts versprechen, aber man habe doch die Pflicht, seine Bereitwilligkeit anzubieten. Wenn man jemanden in einer Bedrängnis sehe, da ergebe sich doch natürlich die Pflicht zu helfen ...

»Die Pflicht ... seine Bereitwilligkeit anzubieten ... die Pflicht, den Versuch zu machen ... Sie meinen also auch, Sie auch, man habe die Pflicht ... die Pflicht, seine Bereitwilligkeit anzubieten.«

Dreimal wiederholte er den Satz. Mir graute vor dieser stumpfen, verbissenen Art des Wiederholens. War dieser Mensch wahnsinnig? War er betrunken?

Aber als ob ich die Vermutung laut mit den Lippen ausgesprochen hätte, sagte er plötzlich mit einer ganz andern Stimme: »Sie werden mich vielleicht für irr halten oder für betrunken. Nein, das bin ich nicht – noch nicht. Nur das Wort, das Sie sagten, hat mich so merkwürdig berührt ... so merkwürdig, weil es gerade das ist, was mich jetzt quält, nämlich ob man die Pflicht hat ... die Pflicht ...«

Er begann wieder zu stottern. Dann brach er kurz ab und begann mit einem neuen Ruck.

»Ich bin nämlich Arzt. Und da gibt es oft solche Fälle, solche verhängnisvolle ... ja, sagen wir Grenzfälle, wo man nicht weiß, ob man die Pflicht hat ... nämlich, es gibt ja nicht nur eine Pflicht, die gegen den andern, sondern eine für sich selbst und eine für den Staat und eine für die Wissenschaft ... Man soll helfen, natürlich, dazu ist man doch da ... aber solche Maximen sind immer nur theoretisch ... Wie weit soll man denn helfen? ... Da sind Sie, ein fremder Mensch, und ich bin Ihnen fremd, und ich bitte Sie, zu schweigen darüber, daß Sie mich gesehen haben ... gut, Sie schweigen, Sie erfüllen diese Pflicht ... Ich bitte Sie, mit mir zu sprechen, weil ich krepiere an meinem Schweigen ... Sie sind bereit, mir zuzuhören ... gut ... Aber das ist ja leicht ... Wenn ich Sie aber bitten würde, mich zu packen und über Bord zu werfen ... da hört sich doch die Gefälligkeit, die Hilfsbereitschaft auf. Irgendwo endets doch ... dort, wo man anfängt mit seinem eigenen Leben, seiner eigenen Verantwortung ... irgendwo muß es doch enden ... irgendwo muß diese Pflicht doch aufhören ... Oder vielleicht soll sie gerade beim Arzt nicht aufhören dürfen? Muß der ein Heiland, ein Allerweltshelfer sein, bloß weil er ein Diplom mit lateinischen Worten hat, muß der wirklich sein Leben hinwerfen und sich Wasser ins Blut schütten, wenn irgendeine ... irgendeiner kommt und will, daß er edel sei, hilfreich und gut? Ja, irgendwo hört die Pflicht auf ... dort, wo man nicht mehr kann, gerade dort ...«

Er hielt wieder inne und riß sich auf.

»Verzeihen Sie ... ich rede gleich so erregt ... aber ich bin nicht betrunken ... noch nicht betrunken ... auch das kommt jetzt oft bei mir vor, ich gestehe es Ihnen ruhig ein, in dieser höllischen Einsamkeit ... Bedenken Sie, ich habe sieben Jahre fast nur zwischen Eingeborenen und Tieren gelebt ... da verlernt man das ruhige Reden. Wenn man sich dann auftut, flutets gleich über .... Aber warten Sie ... ja, ich weiß schon ... ich wollte Sie fragen, wollte Ihnen so einen Fall vorlegen, ob man die Pflicht habe zu helfen ... so ganz engelhaft rein zu helfen, ob man ... Übrigens ich fürchte, es wird lang werden. Sind Sie wirklich nicht müde?«

»Nein, durchaus nicht.«

»Ich ... ich danke Ihnen ... Nehmen Sie nicht?«

Er hatte irgendwo hinter sich ins Dunkel getappt. Etwas klirrte gegeneinander, zwei, drei, jedenfalls mehrere Flaschen, die er neben sich gestellt. Er bot mir ein Glas Whisky, an dem ich flüchtig nippte, während er mit einem Ruck das seine hinabgoß. Einen Augenblick stand Schweigen zwischen uns. Da schlug die Glocke: halb eins.

»Also ... ich möchte Ihnen einen Fall erzählen. Nehmen Sie an, ein Arzt in einer ... einer kleineren Stadt ... oder eigentlich am Lande ... ein Arzt, der ... ein Arzt, der ...« Er stockte wieder. Dann riß er sich plötzlich den Sessel heran zu mir.

»So geht es nicht. Ich muß Ihnen alles direkt erzählen, von Anfang an, sonst verstehen Sie es nicht ... Das, das läßt sich nicht als Exempel, als Theorie entwickeln ... ich muß Ihnen meinen Fall erzählen. Da gibt es keine Scham, kein Verstecken ... vor mir ziehen sich auch die Leute nackt aus und zeigen mir ihren Grind, ihren Harn und ihre Exkremente ... wenn man geholfen haben will, darf man nicht herumreden und nichts verschweigen ... Also ich werde Ihnen keinen Fall erzählen von einem sagenhaften Arzt ... ich ziehe mich nackt aus und sage: ich ... das Schämen habe ich verlernt in dieser dreckigen Einsamkeit, in diesem verfluchten Land, das einem die Seele auffrißt und das Mark aus den Lenden saugt.«

Ich mußte irgendeine Bewegung gemacht haben, denn er unterbrach sich.

»Ach, Sie protestieren ... ich verstehe, Sie sind begeistert von Indien, von den Tempeln und den Palmenbäumen, von der ganzen Romantik einer Zweimonatsreise. Ja, so sind sie zauberhaft, die Tropen, wenn man sie in der Eisenbahn, im Auto, in der Rikscha durchstreift: ich habe das auch nicht anders gefühlt, als ich zum erstenmal herüber kam vor sieben Jahren. Was träumte ich da nicht alles, die Sprachen wollte ich lernen und die heiligen Bücher im Urtext lesen, die Krankheiten studieren, wissenschaftlich arbeiten, die Psyche der Eingeborenen ergründen – so sagt man ja im europäischen Jargon – ein Missionar der Menschlichkeit, der Zivilisation werden. Alle, die kommen, träumen denselben Traum. Aber in diesem unsichtbaren Glashaus dort geht einem die Kraft aus, das Fieber – man kriegts ja doch, mag man noch so viel Chinin in sich fressen – greift einem ans Mark, man wird schlapp und faul, wird weich, eine Qualle. Irgendwie ist man als Europäer von seinem wahren Wesen abgeschnitten, wenn man aus den großen Städten weg in so eine verfluchte Sumpfstation kommt: auf kurz oder lang hat jeder seinen Knax weg, die einen saufen, die andern rauchen Opium, die dritten prügeln und werden Bestien – irgendeinen Schuß Narrheit kriegt jeder ab. Man sehnt sich nach Europa, träumt davon, wieder einen Tag auf einer Straße zu gehen, in einem hellen steinernen Zimmer unter weißen Menschen zu sitzen, Jahr um Jahr träumt man davon, und kommt dann die Zeit, wo man Urlaub hätte, so ist man schon zu träge, um zu gehen. Man weiß, drüben ist man vergessen, fremd, eine Muschel in diesem Meer, auf die jeder tritt. So bleibt man und versumpft und verkommt in diesen heißen, nassen Wäldern. Es war ein verfluchter Tag, an dem ich mich in dieses Drecknest verkauft habe ...

Übrigens: ganz so freiwillig war das ja auch nicht. Ich hatte in Deutschland studiert, war recte Mediziner geworden, ein guter Arzt sogar, mit einer Anstellung an der Leipziger Klinik; irgendwo in einem verschollenen Jahrgang der Medizinischen Blätter haben sie damals viel Aufhebens gemacht von einer neuen Injektion, die ich als erster praktiziert hatte. Da kam eine Weibergeschichte, eine Person, die ich im Krankenhaus kennenlernte: sie hatte ihren Geliebten so toll gemacht, daß er sie mit dem Revolver anschoß, und bald war ich ebenso toll wie er. Sie hatte eine Art, hochmütig und kalt zu sein, die mich rasend machte – mich hatten immer schon Frauen in der Faust, die herrisch und frech waren, aber diese bog mich zusammen, daß mir die Knochen brachen. Ich tat, was sie wollte, ich – nun, warum soll ichs nicht sagen, es sind acht Jahre her – ich tat für sie einen Griff in die Spitalskasse, und als die Sache aufflog, war der Teufel los. Ein Onkel deckte noch den Abgang, aber mit der Karriere war es vorbei. Damals hörte ich gerade, die holländische Regierung werbe Ärzte an für die Kolonien und biete ein Handgeld. Nun, ich dachte gleich, es müßte ein sauberes Ding sein, für das man Handgeld biete, ich wußte, daß die Grabkreuze auf diesen Fieberplantagen dreimal so schnell wachsen wie bei uns, aber wenn man jung ist, glaubt man, das Fieber und der Tod springt immer nur auf die andern. Nun, ich hatte da nicht viel Wahl, ich fuhr nach Rotterdam, verschrieb mich auf zehn Jahre, bekam ein ganz nettes Bündel Banknoten, die Hälfte schickte ich nach Hause an den Onkel, die andere Hälfte jagte mir eine Person dort im Hafenviertel ab, die alles von mir herauskriegte, nur weil sie jener verfluchten Katze so ähnlich war. Ohne Geld, ohne Uhr, ohne Illusionen bin ich dann abgesegelt von Europa und war nicht sonderlich traurig, als wir aus dem Hafen steuerten. Und dann saß ich so auf Deck wie Sie, wie alle saßen, und sah das Südkreuz und die Palmen, das Herz ging mir auf – ah, Wälder, Einsamkeit, Stille, träumte ich! Nun – an Einsamkeit bekam ich gerade genug. Man setzte mich nicht nach Batavia oder Surabaya, in eine Stadt, wo es Menschen gibt und Klubs und Golf und Bücher und Zeitungen, sondern – nun, der Name tut ja nichts zur Sache – in irgendeine der Distriktstationen, zwei Tagereisen von der nächsten Stadt. Ein paar langweilige, verdorrte Beamte, ein paar Halfcast, das war meine ganze Gesellschaft, sonst weit und breit nur Wald, Plantagen, Dickicht und Sumpf.

Im Anfang wars noch erträglich. Ich trieb allerhand Studien; einmal, als der Vizeresident auf der Inspektionsreise mit dem Automobil umgeworfen und sich ein Bein zerschmettert hatte, machte ich ohne Gehilfen eine Operation, über die viel geredet wurde, ich sammelte Gifte und Waffen der Eingeborenen, ich beschäftigte mich mit hundert kleinen Dingen, um mich wach zu halten. Aber all dies ging nur, solang die Kraft von Europa her in mir noch funktionierte; dann trocknete ich ein. Die paar Europäer langweilten mich, ich brach den Verkehr ab, trank und träumte in mich hinein. Ich hatte ja nur noch zwei Jahre, dann war ich frei mit Pension, konnte nach Europa zurückkehren, noch einmal ein Leben anfangen. Eigentlich tat ich nichts mehr als warten, stilliegen und warten. Und so säße ich heute noch, wenn nicht sie ... wenn das nicht gekommen wäre.«

Die Stimme im Dunkeln hielt inne. Auch die Pfeife glimmte nicht mehr. So still war es, daß ich mit einem Male wieder das Wasser hörte, das sich schäumend am Kiel brach, und den fernen, dumpfen Herzstoß der Maschine. Ich hätte mir gern eine Zigarette angezündet, aber ich hatte Furcht vor dem grellen Aufschlag des Zündholzes und dem Reflex in seinem Gesicht. Er schwieg und schwieg. Ich wußte nicht, ob er zu Ende sei, ob er duselte, ob er schlief, so tot war sein Schweigen.

Da schlug die Schiffsglocke einen geraden, kräftigen Schlag: ein Uhr. Er fuhr auf; ich hörte wieder das Glas klingen. Offenbar tastete die Hand suchend zum Whisky hinab. Ein Schluck gluckste leise – dann plötzlich begann die Stimme wieder, aber jetzt gleichsam gespannter, leidenschaftlicher.

»Ja also ... warten Sie ... ja also, das war so. Ich sitze da droben in meinem verfluchten Netz, sitze wie die Spinne im Netz regungslos seit Monaten schon. Es war gerade nach der Regenzeit, Wochen und Wochen hatte es auf das Dach geplätschert, kein Mensch war gekommen, kein Europäer, täglich, täglich hatte ich dagesessen mit meinen gelben Weibern im Haus und meinem guten Whisky. Ich war damals gerade ganz ›down‹, ganz europakrank; wenn ich irgendeinen Roman las von hellen Straßen und weißen Frauen, begannen mir die Finger zu zittern. Ich kann Ihnen den Zustand nicht ganz schildern, es ist eine Art Tropenkrankheit, eine wütige, fiebrige und doch kraftlose Nostalgie, die einen manchmal packt. So saß ich damals, ich glaube über einem Atlas, und träumte mir Reisen aus. Da klopft es aufgeregt an die Tür, der Boy steht draußen und eines von den Weibern, beide haben die Augen ganz aufgerissen vor Erstaunen. Sie machen große Gebärden: eine Dame sei hier, eine Lady, eine weiße Frau.

Ich fahre auf. Ich habe keinen Wagen kommen gehört, kein Automobil. Eine weiße Frau hier in dieser Wildnis?

Ich will die Treppe hinab, reiße mich aber noch zurück. Ein Blick in den Spiegel, hastig richte ich mich ein wenig zurecht. Ich bin nervös, unruhig, irgendwie gequält von unangenehmem Vorgefühl, denn ich weiß niemanden auf der Welt, der aus Freundschaft zu mir käme. Endlich gehe ich hinunter.

Im Vorraum wartet die Dame und kommt mir hastig entgegen. Ein dicker Automobilschleier verhüllt ihr Gesicht. Ich will sie begrüßen, aber sie fängt mir rasch das Wort ab. ›Guten Tag, Doktor‹, sagt sie auf englisch in einer fließenden (etwas zu leicht fließenden und wie im voraus eingelernten) Art. ›Verzeihen Sie, daß ich sie überfalle. Aber wir waren gerade in der Station, unser

Auto hält drüben‹ – warum fährt sie nicht bis vors Haus, schießt es mir blitzschnell durch den Kopf – ›da erinnerte ich mich, daß Sie hier wohnen. Ich habe schon so viel von Ihnen gehört, Sie haben ja eine wirkliche Zauberei mit dem Vizeresidenten gemacht, sein Bein ist wieder tadellos allright, er spielt Golf wie früher. Ah, ja, alles spricht noch davon drunten bei uns, und wir wollten alle unseren brummigen Surgeon und noch die zwei andern hergeben, wenn Sie zu uns kämen. Überhaupt, warum sieht man Sie nie drunten, Sie leben ja wie ein Joghi ...‹

Und so plappert sie weiter, hastig und immer hastiger, ohne mich zu Worte kommen zu lassen. Etwas Nervöses und Fahriges ist in diesem talkigen Geschwätz, und ich werde selbst unruhig davon. Warum spricht sie so viel, frage ich mich innerlich, warum stellt sie sich nicht vor, warum nimmt sie den Schleier nicht ab? Hat sie Fieber? Ist sie krank? Ist sie toll? Ich werde immer nervöser, weil ich die Lächerlichkeit empfinde, so stumm vor ihr zu stehen, übergossen von ihrer prasselnden Geschwätzigkeit. Endlich stoppt sie ein wenig, und ich kann sie hinaufbitten. Sie macht dem Boy eine Bewegung, zurückzubleiben, und geht vor mir die Treppe empor.

›Nett haben Sie es hier‹, sagt sie, in meinem Zimmer sich umsehend. ›Ah, die schönen Bücher! Die möchte ich alle lesen!‹ Sie tritt an das Regal und mustert die Büchertitel. Zum erstenmal, seit ich ihr entgegengetreten, schweigt sie für eine Minute.

›Darf ich Ihnen einen Tee anbieten?‹ frage ich.

Sie wendet sich nicht um und sieht nur auf die Büchertitel. ›Nein, danke, Doktor ... wir müssen gleich wieder weiter ... ich habe nicht viel Zeit ... war ja nur ein kleiner Ausflug ... Ach, da haben Sie auch den Flaubert, den liebe ich so sehr ... wundervoll, ganz wundervoll, die ›Education sentimentale‹ ... ich sehe, Sie lesen auch französisch ... Was Sie alles können! ... ja, die Deutschen, die lernen alles auf der Schule ... Wirklich großartig, so viel Sprachen zu können! ... Der Vizeresident schwört auf Sie, sagt immer, Sie seien der einzige, dem er unter das Messer ginge ... unser guter Surgeon drüben taugt gerade zum Bridgespiel ... Übrigens wissen Sie – (sie wendete sich noch immer nicht um) heute kams mir selbst in den Sinn, ich sollte Sie einmal konsultieren ... und weil wir eben vorüberfuhren, dachte ich ... nun, Sie haben jetzt wohl zu tun ... ich komme lieber ein andermal.‹

›Deckst du endlich die Karten auf!‹ dachte ich mir sofort. Aber ich ließ nichts merken, sondern versicherte ihr, es würde mir nur eine Ehre sein, jetzt und wann immer sie wolle, ihr zu dienen.

›Es ist nichts Ernstes‹, sagte sie, sich halb umwendend und gleichzeitig in einem Buch blätternd, das sie vom Regal genommen hatte, ›nichts Ernstes ... Kleinigkeiten ... Weibersachen ... Schwindel, Ohnmachten. Heute früh schlug ich, als wir eine Kurve machten, plötzlich hin, raide morte ... der Boy mußte mich aufrichten im Auto und Wasser holen ... nun, vielleicht ist der Chauffeur zu rasch gefahren ... meinen Sie nicht, Doktor?‹

›Ich kann das so nicht beurteilen. Haben Sie öfter derlei Ohnmachten?‹

›Nein ..., das heißt ja ... in der letzten Zeit ... gerade in der allerletzten Zeit ... ja ... solche Ohnmachten und Übelkeiten.‹ Sie steht schon wieder vor dem Bücherschrank, tut das Buch hinein, nimmt ein anderes heraus und blättert darin. Merkwürdig, warum blättert sie immer so ... so nervös, warum schaut sie unter dem Schleier nicht auf? Ich sage mit Absicht nichts. Es reizt mich, sie warten zu lassen. Endlich fängt sie wieder an in ihrer nonchalanten, plapperigen Art.

›Nicht wahr, Doktor, nichts Bedenkliches das? Keine Tropensache ... nichts Gefährliches ...‹

›Ich müßte erst sehen, ob Sie Fieber haben. Darf ich um Ihren Puls bitten ...‹

Ich gehe auf sie zu. Sie weicht leicht zur Seite.

›Nein, nein, ich habe kein Fieber ... gewiß, ganz gewiß nicht ... ich habe mich selbst gemessen jeden Tag, seit ... seit diese Ohnmacht kamen. Nie Fieber, immer tadellos 36,4 auf den Strich. Auch mein Magen ist gesund.‹

Ich zögere einen Augenblick. Die ganze Zeit schon prickelt in mir ein Argwohn: ich spüre, diese Frau will etwas von mir, man kommt nicht in eine Wildnis, um über Flaubert zu sprechen. Eine, zwei Minuten lasse ich sie warten. ›Verzeihen Sie‹, sage ich dann geradewegs, ›darf ich einige Fragen ganz frei stellen?‹

›Gewiß, Doktor! Sie sind doch Arzt‹, antwortete sie, aber schon wendet sie mir wieder den Rücken und spielt mit den Büchern.

›Haben Sie Kinder gehabt?‹

›Ja, einen Sohn.‹

›Und haben Sie ... haben Sie vorher ... ich meine damals ... haben Sie da ähnliche Zustände gehabt?‹

›Ja.‹

Ihre Stimme ist jetzt ganz anders. Ganz klar, ganz bestimmt, gar nicht mehr plapprig, gar nicht mehr nervös. ›Und wäre es möglich, daß Sie ... verzeihen Sie die Frage ... daß Sie jetzt in einem ähnlichen Zustande sind?‹

›Ja.‹

Wie ein Messer scharf und schneidend läßt sie das Wort fallen. In ihrem abgewandten Kopf zuckt nicht eine Linie.

›Vielleicht wäre es da am besten, gnädige Frau, ich nehme eine allgemeine Untersuchung vor ... darf ich Sie vielleicht bitten, sich ... sich in das andere Zimmer hinüber zu bemühen?‹

Da wendet sie sich plötzlich um. Durch den Schleier fühle ich einen kalten, entschlossenen Blick mir gerade entgegen.

›Nein ... das ist nicht nötig ... ich habe volle Gewißheit über meinen Zustand.‹«

Die Stimme zögerte einen Augenblick. Wieder blinkert im Dunkel das gefüllte Glas.

»Also hören Sie ... aber versuchen Sie zuerst einen Augenblick sich das zu überdenken. Da drängt sich zu einem, der in seiner Einsamkeit vergeht, eine Frau herein, die erste weiße Frau betritt seit Jahren das Zimmer ... und plötzlich spüre ichs, es ist etwas Böses im Zimmer, eine Gefahr. Irgendwie überliefs mich: mir graute vor der stählernen Entschlossenheit dieses Weibes, die da mit plapprigen Reden hereingekommen war und dann mit einemmal ihre Forderung zückt, wie ein Messer. Denn was sie von mir wollte, wußte ich ja, wußte ich sofort – es war nicht das erstemal, daß Frauen so etwas von mir verlangten, aber sie kamen anders, kamen verschämt oder flehend, kamen mit Tränen und Beschwörungen. Hier aber war eine ... ja, eine stählerne, eine männliche Entschlossenheit ... von der ersten Sekunde spürte ichs, daß diese Frau stärker war als ich ... daß sie mich in ihren Willen zwingen konnte, wie sie wollte ... Aber ... aber ... es war auch etwas Böses in mir ... der Mann, der sich wehrte, irgendeine Erbitterung, denn ... ich sagte es ja schon ... von der ersten Sekunde, ja, noch ehe ich sie gesehen, empfand ich diese Frau als Feind.

Ich schwieg zunächst. Schwieg hartnäckig und erbittert. Ich spürte, daß sie mich unter dem Schleier ansah – gerade und fordernd ansah, daß sie mich zwingen wollte zu sprechen. Aber ich gab nicht so leicht nach. Ich begann zu sprechen, aber ... ausweichend ... ja unbewußt ahmte ich ihre plapprige, gleichgültige Art nach. Ich tat, als ob ich sie nicht verstünde, denn – ich weiß nicht, ob Sie das nachfühlen können – ich wollte sie zwingen, deutlich zu werden, ich wollte nicht anbieten, sondern ... gebeten sein ... gerade von ihr, weil sie so herrisch kam ... und weil ich wußte, daß ich bei Frauen nichts so unterliege als dieser hochmütigen kalten Art.

Ich redete also herum, dies sei ganz unbedenklich, solche Ohnmachten gehörten zum regulären Lauf der Dinge, im Gegenteil, sie verbürgten beinahe eine gute Entwicklung. Ich zitierte Fälle aus den klinischen Zeitungen ... ich sprach, ich sprach, lässig und leicht, immer die Angelegenheit ganz wie eine Banalität betrachtend und ... wartete immer, daß sie mich unterbrechen würde. Denn ich wußte, sie würde es nicht ertragen.

Da fuhr sie schon scharf dazwischen, mit einer Handbewegung gleichsam das ganze beruhigende Gerede wegstreifend.

›Das ist es nicht, Doktor, was mich unsicher macht. Damals, als ich meinen Buben bekam, war ich in besserer Verfassung... aber jetzt bin ich nicht mehr allright ... ich habe Herzzustände ...‹

›Ach, Herzzustände‹, wiederholte ich, scheinbar beunruhigt, ›da will ich doch gleich nachsehen.‹ Und ich machte eine Bewegung, als ob ich aufstehen und das Hörrohr holen wollte.

Aber schon fuhr sie dazwischen. Die Stimme war jetzt ganz scharf und bestimmt – wie am Kommandoplatz.

›Ich *habe* Herzzustände, Doktor, und ich muß Sie bitten, zu glauben, was ich Ihnen sage. Ich möchte nicht viel Zeit mit Untersuchungen verlieren – Sie könnten mir, meine ich, etwas mehr Vertrauen entgegenbringen. Ich wenigstens habe mein Vertrauen zu Ihnen genug bezeugt.‹

Jetzt war es schon Kampf, offene Herausforderung. Und ich nahm sie an.

›Zum Vertrauen gehört Offenheit, rückhaltlose Offenheit. Reden Sie klar, ich bin Arzt. Und vor allem, nehmen Sie den Schleier ab, setzen Sie sich her, lassen Sie die Bücher und die Umwege. Man kommt nicht zum Arzt im Schleier.‹

Sie sah mich an, aufrecht und stolz. Einen Augenblick zögerte sie. Dann setzte sie sich nieder, zog den Schleier hoch. Ich sah ein Gesicht, ganz so wie ich es – gefürchtet hatte, ein undurchdringliches Gesicht, hart, beherrscht, von einer alterslosen Schönheit, ein Gesicht mit grauen englischen Augen, in denen alles Ruhe schien und hinter die man doch alles Leidenschaftliche träumen konnte. Dieser schmale, verpreßte Mund gab kein Geheimnis her, wenn er nicht wollte. Eine Minute lang sahen wir einander an – sie befehlend und fragend zugleich, mit einer so kalten, stählernen Grausamkeit, daß ich es nicht ertrug und unwillkürlich zur Seite blickte.

Sie klopfte leicht mit dem Knöchel auf den Tisch. Also auch in ihr war Nervosität. Dann sagte sie plötzlich rasch: ›Wissen Sie, Doktor, was ich von Ihnen will, oder wissen Sie es nicht?‹

›Ich glaube es zu wissen. Aber seien wir lieber ganz deutlich. Sie wollen Ihrem Zustand ein Ende bereiten ... Sie wollen, daß ich Sie von Ihrer Ohnmacht, Ihren Übelkeiten befreie, indem ich ... indem ich die Ursache beseitige. Ist es das?‹

›Ja.‹

Wie ein Fallbeil zuckte das Wort.

›Wissen Sie auch, daß solche Versuche gefährlich sind ... für beide Teile ...?‹

›Ja.‹

›Daß es gesetzlich mir untersagt ist?‹

›Es gibt Möglichkeiten, wo es nicht untersagt, sondern sogar geboten ist.‹

›Aber diese erfordern eine ärztliche Indikation.‹

›So werden Sie diese Indikation finden. Sie sind Arzt.‹

Klar, starr, ohne zu zucken, blickten mich ihre Augen dabei an. Es war ein Befehl, und ich Schwächling bebte in Bewunderung vor der dämonischen Herrischkeit ihres Willens. Aber ich krümmte mich noch, ich wollte nicht zeigen, daß ich schon zertreten war. – ›Nur nicht zu rasch! Umstände machen! Sie zur Bitte zwingen‹, funkelte in mir irgendein Gelüst.

›Das liegt nicht immer im Willen des Arztes. Aber ich bin bereit, mit einem Kollegen im Krankenhaus ...‹

›Ich will Ihren Kollegen nicht ... ich bin zu Ihnen gekommen.‹

›Darf ich fragen, warum gerade zu mir?‹

Sie sah mich kalt an.

›Ich habe keine Bedenken, es Ihnen zu sagen. Weil Sie abseits wohnen, weil Sie mich nicht kennen – weil Sie ein guter Arzt sind, und weil Sie ...‹ – jetzt zögerte sie zum ersten Male – ›wohl nicht mehr lange in dieser Gegend bleiben werden, besonders wenn Sie ... wenn Sie eine größere Summe nach Hause bringen können.‹

Mich überliefs kalt. Diese eherne, diese Merchant-, diese Kaufmannsklarheit der Berechnung betäubte mich. Bisher hatte sie ihre Lippen noch nicht zur Bitte aufgetan – aber alles längst auskalkuliert, mich erst umlauert und dann aufgespürt. Ich spürte, wie das Dämonische ihres Willens in mich eindrang, aber ich wehrte mich mit all meiner Erbitterung. Noch einmal zwang ich mich, sachlich – ja fast ironisch zu sein.

›Und diese große Summe würden Sie ... würden Sie mir zur Verfügung stellen?‹

›Für Ihre Hilfe und sofortige Abreise.‹

›Wissen Sie, daß ich dadurch meine Pension verliere?‹

›Ich werde Sie Ihnen entschädigen.‹

›Sie sind sehr deutlich ... Aber ich will noch mehr Deutlichkeit. Welche Summe haben Sie als Honorar in Aussicht genommen?‹

›Zwölftausend Gulden, zahlbar auf Scheck in Amsterdam.‹

Ich ... zitterte ... ich zitterte vor Zorn und ... ja auch vor Bewunderung. Alles hatte sie berechnet, die Summe und die Art der Zahlung, durch die ich zur Abreise genötigt war, sie hatte mich eingeschätzt und gekauft, ohne mich zu kennen, hatte über mich verfügt im Vorgefühl ihres Willens. Am liebsten hätte ich ihr ins Gesicht geschlagen ... Aber wie ich zitternd aufstand – auch sie war aufgestanden – und ihr gerade Auge in Auge starrte, da überkam mich plötzlich bei dem Blick auf diesen verschlossenen Mund, der nicht bitten, auf ihre hochmütige Stirn, die sich nicht beugen wollte ... eine ... eine Art gewalttätiger Gier. Sie mußte irgend etwas davon fühlen, denn sie spannte ihre Augenbrauen hoch, wie wenn man jemand Lästigen wegweisen will: der Haß zwischen uns war plötzlich nackt. Ich wußte, sie haßte mich, weil sie mich brauchte, und ich haßte sie, weil ... weil sie nicht bitten wollte. Diese eine, diese eine Sekunde Schweigen sprachen wir zum erstenmal ganz aufrichtig zueinander. Dann biß sich plötzlich wie ein Reptil mir ein Gedanke ein, und ich sagte ihr ... ich sagte ihr ...

Aber warten Sie, so würden Sie es falsch verstehen, was ich tat ... was ich sagte ... ich muß Ihnen erst erklären, wie ... wieso dieser wahnsinnige Gedanke in mich kam ...«

Wieder klirrte leise im Dunkel das Glas. Und die Stimme wurde erregter.

»Nicht daß ich mich entschuldigen will, mich rechtfertigen, mich reinwaschen ... Aber Sie verstehen es sonst nicht ... Ich weiß nicht, ob ich je so etwas wie ein guter Mensch gewesen bin, aber ... ich glaube, hilfreich war ich immer ... In dem dreckigen Leben da drüben war das ja die einzige Freude, die man hatte, mit der Handvoll Wissenschaft, die man sich ins Hirn gepreßt, irgendeinem Stück Leben den Atem erhalten zu können ... so eine Art Herrgottsfreude ... Wirklich, es waren meine schönsten Augenblicke, wenn so ein gelber Bursch kam, blauweiß vor Schrecken, einen Schlangenbiß im hochgeschwollenen Fuß, und schon heulte, man solle ihm das Bein nicht abschneiden, und ich kriegte es noch fertig, ihn zu retten. Stundenweit bin ich gefahren, wenn irgendein Weib im Fieber lag – auch so wie diese es wollte, habe ich geholfen, schon in Europa drüben in der Klinik. Aber da spürte mans wenigstens, daß dieser Mensch einen *brauchte*, da wußte mans, daß man jemand vom Tode rettete oder vor der Verzweiflung – und das brauchte man eben selbst zum Helfen, dies Gefühl, daß der andere einen braucht.

Aber diese Frau – ich weiß nicht, ob ich es Ihnen schildern kann – sie regte mich auf, reizte mich von dem Augenblick, da sie scheinbar promenierend hereinkam, durch ihren Hochmut zu einem Widerstand, sie reizte alles – wie soll ichs sagen – sie reizte alles Gedrückte, alles Versteckte, alles Böse in mir zur Gegenwehr. Daß sie Lady spielte, unnahbar kühl ein Geschäft entrierte, wo es um Tod und Leben ging, das machte mich toll ... Und dann ... dann ... schließlich wird man doch nicht schwanger vom Golfspielen .... ich wußte ... das heißt, ich mußte plötzlich mit einer – und das war jener Gedanke – mit einer entsetzlichen Deutlichkeit mich daran erinnern, daß diese Kühle, diese Hochmütige, diese Kalte, die steil die Augenbrauen über ihre stählernen Augen hochzog, als ich sie nur abwehrend ... ja fast wegstoßend anblickte, daß sie sich zwei oder drei Monate vorher heiß im Bett mit einem Mann gewälzt hatte, nackt wie ein Tier und vielleicht stöhnend vor Lust, die Körper ineinander verbissen wie zwei Lippen ... Das, das war der brennende Gedanke, der mich überfiel, als sie mich so hochmütig, so unnahbar kühl, ganz wie ein englischer Offizier anblickte ... und da, da spannte sich alles in mir ... ich war besessen von der Idee, sie zu erniedrigen ... von dieser Sekunde sah ich durch das Kleid ihren Körper nackt ... von dieser Sekunde an lebte ich nur im Gedanken, sie zu besitzen, ein Stöhnen aus ihren harten Lippen zu pressen, diese Kalte, diese Hochmütige in Wollust zu fühlen so wie jener, jener andere, den ich nicht kannte. Das ... das wollte ich Ihnen erklären ... Ich habe nie, so verkommen ich war, sonst als Arzt die Situation zu nutzen gesucht ... Aber diesmal war es ja nicht Geilheit, nicht Brunst, nichts Sexuelles, wahrhaftig nicht ... ich würde es ja eingestehen ... nur die Gier, eines Hochmuts Herr zu werden ... Herr als Mann ... Ich sagte es Ihnen, glaube ich schon, daß hochmütige, scheinbar kühle Frauen von je über mich Macht hatten ... aber jetzt, jetzt kam noch dies dazu, daß ich sieben Jahre hier lebte, ohne eine weiße Frau gehabt zu haben, daß ich Widerstand nicht kannte ... Denn diese Mädchen hier, diese zwitschernden kleinen zierlichen Tierchen, die zittern ja vor Ehrfurcht, wenn ein Weißer, ein ›Herr‹ sie nimmt ... sie löschen aus in Demut, immer sind sie einem offen, immer bereit, mit ihrem leisen, glucksenden Lachen einem zu dienen ... aber gerade diese Unterwürfigkeit, dieses Sklavische verschweint einem den Genuß ... Verstehen Sie jetzt, verstehen Sie es, wie das dann auf mich hinschmetternd wirkte, wenn da plötzlich eine Frau kam, voll von Hochmut und Haß, verschlossen bis an die Fingerspitzen, zugleich funkelnd von Geheimnis und beladen mit früherer Leidenschaft ... wenn eine solche Frau in den Käfig eines solchen Mannes, einer so vereinsamten, verhungerten, abgesperrten Menschenbestie frech eintritt ... Das ... das wollte ich nur sagen, damit Sie das andere verstehen ... das, was jetzt kam. Also ... voll von irgendeiner bösen Gier, vergiftet von dem Gedanken an sie, nackt, sinnlich, hingegeben, ballte ich mich gleichsam zusammen und täuschte Gleichgültigkeit vor. Ich sagte kühl: ›Zwölftausend Gulden? ... Nein, dafür werde ich es nicht tun.‹

Sie sah mich an, ein wenig blaß. Sie spürte wohl schon, daß in diesem Widerstand nicht Geldgier war. Aber doch sagte sie:

›Was verlangen Sie also?‹

Ich ging auf den kühlen Ton nicht mehr ein. ›Spielen wir mit offenen Karten. Ich bin kein Geschäftsmann ... ich bin nicht der arme Apotheker aus Romeo und Julia, der für ›corrupted gold‹ sein Gift verkauft ... ich bin vielleicht das Gegenteil eines Geschäftsmannes ... auf diesem Wege werden Sie Ihren Wunsch nicht erfüllt sehen.‹

›Sie wollen es also nicht tun?‹

›Nicht für Geld.‹

Es wurde ganz still für eine Sekunde zwischen uns. So still, daß ich sie zum erstenmal atmen hörte.

›Was können Sie denn sonst wünschen?‹

Jetzt hielt ich mich nicht mehr.

›Ich wünsche zuerst, daß Sie ... daß Sie zu mir nicht wie zu einem Krämer reden, sondern wie zu einem Menschen. Daß Sie, wenn Sie Hilfe brauchen, nicht ... nicht gleich mit Ihrem schändlichen Geld kommen ... sondern bitten ... mich, den Menschen, bitten, Ihnen, dem Menschen, zu helfen ... Ich bin nicht nur Arzt, ich habe nicht nur Sprechstunden ... ich habe auch andere Stunden ... vielleicht sind Sie in eine solche Stunde gekommen ...‹

Sie schweigt einen Augenblick. Dann krümmt sich ihr Mund ganz leicht, zittert und sagt rasch:

›Also wenn ich Sie bitten würde ... dann würden Sie es tun?‹

›Sie wollen schon wieder ein Geschäft machen – Sie wollen nur bitten, wenn ich erst verspreche. Erst müssen Sie mich bitten – dann werde ich Ihnen antworten.‹

Sie wirft den Kopf hoch wie ein trotziges Pferd. Zornig sieht sie mich an.

›Nein – ich werde Sie nicht bitten. Lieber zugrunde gehen!‹

Da packte mich der Zorn, der rote, sinnlose Zorn.

›Dann werde ich fordern, wenn Sie nicht bitten wollen. Ich glaube, ich muß nicht erst deutlich sein – Sie wissen, was ich von Ihnen begehre. Dann – dann werde ich Ihnen helfen.‹

Einen Augenblick starrte sie mich an. Dann – oh, ich kann, ich kann nicht sagen, wie entsetzlich das war – dann spannten sich ihre Züge, und dann ... dann *lachte* sie mit einem Male ... lachte sie mir mit einer unsagbaren Verächtlichkeit ins Gesicht ... mit einer Verächtlichkeit, die mich zerstäubte ... und die mich berauschte zugleich ... Es war wie eine Explosion, so plötzlich, so aufspringend, so mächtig losgesprengt von einer ungeheuren Kraft, dieses Lachen der Verächtlichkeit, daß ich ... ja, daß ich hätte zu Boden sinken können und ihre Füße küssen. Eine Sekunde dauerte es nur ... es war wie ein Blitz, und ich hatte das Feuer im ganzen Körper ... da wandte sie sich schon und ging hastig auf die Tür zu.

Unwillkürlich wollte ich ihr nach ... mich entschuldigen ... sie anflehen ... meine Kraft war ja ganz zerbrochen ... da kehrte sie sich noch einmal um und sagte ... nein, sie *befahl:*

›Unterstehen Sie sich nicht, mir zu folgen oder nachzuspüren ... Sie würden es bereuen.‹

Und schon krachte hinter ihr die Türe zu.«

Wieder ein Zögern. Wieder ein Schweigen ... Wieder nur dies Rauschen, als ob das Mondlicht strömte. Und dann endlich wieder die Stimme.

»Die Tür schlug zu ... aber ich stand unbeweglich an der Stelle ... ich war gleichsam hypnotisiert von dem Befehl ... ich hörte sie die Treppe hinabsteigen, die Haustür zumachen ... ich hörte alles, und mein ganzer Wille drängte ihr nach ... sie ... ich weiß nicht was ... sie zurückzurufen oder zu schlagen oder zu erdrosseln ... aber ihr nach ... ihr nach ... Und doch konnte ich nicht. Meine Glieder waren gleichsam gelähmt wie von einem elektrischen Schlag ... ich war eben getroffen, getroffen bis ins Mark hinein von dem herrischen Blitz diese Blickes ... Ich weiß, das ist nicht zu erklären, nicht zu erzählen ... es mag lächerlich klingen, aber ich stand und stand ... ich brauchte Minuten, vielleicht fünf, vielleicht zehn Minuten, ehe ich einen Fuß wegreißen konnte von der Erde ...

Aber kaum daß ich einen Fuß gerührt, war ich schon heiß, war ich schon rasch ... im Nu eilte ich die Treppe hinab ... Sie konnte ja nur die Straße hinabgegangen sein zur Zivilisation ... ich stürzte in den Schuppen, das Rad zu holen, sehe, daß ich den Schlüssel vergessen habe, reiße den Verschlag auf, daß der Bambus splittert und kracht ... und schon schwinge ich mich auf das Rad und sause ihr nach ... ich muß sie ... ich muß sie erreichen, ehe sie zu ihrem Automobil gelangt ... ich muß sie sprechen ... Die Straße staubt an mir vorbei ... jetzt merke ich erst, wie lange ich oben starr gestanden haben mußte ... da ... auf der Kurve im Wald knapp vor der Station sehe ich sie, wie sie hastig mit steifem geradem Schritt hineilt, begleitet von dem Boy ... Aber auch sie muß mich gesehen haben, denn sie spricht jetzt mit dem Boy, der zurückbleibt, und geht allein weiter ... Was will sie tun? Warum will sie allein sein? ... Will sie mit mir sprechen, ohne daß er es hört? ... Blindwütig trete ich in die Pedale hinein ... Da springt mir plötzlich quer von der Seite etwas über den Weg ... der Boy ... ich kann gerade noch das Rad zur Seite reißen und krache hin ...

Ich stehe fluchend auf ... unwillkürlich hebe ich die Faust, um dem Tölpel eines hinzuknallen, aber er springt zur Seite ... Ich rüttle mein Fahrrad hoch, um wieder aufzusteigen ... Aber da springt der Halunke vor, faßt das Rad und sagt in seinem erbärmlichen Englisch: ›You remain here.‹

Sie haben nicht in den Tropen gelebt ... Sie wissen nicht, was das für eine Frechheit ist, wenn ein solcher gelber Halunke einem weißen ›Herrn‹ das Rad faßt und ihm, dem ›Herrn‹, befiehlt, dazubleiben. Statt aller Antwort schlage ich ihm die Faust ins Gesicht ... er taumelt, aber er hält das Rad fest ... seine Augen, seine engen, feigen Augen sind weit aufgerissen in sklavischer Angst ... aber er hält die Stange, hält sie teuflisch fest ... ›You remain here‹, stammelt er noch einmal. Zum Glück hatte ich keinen Revolver bei mir. Ich hätte ihn sonst niedergeknallt. ›Weg, Kanaille!‹ sage ich nur. Er starrt mich geduckt an, läßt aber die Stange nicht los. Ich schlage ihm noch einmal auf den Schädel, er läßt noch immer nicht. Da faßt mich die Wut ... ich sehe, daß sie schon fort, vielleicht schon entkommen ist ... und versetze ihm einen regelrechten Boxerschlag unters Kinn, daß er hinwirbelt. Jetzt habe ich wieder mein Rad ... aber wie ich aufspringe, stockt der Lauf ... bei dem gewaltsamen Zerren hat sich die Speiche verbogen ... Ich versuche mit fiebernden Händen sie geradezudrehen ... Es geht nicht ... so schmeiße ich das Rad quer auf den Weg neben den Halunken hin, der blutend aufsteht und zur Seite weicht ... Und dann – nein, Sie können nicht fühlen, wie lächerlich das dort vor allen Menschen ist, wenn ein Europäer ... nun, ich wußte nicht mehr, was ich tat ... ich hatte nur den einen Gedanken: ihr nach, sie erreichen ... und so *lief* ich, lief wie ein Rasender die Landstraße entlang vorbei an den Hütten, wo das gelbe Gesindel staunend sich vordrängte, einen weißen Mann, den Doktor, *laufen* zu sehen.

Schweißtriefend kam ich in der Station an ... Meine erste Frage: Wo ist das Auto? ... Eben weggefahren ... Verwundert sehen mich die Leute an: als Rasender muß ich ihnen erscheinen, wie ich da naß und schmierig ankam, die Frage voranschreiend, ehe ich noch stand ... Unten an der Straße sehe ich weiß den Qualm des Autos wirbeln ... es ist ihr gelungen ... gelungen, wie alles ihrer harten, grausam harten Berechnung gelingen muß.

Aber die Flucht hilft ihr nichts ... In den Tropen gibt es kein Geheimnis unter den Europäern ... einer kennt den anderen, alles wird zum Ereignis ... Nicht umsonst ist ihr Chauffeur eine Stunde im Bungalow der Regierung gestanden ... in einigen Minuten weiß ich alles ... Weiß, wer sie ist ... daß sie unten in – nun in der Regierungsstadt wohnt, acht Eisenbahnstunden von hier ... daß sie – nun sagen wir, die Frau eines Großkaufmannes ist, rasend reich, vornehm, eine Engländerin ... ich weiß, daß ihr Mann jetzt fünf Monate in Amerika war und nächster Tage eintreffen soll, um sie mit nach Europa zu nehmen ...

Sie aber – und wie Gift brennt sich mir der Gedanke in die Adern hinein – sie kann höchstens zwei oder drei Monate in anderen Umständen sein ...«

»Bisher konnte ich Ihnen noch alles begreiflich machen ... vielleicht nur deshalb, weil ich bis zu diesem Augenblicke mich noch selbst verstand ... mir als Arzt immer die Diagnose meines Zustandes selbst stellte. Aber von da an begann es wie ein Fieber in mir ... ich verlor die Kontrolle über mich ... das heißt, ich wußte genau, wie sinnlos alles war, was ich tat; aber ich hatte keine Macht mehr über mich ... ich verstand mich selbst nicht mehr ... ich lief nur in der Besessenheit meines Zieles vorwärts ... Übrigens warten Sie ... vielleicht kann ich es Ihnen doch begreiflich machen ... Wissen Sie, was Amok ist?«

»Amok? ... ich glaube mich zu erinnern ... eine Art Trunkenheit bei den Malaien ...«

»Es ist mehr als Trunkenheit ... es ist Tollheit, eine Art menschlicher Hundswut ... ein Anfall mörderischer, sinnloser Monomanie, der sich mit keiner anderen alkoholischen Vergiftung vergleichen läßt ... ich habe selbst während meines Aufenthaltes einige Fälle studiert – für andere ist man ja immer sehr klug und sehr sachlich – ohne aber je das furchtbare Geheimnis ihres Ursprungs freilegen zu können ... Irgendwie hängt es mit dem Klima zusammen, mit dieser schwülen, geballten Atmosphäre, die auf die Nerven wie ein Gewitter drückt, bis sie einmal losspringen ... Also Amok ... ja, Amok, das ist so: Ein Malaie, irgendein ganz einfacher, ganz gutmütiger Mensch, trinkt sein Gebräu in sich hinein ... er sitzt da, stumpf, gleichmütig, matt ... so wie ich in meinem Zimmer saß ... und plötzlich springt er auf, faßt den Dolch und rennt auf die Straße ... rennt geradeaus, immer nur geradeaus ... ohne zu wissen wohin ... Was ihm in den Weg tritt, Mensch oder Tier, das stößt er nieder mit seinem Kris, und der Blutrausch macht ihn nur noch hitziger ... Schaum tritt dem Laufenden vor die Lippen, er heult wie ein Rasender ... aber er rennt, rennt, rennt, sieht nicht mehr nach rechts, sieht nicht nach links, rennt nur mit seinem gellen Schrei, seinem blutigen Kris in dieses entsetzliche Geradeaus ... Die Leute in den Dörfern wissen, daß keine Macht einen Amokläufer aufhalten kann ... so brüllen sie warnend voraus, wenn er kommt: ›Amok! Amok!‹, und alles flüchtet ... er aber rennt, ohne zu hören, rennt, ohne zu sehen, stößt nieder, was ihm begegnet ... bis man ihn totschießt wie einen tollen Hund oder er selbst schäumend zusammenbricht ...

Einmal habe ich das gesehen, vom Fenster meines Bungalows aus ... es war grauenhaft ... aber nur dadurch, daß ichs gesehen habe, begreife ich mich selbst in jenen Tagen ... denn so, genau so, mit diesem furchtbaren Blick geradeaus, ohne nach rechts oder links zu sehen, mit dieser Besessenheit stürmte ich los ... dieser Frau nach ... Ich weiß nicht mehr, wie ich alles tat, in so rasendem Lauf, in so unsinniger Geschwindigkeit flog es vorbei ... Zehn Minuten, nein, fünf, nein zwei ... nachdem ich alles von dieser Frau wußte, ihren Namen, ihr Haus, ihr Schicksal, jagte ich schon auf einem rasch geborgten Rad in mein Haus zurück, warf einen Anzug in den Koffer, steckte Geld zu mir und fuhr zur Station der Eisenbahn mit meinem Wagen ... fuhr, ohne mich abzumelden beim Distriktbeamten ... ohne einen Vertreter zu ernennen, ließ das Haus offen stehen und liegen, wie es war ... Um mich standen Diener, die Weiber staunten und fragten, ich antwortete nicht, wandte mich nicht um ... fuhr zur Eisenbahn und mit dem nächsten Zug hinab in die Stadt ... Eine Stunde im ganzen, nachdem diese Frau in mein Zimmer getreten, hatte ich meine Existenz hinter mich geworfen und rannte Amok ins Leere hinein ...

Geradeaus rannte ich, mit dem Kopf gegen die Wand ... um sechs Uhr abends war ich angekommen ... um sechs Uhr zehn war ich in ihrem Haus und ließ mich melden ... Es war ... Sie werden es verstehen ... das Sinnloseste, das Stupideste, was ich tun konnte ... aber der Amokläufer rennt ja mit leeren Augen, er sieht nicht, wohin er rennt ... Nach einigen Minuten kam der Diener zurück ... höflich und kühl ... die gnädige Frau sei nicht wohl und könne nicht empfangen.

Ich taumelte die Türe hinaus ... Eine Stunde schlich ich noch um das Haus herum, besessen von der wahnwitzigen Hoffnung, sie würde vielleicht nach mir suchen ... dann nahm ich mir erst ein Zimmer im Strandhotel und zwei Flaschen Whisky auf das Zimmer ... die und eine doppelte Dosis Veronal halfen mir ... ich schlief endlich ein ... und dieser dumpfe, schlammige Schlaf war die einzige Pause in diesem Rennen zwischen Leben und Tod.«

Die Schiffsglocke klang. Zwei harte, volle Schläge, die noch im weichen Teich der fast reglosen Luft zitternd weiterschwangen und dann verebbten in das leise, unaufhörliche Rauschen, das unter dem Kiele und zwischen der leidenschaftlichen Rede beharrlich mitlief. Der Mensch im Dunkeln mir gegenüber mußte erschreckt aufgefahren sein, seine Rede stockte. Wieder hörte ich die Hand hinab zur Flasche fingern, wieder das leise Glucksen. Dann begann er, gleichsam beruhigt, mit einer festeren Stimme.

»Die Stunden von diesem Augenblick an kann ich Ihnen kaum erzählen. Ich glaube heute, daß ich damals Fieber hatte, jedenfalls war ich in einer Art Überreiztheit, die an Tollheit grenzte – ein Amokläufer, wie ich Ihnen sagte. Aber vergessen Sie nicht, es war Dienstag nachts, als ich ankam, Samstag aber sollte – dies hatte ich inzwischen erfahren – ihr Gatte mit dem P. & O.-Dampfer von Yokohama eintreffen, es blieben also nur drei Tage, drei knappe Tage für den Entschluß und für die Hilfe. Verstehen Sie das: ich wußte, daß ich ihr sofort helfen mußte, und konnte doch kein Wort zu ihr sprechen. Und gerade dieses Bedürfnis, mein lächerliches, mein tollwütiges Benehmen zu entschuldigen, das hetzte mich weiter. Ich wußte um die Kostbarkeit jedes Augenblickes, ich wußte, daß es für sie um Leben und Tod ginge, und hatte doch keine Möglichkeit, mich nur mit einem Flüstern, mit einem Zeichen ihr zu nähern, denn gerade das Stürmische, das Tölpische meines Nachrennens hatte sie erschreckt. Es war ... ja, warten Sie ... es war, wie wenn einer einem nachrennt, um ihn zu warnen vor einem Mörder, und der andere hält ihn selbst für den Mörder, und so rennt er weiter in sein Verderben ... sie sah nur den Amokläufer in mir, der sie verfolgte, um sie zu demütigen, aber ich ... das war ja der entsetzliche Widersinn ... ich dachte gar nicht mehr an das

... ich war ja schon ganz vernichtet, ich wollte ihr nur helfen, ihr nur dienen ... einen Mord hätte ich getan, ein Verbrechen, um ihr zu helfen ... Aber sie, sie verstand es nicht. Als ich morgens aufwachte und gleich wieder hinlief zu ihrem Haus, stand der Boy vor der Tür, derselbe Boy, den ich ins Gesicht geschlagen, und wie er mich von ferne sah – er mußte auf mich gewartet haben –, huschte er hinein in die Tür. Vielleicht tat er es nur, um mich im geheimen anzumelden ... vielleicht ... ah, diese Ungewißheit, wie peinigt sie mich jetzt ... vielleicht war schon alles bereit, mich zu empfangen ... aber da, wie ich ihn sah, mich erinnerte an meine Schmach, da war ich es wieder, der nicht wagte, noch einmal den Besuch zu wiederholen ... Die Knie zitterten mir. Knapp vor der Schwelle drehte ich mich um und ging wieder fort ... ging fort, während sie vielleicht in ähnlicher Qual auf mich wartete.

Ich wußte jetzt nicht mehr, was tun in der fremden Stadt, die an meinen Fersen wie Feuer glühte ... Plötzlich fiel mir etwas ein, schon rief ich einen Wagen und fuhr zum Vizeresidenten, zu demselben, dem ich damals in meiner Station geholfen, und ließ mich melden ... Irgend etwas muß schon in meinem äußern Wesen befremdend gewesen sein, denn er sah mich mit einem gleichsam erschreckten Blick an, und seine Höflichkeit hatte etwas Beunruhigtes ... vielleicht erkannte er schon den Amokläufer in mir ... Ich sagte ihm kurz entschlossen, ich erbäte meine Versetzung in die Stadt, ich könne auf meinem Posten nicht mehr länger existieren ... ich müsse sofort übersiedeln ... Er sah mich ... ich kann Ihnen nicht sagen, wie er mich ansah ... so wie eben ein Arzt einen Kranken ansieht ... ›Ein Nervenzusammenbruch, lieber Doktor‹, sagte er dann, ›ich verstehe das nur zu gut. Nun, es wird sich schon richten lassen; aber warten Sie ... sagen wir vier Wochen ... ich muß erst einen Ersatz finden.‹

›Ich kann nicht warten, nicht einen Tag‹, antwortete ich. Wieder kam dieser merkwürdige Blick. ›Es muß gehen, Doktor‹, sagte er ernst, ›wir dürfen die Station nicht ohne Arzt lassen. Aber ich verspreche Ihnen, daß ich noch heute alles einleite.‹ Ich blieb stehen, mit verbissenen Zähnen: zum erstenmal spürte ich deutlich, daß ich ein verkaufter Mensch, ein Sklave sei. Schon ballte sich alles zu einem Trotz zusammen, aber er, der Geschmeidige, kam mir zuvor: ›Sie sind menschenentwöhnt, Doktor, und das wird schließlich eine Krankheit. Wir haben uns alle gewundert, daß Sie nie herkamen, nie Urlaub nahmen. Sie brauchten mehr Geselligkeit, mehr Anregung. Kommen Sie doch wenigstens diesen Abend, wir haben heute Empfang bei der Regierung, Sie finden die ganze Kolonie, und manche möchten Sie längst kennenlernen, haben oft nach Ihnen gefragt und Sie hierhergewünscht.‹

Das letzte Wort riß mich auf. Nach mir gefragt? Sollte sie es gewesen sein? Ich war plötzlich ein anderer: sofort dankte ich ihm höflichst für seine Einladung und sicherte mein Kommen pünktlich zu. Und ich war auch pünktlich, viel zu pünktlich. Muß ich Ihnen erst sagen, daß ich, von meiner Ungeduld gejagt, der erste in dem großen Saale des Regierungsgebäudes war, schweigend umgeben von den gelben Dienern, die mit ihren nackten Sohlen wippend hin und her eilten und mich – wie mir in meinem verwirrten Bewußtsein dünkte – hinterrücks belächelten. Eine Viertelstunde war ich der einzige Europäer inmitten all der geräuschlosen Vorbereitungen und so allein mit mir, daß ich das Ticken der Uhr in meiner Westentasche hörte. Dann kamen endlich ein paar Regierungsbeamte mit ihren Familien, schließlich auch der Gouverneur, der mich in ein längeres Gespräch zog, in dem ich beflissen und, wie ich glaube, geschickt antwortete, bis ... bis ich plötzlich, von einer geheimnisvollen Nervosität befallen, alle Geschmeidigkeit verlor und zu stammeln begann. Obzwar mit dem Rücken gegen die Saaltür gelehnt, spürte ich mit einem Male, daß sie eingetreten, daß sie anwesend sein müßte: ich könnte Ihnen nicht sagen, wieso mich diese plötzliche Gewißheit verwirrend faßte, aber noch während ich mit dem Gouverneur sprach, den Klang seiner Worte im Ohr, spürte ich im Rücken irgendwo ihre Gegenwart. Glücklicherweise endete der Gouverneur bald das Gespräch – ich glaubte, ich hätte mich sonst plötzlich brüsk umgewandt, so stark war dieses geheimnisvolle Ziehen in meinen Nerven, so brennend gereizt meine Begier. Und wirklich, kaum, daß ich mich umwandte, sah ich sie schon ganz genau an jener Stelle, wo sie unbewußt mein Gefühl geahnt. Sie stand in einem gelben Ballkleid, das ihre schmalen, reinen Schultern wie mattes Elfenbein vorleuchten ließ, plaudernd inmitten einer Gruppe. Sie lächelte, aber doch, mir war, als hätte ihr Gesicht einen gespannten Zug. Ich trat näher – sie konnte mich nicht sehen oder wollte mich nicht sehen – und blickte in dieses Lächeln, das gefällig und höflich um die schmalen Lippen zitterte. Und dieses Lächeln berauschte mich von neuem, weil es ... nun weil ich wußte, daß es Lüge war, Kunst oder Technik, Meisterschaft der Verstellung. Mittwoch ist heute, fuhr mir durch den Kopf, Samstag kommt das Schiff mit dem Gatten ... wie kann sie so lächeln, so ... so sicher, so sorglos lächeln und den Fächer lässig in der Hand spielen lassen, statt ihn zu zerkrampfen in Angst? Ich ... ich, der Fremde ... ich zitterte seit zwei Tagen vor jener Stunde ... ich, der Fremde, lebte ihre Angst, ihr Entsetzen mit allen Exzessen des Gefühls mit ... und sie ging auf den Ball und lächelte, lächelte, lächelte ...

Rückwärts setzte die Musik ein. Der Tanz begann. Ein älterer Offizier hatte sie aufgefordert, sie ließ mit einer Entschuldigung den plaudernden Kreis und schritt an seinem Arm gegen den anderen Saal zu, an mir vorbei. Wie sie mich erblickte, spannte sich plötzlich ihr Gesicht gewaltsam zusammen – aber nur eine Sekunde lang, dann nickte sie mir mit einem höflichen Erkennen (ehe ich mich noch zu grüßen oder nichtgrüßen entschlossen hatte) wie einem zufälligen Bekannten zu: ›Guten Abend, Doktor‹ und war schon vorbei. Niemand hätte ahnen können, was in diesem graugrünen Blick verborgen war, und ich, ich selbst wußte es nicht. Warum grüßte sie ... warum erkannte sie mich nun mit einmal an? ... War das Abwehr, war es Annäherung, war es nur die Verlegenheit der Überraschung? Ich kann Ihnen nicht schildern, in welcher Erregtheit ich zurückblieb, alles war aufgewühlt, war explosiv in mir zusammengepreßt, und wie ich sie so sah, lässig walzend am Arme des Offiziers, auf der Stirne den kühlen Glanz der Sorglosigkeit, indes ich doch wußte, daß sie ... daß sie so wie ich nur *daran* ... daran dachte ... daß wir zwei hier allein ein furchtbares Geheimnis gemeinsam hatten ... und sie walzte ... in diesen Sekunden wurde meine Angst, meine Gier und meine Bewunderung noch mehr Leidenschaft als jemals. Ich weiß nicht, ob mich jemand beobachtet hat, aber gewiß verriet ich mich in meinem Verhalten noch viel mehr, als sie sich verbarg – ich konnte eben nicht in eine andere Richtung schauen, ich mußte ... ja, ich mußte sie ansehen, ich sog, ja, ich zerrte von ferne an ihrem verschlossenen Gesicht, ob die Maske nicht für eine Sekunde fallen wollte. Und sie mußte diesen starken Blick unangenehm empfunden haben. Als sie am Arme ihres Tänzers zurückschritt, sah sie mich im Blitzlicht einer Sekunde an, scharf befehlend, wie wegweisend: wieder spannte sich jene kleine Falte des hochmütigen Zornes, die ich schon von damals kannte, böse über ihrer Stirn.

Aber ... aber ... ich sagte es Ihnen ja ... ich lief Amok, ich sah nicht nach rechts und nicht nach links. Ich verstand sie sofort – dieser Blick hieß: sei nicht auffällig! bezähme dich! – ich wußte, daß sie ... wie soll ich es sagen? ... daß sie Diskretion des Benehmens hier im offenen Saal von mir wollte ... ich verstand, daß, wenn ich jetzt heimginge, ich morgen gewiß sein könne, von ihr empfangen zu werden ... daß sie es nur jetzt, nur jetzt vermeiden wollte, meiner auffälligen Vertraulichkeit ausgesetzt zu sein, daß sie – und wie sehr mit Recht – von meinem Ungeschick eine Szene fürchtete ... Sie sehen ... ich wußte alles, ich verstand diesen befehlenden grauen Blick, aber ... aber es war zu stark in mir, ich mußte sie sprechen. Und so schwankte ich hin zu der Gruppe, in der sie plaudernd stand, schob mich – obwohl ich nur einige der Anwesenden kannte – ganz an den lockeren Kreis heran nur aus Begier, sie sprechen zu hören, und doch immer scheu mich dukkend wie ein geprügelter Hund vor ihrem Blick, wenn er kalt an mir vorbeistreifte, als sei ich eine der Leinenportieren, an der ich lehnte, oder die Luft, die sie leicht bewegte. Aber ich stand, durstig nach einem Wort, das sie zu mir sprechen sollte, nach einem Zeichen des Einverständnisses, stand und stand starren Blicks inmitten des Geplauders wie ein Block. Unbedingt mußte es schon auffällig geworden sein, unbedingt, denn keiner richtete ein Wort an mich, und sie mußte leiden unter meiner lächerlichen Gegenwart.

Wie lange ich so gestanden hätte, ich weiß es nicht ... eine Ewigkeit vielleicht ... ich *konnte* ja nicht fort aus dieser Bezauberung des Willens. Gerade die Hartnäckigkeit meiner Wut lähmte mich ... Aber sie ertrug es nicht länger ... plötzlich wandte sie sich mit der prachtvollen Leichtigkeit ihres Wesens gegen die Herren und sagte: ›Ich bin ein wenig müde ... ich will heute einmal früher zu Bett gehen ... Gute Nacht!‹ ... und schon streifte sie mit einem gesellschaftlich fremden Kopfnicken an mir vorbei ... ich sah noch die hochgezogene Falte auf der Stirn und dann nur mehr den Rücken, den weißen, kühlen, nackten Rücken. Eine Sekunde lang dauerte es, bevor ich begriff, daß sie fortging ... daß ich sie nicht mehr sehen, nicht mehr sprechen könnte diesen Abend, diesen letzten Abend der Rettung ... einen Augenblick lang also stand ich noch starr, bis ichs begriff ... dann ... dann ...

Aber warten Sie ... warten Sie ... Sie werden sonst das Sinnlose, das Stupide meiner Tat nicht verstehen ... ich muß Ihnen erst den ganzen Raum schildern ... Es war der große Saal des Regierungsgebäudes, ganz von Lichtern erhellt und fast leer, der ungeheure Saal ... die Paare waren zum Tanz gegangen, die Herren zum Spiel ... nur an den Ecken plauderten einige Gruppen ... der Saal war also leer, jede Bewegung auffällig und im grellen Licht sichtbar ... und diesen großen weiten Saal schritt sie langsam und leicht mit ihren hohen Schultern durch, ab und zu einen Gruß mit ihrer unbeschreiblichen Haltung erwidernd ... mit dieser herrlichen erfrorenen hoheitlichen Ruhe, die mich an ihr so entzückte ... Ich ... ich war zurückgeblieben, ich sagte es Ihnen ja, ich war gleichsam gelähmt, bevor ich es begriff, daß sie fortging ... und da, als ich es begriff, war sie schon am anderen Ende des Saales knapp vor der Türe ... Da ... oh, ich schäme mich jetzt noch, es zu denken ... da packte es mich plötzlich an und ich *lief* – hören Sie: ich lief ... ich ging nicht, ich *lief* mit polternden Schuhen, die laut widerhallten, quer durch den Saal ihr nach ... Ich hörte meine Schritte, ich sah alle Blicke erstaunt auf mich gerichtet ... ich hätte vergehen können vor Scham ... noch während ich lief, war mir schon der Wahnsinn bewußt ... aber ich konnte ... ich konnte nicht mehr zurück ... Bei der Tür holte ich sie ein ... Sie wandte sich um ... ihre Augen stießen wie ein grauer Stahl in mich hinein, ihre Nasenflügel zitterten vor Zorn ... ich wollte eben zu stammeln anfangen ... da ... da ... *lachte* sie plötzlich hellauf ... ein helles, unbesorgtes, herzliches Lachen, und sagte laut ... so laut, daß es alle hören konnten ... ›Ach, Doktor, jetzt fällt Ihnen erst das Rezept für meinen Buben ein ... ja, die Herren der Wissenschaft ...‹ Ein paar, die in der Nähe standen, lachten gutmütig mit ... ich begriff, ich taumelte unter der Meisterschaft, mit der sie die Situation gerettet hatte ... griff in die Brieftasche und riß ein leeres Blatt vom Block, das sie lässig nahm, ehe sie ... noch einmal mit einem kalten, dankenden Lächeln ... ging ... Mir war leicht in der ersten Sekunde ... ich sah, daß mein Irrsinn durch ihre Meisterschaft gutgemacht, die Situation gewonnen ... aber ich wußte auch sofort, daß alles für mich verloren sei, daß diese Frau mich um meiner hitzigen Narrheit haßte ... haßte mehr als den Tod ... daß ich nun hundertmal und hundertmal vor ihre Tür kommen könnte und sie mich wegweisen würde wie einen Hund.

Ich taumelte durch den Saal ... ich merkte, daß die Leute auf mich blickten ... ich muß irgendwie sonderbar ausgesehen haben ... Ich ging zum Büfett, trank zwei, drei, vier Gläser Kognak hintereinander ... das rettete mich vor dem Umsinken ... meine Nerven konnten schon nicht mehr, sie waren wie durchgerissen ... Dann schlich ich bei einer Nebentür hinaus, heimlich wie ein Verbrecher ... Um kein Fürstentum der Welt hätte ich jenen Saal nochmals durchschreiten können, wo ihr Lachen noch gell an allen Wänden klebte ... ich ging ... genau weiß ichs nicht mehr zu sagen, wohin ich ging ... in ein paar Kneipen und soff mich an ... soff mich an wie einer, der sich alles Wache wegsaufen will ... aber ... es ward mir nicht dumpf in den Sinnen ... das Lachen stak in mir, schrill und böse ... das Lachen, dieses verfluchte Lachen konnte ich nicht betäuben ... Ich irrte dann noch am Hafen herum ... meinen Revolver hatte ich zu Hause gelassen, sonst hätte ich mich erschossen. Ich dachte an nichts anderes, und mit diesem Gedanken ging ich auch heim ... nur mit diesem Gedanken an das Schubfach links im Kasten, wo mein Revolver lag ... nur mit diesem einen Gedanken.

Daß ich mich dann nicht erschoß ... ich schwöre Ihnen, das war nicht Feigheit ... es wäre für mich eine Erlösung gewesen, den schon gespannten kalten Hahn abzudrücken ... aber wie soll ich es Ihnen erklären ... ich fühlte noch eine Pflicht in mir ... ja, jene Pflicht, zu helfen, jene verfluchte Pflicht ... mich machte der Gedanke wahnsinnig, daß sie mich noch brauchen könnte, daß sie mich brauchte ... es war ja schon Donnerstag morgens, als ich heimkam, und Samstag ... ich sagte es Ihnen ja ... Samstag kam das Schiff, und daß *diese* Frau, diese hochmütige, stolze Frau die Schande vor ihrem Gatten, vor der Welt nicht überleben würde, das wußte ich ... Ah, wie mich solche Gedanken gemartert haben an die sinnlos vertane kostbare Zeit, an meine irrwitzige Übereilung, die jede rechtzeitige Hilfe vereitelt hatte ... stundenlang, ja stundenlang, ich schwöre es Ihnen, bin ich im Zimmer niedergegangen, auf und ab, und habe mir das Hirn zermartert, wie ich mich ihr nähern, wie ich alles gutmachen, wie ich ihr helfen könnte ... denn daß sie mich nicht mehr vorlassen würde in ihrem Haus, das war mir gewiß ... ich hatte das Lachen noch in allen Nerven und das Zucken des Zornes um ihre Nasenflügel ... stundenlang, wirklich stundenlang bin ich so die drei Meter des schmalen Zimmers auf und ab gerannt ... es war schon Tag, es war schon Vormittag ...

Und plötzlich schmiß es mich hin zu dem Tisch ... ich riß ein Bündel Briefblätter heraus und begann ihr zu schreiben ... alles zu schreiben ... einen hündisch winselnden Brief, in dem ich sie um Vergebung bat, in dem ich mich einen Wahnsinnigen, einen Verbrecher nannte ... in dem ich sie beschwor, sich mir anzuvertrauen ... Ich schwor, in der nächsten Stunde zu verschwinden, aus der Stadt, aus der Kolonie, wenn sie wollte: aus der Welt ... nur verzeihen sollte sie mir und mir vertrauen, sich helfen lassen in der letzten, der allerletzten Stunde ... Zwanzig Seiten fieberte ich so hinunter ... es muß ein toller, ein unbeschreiblicher Brief wie aus einem Delirium gewesen sein, denn als ich aufstand vom Tisch, war ich in Schweiß gebadet ... das Zimmer schwankte, ich mußte ein Glas Wasser trinken ... Dann erst versuchte ich den Brief noch einmal zu überlesen, aber mir graute nach den ersten Worten ... zitternd faltete ich ihn zusammen, faßte schon ein Kuvert ... Da plötzlich fuhrs mich durch. Mit einem Male wußte ich das wahre, das entscheidende Wort. Und ich riß noch einmal die Feder zwischen die Finger und schrieb auf das letzte Blatt: ›Ich warte hier im Strandhotel auf ein Wort der Verzeihung. Wenn ich bis sieben Uhr keine Antwort habe, erschieße ich mich.‹

Dann nahm ich den Brief, schellte einem Boy und hieß ihn das Schreiben sofort überbringen. Endlich war alles gesagt – alles!«

Etwas klirrte und kollerte neben uns. Mit einer heftigen Bewegung hatte er die Whiskyflasche umgestoßen; ich hörte, wie seine Hand ihr suchend am Boden nachtastete und sie dann mit einem plötzlichen Schwung faßte: in weitem Bogen warf er die geleerte Flasche über Bord. Einige Minuten schwieg die Stimme, dann fieberte er wieder fort, noch erregter und hastiger als zuvor.

»Ich bin kein gläubiger Christ mehr ... für mich gibt es keinen Himmel und keine Hölle ... und wenn es eine gibt, so fürchte ich sie nicht, denn sie kann nicht ärger sein als jene Stunden, die ich von vormittags bis abends erlebte ... Denken Sie sich ein kleines Zimmer, heiß in der Sonne, immer glühender im Mittagsbrand ... ein kleines Zimmer, nur Tisch und Stuhl und Bett ... Und auf diesem Tisch nichts als eine Uhr und einen Revolver und vor dem Tisch einen Menschen ... einen Menschen, der nichts tut als immer auf diesen Tisch, auf den Sekundenzeiger der Uhr starren ... einen Menschen, der nicht ißt und trinkt und nicht raucht und sich nicht regt ... der immer nur ... hören Sie: immer nur, drei Stunden lang ... auf den weißen Kreis des Zifferblattes starrt und auf den Zeiger, der tickend den Kreis umläuft ... So ... so ... habe ich diesen Tag verbracht, nur gewartet, gewartet, gewartet ... aber gewartet wie ... wie eben ein Amokläufer etwas tut, sinnlos, tierisch mit dieser rasenden, geradlinigen Beharrlichkeit.

Nun ... ich werde Ihnen diese Stunden nicht schildern ... das läßt sich nicht schildern ... ich verstehe ja selbst nicht mehr, wie man das erleben kann ohne ... ohne wahnsinnig zu werden ... Also ... um drei Uhr zweiundzwanzig Minuten ... ich weiß es genau, ich starrte ja auf die Uhr ... klopfte es plötzlich an die Tür ... Ich springe auf ... springe, wie ein Tiger auf seine Beute springt, mit einem Ruck durch das ganze Zimmer zur Tür, reiße sie auf ... ein ängstlicher kleiner Chinesenjunge steht draußen, einen zusammengefalteten Zettel in der Hand, und während ich gierig danach greife, huscht er schon weg und ist verschwunden.

Ich reiße den Zettel auf, will ihn lesen ... und kann ihn nicht lesen ... Mir schwankt es rot vor den Augen ... denken Sie die Qual, ich habe endlich, endlich das Wort von ihr ... und nun zittert und tanzt es mir vor den Pupillen ... Ich tauche den Kopf ins Wasser ... und nun wirds mir klarer ... Nochmals nehme ich den Zettel und lese: ›Zu spät! Aber warten Sie zu Hause. Vielleicht rufe ich Sie noch.‹

Keine Unterschrift auf dem zerknüllten Papier, das von irgendeinem alten Prospekt abgefetzt war ... hastige, verworrene Bleistiftzüge einer sonst sicheren Schrift ... ich weiß nicht, warum mich das Blatt so erschütterte ... Irgend etwas von Grauen, von Geheimnis haftete ihm an, es war wie auf einer Flucht geschrieben, stehend an einer Fensternische oder in einem fahrenden Wagen ... Etwas Unbeschreibliches von Angst, von Hast, von Entsetzen schlug kalt von diesem heimlichen Zettel mir in die Seele ... und doch ... und doch, ich war glücklich: sie hatte mir geschrieben, ich mußte noch nicht sterben, ich durfte ihr helfen ... vielleicht ... ich durfte ... oh, ich verlor mich ganz in den wahnwitzigsten Konjekturen und Hoffnungen ... Hundertemal, tausendemal habe ich den kleinen Zettel gelesen, ihn geküßt ... ihn durchforscht nach irgendeinem vergessenen, übersehenen Wort ... immer tiefer, immer verworrener wurde meine Träumerei, ein phantastischer Zustand von Schlaf mit offenen Augen ... eine Art Lähmung, irgend etwas ganz Dumpfes und doch Bewegtes zwischen Schlaf und Wachsein, das vielleicht Viertelstunden dauerte, vielleicht Stunden ...

Plötzlich schreckte ich auf ... Hatte es nicht geklopft? ... Ich hielt den Atem an ... eine Minute, zwei Minuten reglose Stille ... Und dann wieder ganz leise, so wie eine Maus knabbert, ein leises aber heftiges Pochen ... Ich sprang auf, noch ganz taumelig, riß die Tür auf – draußen stand der Boy, ihr Boy, derselbe, dem ich den Mund damals mit der Faust zerschlagen ... sein braunes Gesicht war aschfahl, sein verwirrter Blick sagte Unglück ... Sofort spürte ich Grauen ... ›Was ... was ist geschehen?‹ konnte ich noch stammeln. ›Come quickly‹, sagte er ... sonst nichts ... sofort raste ich die Treppe herunter, er mir nach ... Ein Sado, so ein kleiner Wagen, stand bereit, wir stiegen ein ... ›Was ist geschehen?‹ fragte ich ihn ... Er sah mich zitternd an und schwieg mit verbissenen Lippen ... Ich fragte nochmals – er schwieg und schwieg ... Ich hätte ihm am liebsten wieder ins Gesicht geschlagen mit der Faust, aber ... gerade seine hündische Treue zu ihr rührte mich ... so fragte ich nicht mehr ... Das Wägelchen trabte so hastig durch das Gewirr, daß die Menschen fluchend auseinanderstoben, lief aus dem Europäerviertel am Strand in die niedere Stadt und weiter, weiter ins schreiende Gewirr der Chinesenstadt ... Endlich kamen wir in eine enge Gasse, ganz abseits lag sie ... vor einem niedern Haus hielt er an ... Es war schmutzig und wie in sich zusammengekrochen, vorne ein kleiner Laden mit einem Talglicht ... irgendeine dieser Buden, in die sich die Opiumhäuser oder Bordelle verstecken, ein Diebsnest oder ein Hehlerkeller ... Hastig klopfte der Boy an ... Hinter dem Türspalt zischelte eine Stimme, fragte und fragte ... Ich konnte es nicht mehr ertragen, sprang vom Sitz, stieß die angelehnte Tür auf ... ein altes chinesisches Weib flüchtete mit einem kleinen Schrei zurück ... hinter mir kam der Boy, führte mich durch den Gang ... klinkte eine andere Tür auf ... eine andere Türe in einen dunklen Raum, der übel roch von Branntwein und gestocktem Blut ... Irgend etwas stöhnte darin ... ich tappte hin ...«

Wieder stockte die Stimme. Und was dann ausbrach, war mehr ein Schluchzen als ein Sprechen.

»Ich ... ich tappte hin ... und dort ... dort lag auf einer schmutzigen Matte ... verkrümmt vor Schmerz ... ein stöhnendes Stück Mensch ... dort lag sie ...

Ich konnte ihr Gesicht nicht sehen im Dunkel ... Meine Augen waren noch nicht gewöhnt ... so tastete ich nur hin ... ihre Hand ... heiß ... brennend heiß ... Fieber, hohes Fieber ... und ich schauerte ... ich wußte sofort alles ... sie war hierher geflüchtet vor mir ... hatte sich verstümmeln lassen von irgendeiner schmutzigen Chinesin, nur weil sie hier mehr Schweigsamkeit erhoffte ... hatte sich morden lassen von irgendeiner teuflischen Hexe, lieber als mir zu vertrauen ... nur weil ich Wahnsinniger ... weil ich ihren Stolz nicht geschont, ihr nicht gleich geholfen hatte ... weil sie den Tod weniger fürchtete als mich ...

Ich schrie nach Licht. Der Boy sprang: die abscheuliche Chinesin brachte mit zitternden Händen eine rußende Petroleumlampe ... ich mußte mich halten, um der gelben Kanaille nicht an die Gurgel zu springen ... sie stellten die Lampe auf den Tisch ... der Lichtschein fiel gelb und hell über den gemarterten Leib ... Und plötzlich ... plötzlich war alles weg von mir, alle Dumpfheit, aller Zorn, all diese unreine Jauche von aufgehäufter Leidenschaft ... ich war nur mehr Arzt, helfender, spürender, wissender Mensch ... ich hatte mich vergessen ... kämpfte mit wachen, klaren Sinnen gegen das Entsetzliche ... Ich fühlte den nackten Leib, den ich in meinen Träumen begehrt, nur mehr als ... wie soll ich es sagen ... als Materie, als Organismus ... ich spürte nicht mehr sie, sondern nur das Leben, das sich gegen den Tod wehrte, den Menschen, der sich krümmte in mörderischer Qual ... Ihr Blut, ihr heißes, heiliges Blut überströmte meine Hände, aber ich spürte es nicht in Lust und nicht in Grauen ... ich war nur Arzt ... ich sah nur das Leiden ... und sah ...

Und sah sofort, daß alles verloren war, wenn nicht ein Wunder geschehe ... sie war verletzt und halb verblutet unter der verbrecherisch ungeschickten Hand ... und ich hatte nichts, um das Blut zu stillen in dieser stinkenden Höhle, nicht einmal reines Wasser ... alles, was ich anrührte, starrte von Schmutz ...

›Wir müssen sofort ins Spital‹, sagte ich. Aber kaum daß ichs gesagt, bäumte sich krampfig der gemarterte Leib auf. ›Nein ... nein ... lieber sterben ... niemand es erfahren ... niemand es erfahren ... nach Hause ... nach Hause ...‹

Ich verstand ... nur mehr um das Geheimnis, um ihre Ehre rang sie ... nicht um ihr Leben ... Und – ich gehorchte ... Der Boy brachte eine Sänfte ... wir betteten sie hinein ... und so ... wie eine Leiche schon, matt und fiebernd ... trugen wir sie durch die Nacht ... nach Hause ... die fragende, erschreckte Dienerschaft abwehrend ... wie Diebe trugen wir sie hinein in ihr Zimmer und sperrten die Türen ... Und dann ... dann begann der Kampf, der lange Kampf gegen den Tod ...«

Plötzlich krampfte sich eine Hand in meinen Arm, daß ich fast aufschrie vor Schreck und Schmerz. Im Dunkeln war mir das Gesicht mit einemmal fratzenhaft nah, ich sah die weißen Zähne, wie sie sich bleckten in plötzlichem Ausbruch, sah die Augengläser im fahlen Reflex des Mondlichts wie zwei riesige Katzenaugen glimmen. Und jetzt sprach er nicht mehr – er schrie, geschüttelt von einem heulenden Zorn:

»Wissen Sie denn, Sie fremder Mensch, der Sie hier lässig auf einem Deckstuhl sitzen, ein Spazierfahrer durch die Welt, wissen Sie, wie das ist, wenn ein Mensch stirbt? Sind Sie schon einmal dabeigewesen, haben Sie es gesehen, wie der Leib sich aufkrümmt, die blauen Nägel ins Leere krallen, wie die Kehle röchelt, jedes Glied sich wehrt, jeder Finger sich stemmt gegen das Entsetzliche, und wie das Auge aufspringt in einem Grauen, für das es keine Worte gibt? Haben Sie das schon einmal erlebt, Sie Müßiggänger, Sie Weltfahrer, Sie, der Sie vom Helfen reden als von einer Pflicht? Ich habe es oft gesehen als Arzt, habe es gesehen als ... klinischen Fall, als Tatsache ... habe es sozusagen studiert – aber *erlebt* habe ichs nur einmal, miterlebt, mitgestorben bin ich nur damals in jener Nacht ... in jener entsetzlichen Nacht, wo ich saß und mir das Hirn zerpreßte, um etwas zu wissen, etwas zu finden, zu erfinden gegen das Blut, das rann und rann und rann, gegen das Fieber, das sie vor meinen Augen verbrannte ... gegen den Tod, der immer näher kam und den ich nicht wegdrängen konnte vom Bett. Verstehen Sie, was das heißt, Arzt zu sein, alles wissen gegen alle Krankheiten – die Pflicht haben, zu helfen, wie Sie so weise sagen – und doch ohnmächtig bei einer Sterbenden zu sitzen, wissend und doch ohne Macht ... nur dies eine, dies Entsetzliche wissend, daß man nicht helfen kann, ob man sich auch jede Ader in seinem Körper aufreißen möchte ... einen geliebten Körper zu sehen, wie er elend verblutet, gemartert von Schmerzen, einen Puls zu fühlen, der fliegt und zugleich verlischt ... der einem wegfließt unter den Fingern ... Arzt zu sein und nichts zu wissen, nichts, nichts, nichts ... nur dazusitzen und irgendein Gebet stammeln wie ein Hutzelweib in der Kirche, und dann wieder die Fäuste ballen gegen einen erbärmlichen Gott, von dem man weiß, daß es ihn nicht gibt ... Verstehen Sie das? Verstehen Sie das? ... Ich ... ich verstehe nur eines nicht, wie ... wie man es macht, daß man nicht mitstirbt in solchen Sekunden ... daß man dann noch am nächsten Morgen von einem Schlaf aufsteht und sich die Zähne putzt und eine Krawatte umbindet ... daß man noch leben kann, wenn man das miterlebte, was ich fühlte, wie dieser Atem, dieser erste Mensch, um den ich rang und kämpfte, den ich halten wollte mit allen Kräften meiner Seele ... wie der wegglitt unter mir ... irgendwohin, immer rascher wegglitt, Minute um Minute, und ich nichts wußte in meinem fiebernden Gehirn, um diesen, diesen einen Menschen festzuhalten ...

Und dazu, um teuflisch noch meine Qual zu verdoppeln, dazu noch dies ... Während ich an ihrem Bett saß – ich hatte ihr Morphium eingegeben, um die Schmerzen zu lindern, und sah sie liegen, mit heißen Wangen, heiß und fahl – ja ... während ich so saß, spürte ich vom Rücken her immer zwei Augen auf mich gerichtet mit einem fürchterlichen Ausdruck der Spannung ... Der Boy saß dort auf den Boden gekauert und murmelte leise irgendwelche Gebete ... Wenn mein Blick den seinen traf, so ... nein, ich kann es nicht schildern ... so kam etwas so Flehendes, so ... so Dankbares in seinen hündischen Blick, und gleichzeitig hob er die Hände zu mir, als wollte er mich beschwören, sie zu retten ... verstehen Sie: zu mir, zu mir hob er die Hände wie zu einem Gott ... zu mir ... dem ohnmächtigen Schwächling, der wußte, daß alles verloren ... daß ich hier so unnötig sei wie eine Ameise, die am Boden raschelt ... Ah, dieser Blick, wie er mich quälte, diese fanatische, diese tierische Hoffnung auf meine Kunst ... ich hätte ihn anschreien können und mit dem Fuß treten, so weh tat er mir ... und doch, ich spürte, wie wir beide zusammenhingen durch unsere Liebe zu ihr ... durch das Geheimnis ... Ein lauerndes Tier, ein dumpfes Knäuel, saß er zusammengeballt knapp hinter mir ... kaum daß ich etwas verlangte, sprang er auf mit seinen nackten lautlosen Sohlen und reichte es zitternd ... erwartungsvoll her, als sei das die Hilfe ... die Rettung ... Ich weiß, er hätte sich die Adern aufgeschnitten, um ihr zu helfen ... so war diese Frau, solche Macht hatte sie über Menschen ... und ich ... ich hatte nicht die Macht, ein Quentchen Blut zu retten ... O diese Nacht, diese entsetzliche Nacht, diese unendliche Nacht zwischen Leben und Tod!

Gegen Morgen ward sie noch einmal wach ... sie schlug die Augen auf ... jetzt waren sie nicht mehr hochmütig und kalt ... ein Fieber glitzerte feucht darin, als sie, gleichsam fremd, das Zimmer abtasteten ... Dann sah sie mich an: sie schien nachzudenken, sich erinnern zu wollen an mein Gesicht ... und plötzlich ... ich sah es ... erinnerte sie sich ... denn irgendein Schreck, eine Abwehr ... etwas ... etwas Feindliches, Entsetztes spannte ihr Gesicht ... sie arbeitete mit den Armen, als wollte sie flüchten ... weg, weg, weg von mir ... ich sah, sie dachte an *das* ... an die Stunde von damals ... Aber dann kam ein Besinnen ... sie sah mich ruhiger an, atmete schwer ... ich fühlte, sie wollte sprechen, etwas sagen ... Wieder begannen die Hände sich zu spannen ... sie wollte sich aufheben, aber sie war zu schwach ... Ich beruhigte sie, beugte mich nieder ... da sah sie mich an mit einem langen, gequälten Blick ... ihre Lippen regten sich leise ... es war nur ein letzter erlöschender Laut, wie sie sagte ... ›Wird es niemand erfahren? ... Niemand?‹

›Niemand‹, sagte ich mit aller Kraft der Überzeugung, ›ich verspreche es Ihnen.‹

Aber ihr Auge war noch unruhig ... Mit fiebriger Lippe ganz undeutlich arbeitete sie's heraus.

›Schwören Sie mir ... niemand erfahren ... schwören.‹

Ich hob den Finger wie zum Eid. Sie sah mich an ... mit einem ... einem unbeschreiblichen Blick ... weich war er, warm, dankbar ... ja, wirklich, wirklich dankbar ... Sie wollte noch etwas sprechen, aber es ward ihr zu schwer. Lang lag sie, ganz matt von der Anstrengung, mit geschlossenen Augen. Dann begann das Entsetzliche ... das Entsetzliche ... eine ganze schwere Stunde kämpfte sie noch: erst morgens war es zu Ende ...«

Er schwieg lange. Ich merkte es nicht eher, als vom Mitteldeck die Glocke in die Stille schlug, ein, zwei, drei harte Schläge – drei Uhr. Das Mondlicht war matter geworden, aber irgendeine andere gelbe Helle zitterte schon unsicher in der Luft, und Wind flog manchmal leicht wie eine Brise her. Eine halbe, eine Stunde mehr, und dann war es Tag, war dies Grauen ausgelöscht im klaren Licht. Ich sah seine Züge jetzt deutlicher, da die Schatten nicht mehr so dicht und schwarz in unsern Winkel fielen – er hatte die Kappe abgenommen, und unter dem blanken Schädel schien sein verquältes Gesicht noch schreckhafter. Aber schon wandten sich die glitzernden Brillengläser wieder mir zu, er straffte sich zusammen, und seine Stimme hatte einen höhnischen, scharfen Ton.

»Mit ihr wars nun zu Ende – aber nicht mit mir. Ich war allein mit der Leiche – aber allein in einem fremden Haus, allein in einer Stadt, die kein Geheimnis duldete, und ich ... ich hatte das Geheimnis zu hüten ... Ja, denken Sie sich das nur aus, die ganze Situation: eine Frau aus der besten Gesellschaft der Kolonie, vollkommen gesund, die noch abends zuvor auf dem Regierungsball getanzt hat, liegt plötzlich tot in ihrem Bett ... ein fremder Arzt ist bei ihr, den angeblich ihr Diener gerufen ... niemand im Haus hat gesehen, wann und woher er kam ... man hat sie nachts auf einer Sänfte hereingetragen und dann die Türen geschlossen ... und morgens ist sie tot ... dann erst hat man die Diener gerufen, und plötzlich gellt das Haus von Geschrei ... im Nu wissen es die Nachbarn, die ganze Stadt ... und nur einer ist da, der alles erklären soll ... ich, der fremde Mensch, der Arzt aus einer entlegenen Station ... Eine erfreuliche Situation, nicht wahr? ...

Ich wußte, was mir bevorstand. Glücklicherweise war der Boy bei mir, der brave Bursche, der mir jeden Wink von den Augen las – auch dieses gelbe dumpfe Tier verstand, daß hier noch ein Kampf ausgetragen werden müsse. Ich hatte ihm nur gesagt: ›Die Frau will, daß niemand erfährt, was geschehen ist.‹ Er sah mir in die Augen mit seinem hündisch feuchten und doch entschlossenen Blick: ›Yes, Sir‹, mehr sagte er nicht. Aber er wusch die Blutspuren vom Boden, richtete alles in beste Ordnung – und gerade seine Entschlossenheit gab mir die meine wieder.

Nie im Leben, das weiß ich, habe ich eine ähnlich zusammengeballte Energie gehabt, nie werde ich sie wieder haben. Wenn man alles verloren hat, dann kämpft man um das Letzte wie ein Verzweifelter – und das Letzte war ihr Vermächtnis, das Geheimnis. Ich empfing voll Ruhe die Leute, erzählte ihnen allen die gleiche erdichtete Geschichte, wie der Boy, den sie um den Arzt gesandt hatte, mich zufällig auf dem Wege traf. Aber während ich scheinbar ruhig redete, wartete … wartete ich immer auf das Entscheidende … auf den Totenbeschauer, der erst kommen mußte, ehe wir sie in den Sarg verschließen könnten und das Geheimnis mit ihr … Es war, vergessen Sie nicht, Donnerstag, und Samstag kam ihr Gatte …

Um neun Uhr hörte ich endlich, wie man den Amtsarzt anmeldete. Ich hatte ihn rufen lassen – er war mein Vorgesetzter im Rang und gleichzeitig mein Konkurrent, derselbe Arzt, von dem sie seinerzeit so verächtlich gesprochen und der offenbar meinen Wunsch nach Versetzung bereits erfahren hatte. Bei seinem ersten Blick spürte ichs schon: er war mir feind. Aber gerade das straffte meine Kraft.

Im Vorzimmer fragte er schon: ›Wann ist Frau … – er nannte ihren Namen – … gestorben?‹

›Um sechs Uhr morgens.‹

›Wann sandte sie zu Ihnen?‹

›Um elf Uhr abends.‹

›Wußten Sie, daß ich ihr Arzt war?‹

›Ja, aber es tat Eile not … und dann … die Verstorbene hatte ausdrücklich mich verlangt. Sie hatte verboten, einen anderen Arzt rufen zu lassen.‹

Er starrte mich an: in seinem bleichen, etwas verfetteten Gesicht flog eine Röte hoch, ich spürte, daß er erbittert war. Aber gerade das brauchte ich – alle meine Energien drängten sich zu rascher Entscheidung, denn ich spürte, lange hielten es meine Nerven nicht mehr aus. Er wollte etwas Feindliches erwidern, dann sagte er lässig: ›Wenn Sie schon meinen, mich entbehren zu können, so ist es doch meine amtliche Pflicht, den Tod zu konstatieren und … wie er eingetreten ist.‹

Ich antwortete nicht und ließ ihn vorangehen. Dann trat ich zurück, schloß die Tür und legte den Schlüssel auf den Tisch. Überrascht zog er die Augenbrauen hoch: ›Was bedeutet das?‹

Ich stellte mich ruhig ihm gegenüber:

›Es handelt sich hier nicht darum, die Todesursache festzustellen, sondern – eine andere zu finden. Diese Frau hat mich gerufen, um sie nach … nach den Folgen eines verunglückten Eingriffes zu behandeln … ich konnte sie nicht mehr retten, aber ich habe ihr versprochen, ihre Ehre zu retten, und das werde ich tun. Und ich bitte Sie darum, mir zu helfen!‹

Seine Augen waren ganz weit geworden vor Erstaunen. ›Sie wollen doch nicht etwa sagen‹, stammelte er dann, ›daß ich, der

Amtsarzt, hier ein Verbrechen decken soll?‹

›Ja, das will ich, das muß ich wollen.‹

›Für Ihr Verbrechen soll ich ...‹

›Ich habe Ihnen gesagt, daß ich diese Frau nicht berührt habe, sonst ... sonst stünde ich nicht vor Ihnen, sonst hätte ich längst mit mir Schluß gemacht. Sie hat ihr Vergehen – wenn Sie es so nennen wollen – gebüßt, die Welt braucht davon nichts zu wissen. Und ich werde es nicht dulden, daß die Ehre dieser Frau jetzt noch unnötig beschmutzt wird.‹

Mein entschlossener Ton reizte ihn nur noch mehr auf. ›Sie werden nicht dulden ... so ... nun, Sie sind ja mein Vorgesetzter ... oder glauben es wenigstens schon zu sein ... Versuchen Sie nur, mir zu befehlen ... ich habe mirs gleich gedacht, da ist Schmutziges im Spiel, wenn man Sie aus Ihrem Winkel herruft ... eine saubere Praxis, die Sie da anfangen, ein sauberes Probestück ... Aber jetzt werde *ich* untersuchen, *ich*, und Sie können sich darauf verlassen, daß ein Protokoll, unter dem mein Name steht, richtig sein wird. Ich werde keine Lüge unterschreiben.‹

Ich war ganz ruhig.

›Ja – das müssen Sie diesmal doch. Denn früher werden Sie das Zimmer nicht verlassen.‹

Ich griff dabei in die Tasche – meinen Revolver hatte ich nicht bei mir. Aber er zuckte zusammen. Ich trat einen Schritt auf ihn zu und sah ihn an.

›Hören Sie, ich werde Ihnen etwas sagen ... damit es nicht zum Äußersten kommt. Mir liegt an meinem Leben nichts ... nichts an dem eines andern – ich bin nun schon einmal soweit ... mir liegt einzig daran, mein Versprechen einzulösen, daß die Art dieses Todes geheim bleibt ... Hören Sie: ich gebe Ihnen mein Ehrenwort, daß, wenn Sie das Zertifikat unterfertigen, diese Frau sei an ... nun an einer Zufälligkeit gestorben, daß ich dann noch im Laufe dieser Woche die Stadt und Indien verlasse ... daß ich, wenn Sie es verlangen, meinen Revolver nehme und mich niederschieße, sobald der Sarg in der Erde ist und ich sicher sein kann, daß niemand ... Sie verstehen: *niemand* – mehr nachforschen kann. Das wird Ihnen wohl genügen – das *muß* Ihnen genügen.‹

Es muß etwas Drohendes, etwas Gefährliches in meiner Stimme gewesen sein, denn wie ich unwillkürlich nähertrat, wich er zurück mit jenem aufgerissenen Entsetzen, wie ... wie eben Menschen vor dem Amokläufer flüchten, wenn er rasend hinrennt mit geschwungenem Kris ... Und mit einemmal war er anders ... irgendwie geduckt und gelähmt ... seine harte Haltung brach ein. Er murmelte mit einem letzten ganz weichen Widerstand: ›Es wäre das erstemal in meinem Leben, daß ich ein falsches Zertifikat unterzeichnete ... immerhin, es wird sich schon eine Form finden lassen ... man weiß ja auch, was vorkommt ... Aber ich durfte doch nicht so ohne weiteres ...‹

›Gewiß durften Sie nicht‹, half ich ihm, um ihn zu bestärken – (›Nur rasch! Nur rasch!‹ tickte es mir in den Schläfen) – ›aber jetzt, da Sie wissen, daß Sie nur einen Lebenden kränken würden und einer Toten ein Entsetzliches täten, werden Sie doch gewiß nicht zögern.‹

Er nickte. Wir traten zum Tisch. Nach einigen Minuten war das Attest fertig (das dann auch in der Zeitung veröffentlicht wurde und glaubhaft eine Herzlähmung schilderte). Dann stand er auf, sah mich an:

›Sie reisen noch diese Woche, nicht wahr?‹

›Mein Ehrenwort.‹

Er sah mich wieder an. Ich merkte, er wollte streng, wollte sachlich erscheinen. ›Ich besorge sofort einen Sarg‹, sagte er, um seine Verlegenheit zu decken. Aber was war das in mir, das mich so ... so furchtbar ... so gequält machte – plötzlich streckte er mir die Hand hin und schüttelte sie mit einer aufspringenden Herzlichkeit. ›Überstehen Sie's gut‹, sagte er – ich wußte nicht, was er meinte. War ich krank? War ich ... wahnsinnig? Ich begleitete ihn zur Tür, schloß auf – aber das war meine letzte Kraft, die hinter ihm die Tür schloß. Dann kam dies Ticken wieder in die Schläfen, alles schwankte und kreiste: und gerade vor ihrem Bett fiel ich zusammen ... so ... so wie der Amokläufer am Ende seines Laufs sinnlos niederfällt mit zersprengten Nerven.«

Wieder hielt er inne. Irgendwie fröstelte michs: war das erster Schauer des Morgenwinds, der jetzt leise sausend über das Schiff lief? Aber das gequälte Gesicht – nun schon halb erhellt vom Widerschein der Frühe – spannte sich wieder zusammen:

»Wie lang ich so auf der Matte gelegen hatte, weiß ich nicht. Da rührte michs an. Ich fuhr auf. Es war der Boy, der zaghaft mit seiner devoten Geste vor mir stand und mir unruhig in den Blick sah.

›Es will jemand herein ... will sie sehen ...‹

›Niemand darf herein.‹

›Ja ... aber ...‹

Seine Augen waren erschreckt. Er wollte etwas sagen und wagte es doch nicht. Das treue Tier litt irgendwie eine Qual.

›Wer ist es?‹

Er sah mich zitternd an wie in Furcht vor einem Schlag. Und dann sagte er – er nannte keinen Namen ... woher ist in solch einem niedern Wesen mit einmal so viel Wissen, wie kommt es, daß in manchen Sekunden ein unbeschreibliches Zartgefühl derlei ganz dumpfe Menschen beseelt? ... dann sagte er ... ganz, ganz ängstlich ...

›*Er* ist es.‹

Ich fuhr auf, verstand sofort und war sofort ganz Gier, ganz Ungeduld nach diesen Unbekannten. Denn sehen Sie, wie sonderbar ... inmitten all dieser Qual, in diesem Fieber von Verlangen, von Angst und Hast hatte ich ganz ›ihn‹ vergessen ... vergessen, daß da noch ein Mann im Spiel war ... der Mann, den diese Frau geliebt, dem sie leidenschaftlich das gegeben, was sie mir verweigert ... Vor zwölf, vor vierundzwanzig Stunden hätte ich diesen Mann noch gehaßt, ihn noch zerfleischen können ... Jetzt ... ich kann, ich kann Ihnen nicht schildern, wie es mich jagte, ihn zu sehen ... ihn ... zu lieben, weil sie ihn geliebt.

Mit einem Ruck war ich bei der Tür. Ein junger, ganz junger blonder Offizier stand dort, sehr linkisch, sehr schmal, sehr blaß. Wie ein Kind sah er aus, so ... so rührend jung ... und unsäglich erschütterte michs gleich, wie er sich mühte, Mann zu sein, Haltung zu zeigen ... seine Erregung zu verbergen ... Ich sah sofort, daß seine Hände zitterten, als er zur Mütze fuhr ... Am liebsten hätte ich ihn umarmt ... weil er ganz so war, wie ich mirs wünschte, daß der Mann sein sollte, der diese Frau besessen ... kein Verführer, kein Hochmütiger ... nein, ein halbes Kind, ein reines, zärtliches Wesen, dem sie sich geschenkt.

Ganz befangen stand der junge Mensch vor mir. Mein gieriger Blick, mein leidenschaftlicher Aufsprung machten ihn noch mehr verwirrt. Das kleine Schnurrbärtchen über der Lippe zuckte verräterisch ... dieser junge Offizier, dies Kind mußte sich bezwingen, um nicht herauszuschluchzen.

›Verzeihen Sie‹, sagte er dann endlich. ›Ich hätte gerne Frau ... gerne noch ... gesehen.‹

Unbewußt, ganz ohne es zu wollen, legte ich ihm, dem Fremden, meinen Arm um die Schulter, führte ihn, wie man einen Kranken führt. Er sah mich erstaunt an mit einem unendlich warmen und dankbaren Blick ... irgendein Verstehen unserer Gemeinschaft war schon in dieser Sekunde zwischen uns beiden ... Wir gingen zu der Toten ... Sie lag da, weiß, in den weißen Linnen – ich spürte, daß meine Nähe ihn noch bedrückte ... so trat ich zurück, um ihn allein zu lassen mit ihr. Er ging langsam näher mit … mit so zuckenden, ziehenden Schritten … an seinen Schultern sah ichs, wie es in ihm wühlte und riß … er ging so wie … wie einer, der gegen einen ungeheuren Sturm geht … Und plötzlich brach er vor dem Bett in die Knie … genauso, wie ich hingebrochen war.

Ich sprang sofort vor, hob ihn empor und führte ihn zu einem Sessel. Er schämte sich nicht mehr, sondern schluchzte seine Qual heraus. Ich vermochte nichts zu sagen – nur mit der Hand strich ich ihm unbewußt über sein blondes, kindlich weiches Haar. Er griff nach meiner Hand … ganz lind und doch ängstlich … und mit einemmal fühlte ich seinen Blick an mir hängen … ›Sagen Sie mir die Wahrheit, Doktor‹, stammelte er, ›hat sie selbst Hand an sich gelegt?‹

›Nein‹, sagte ich.

›Und ist … ich meine … ist irgend … irgend jemand schuld an ihrem Tode?‹

›Nein‹, sagte ich wieder, obwohl mirs aufquoll in der Kehle, ihm entgegenzuschreien: ›Ich! Ich! Ich! … Und du! … Wir beide! Und ihr Trotz, ihr unseliger Trotz!‹ Aber ich hielt mich zurück. Ich wiederholte noch einmal: ›Nein … niemand hat schuld daran … es war ein Verhängnis!‹

›Ich kann es nicht glauben‹, stöhnte er, ›ich kann es nicht glauben. Sie war noch vorgestern auf dem Balle, sie lächelte, sie winkte mir zu. Wie ist das möglich, wie konnte das geschehen?‹

Ich erzählte eine lange Lüge. Auch ihm verriet ich ihr Geheimnis nicht. Wie zwei Brüder sprachen wir zusammen alle diese Tage, gleichsam überstrahlt von dem Gefühl, das uns verband … und das wir einander nicht anvertrauten, aber wir spürten einer vom andern, daß unser ganzes Leben an dieser Frau hing … Manchmal drängte sichs mir würgend an die Lippen, aber dann biß ich die Zähne zusammen – nie hat er erfahren, daß sie ein Kind von ihm trug … daß ich das Kind, sein Kind hätte töten sollen, und daß sie es mit sich selbst in den Abgrund gerissen. Und doch sprachen wir nur von ihr in diesen Tagen, während deren ich mich bei ihm verbarg … denn – das hatte ich vergessen, Ihnen zu sagen – man suchte nach mir … Ihr Mann war gekommen, als der Sarg schon geschlossen war … er wollte den Befund nicht glauben … die Leute munkelten allerlei … und er suchte mich … Aber ich konnte es nicht ertragen, ihn zu sehen, ihn, von dem ich wußte, daß sie unter ihm gelitten … ich verbarg mich … vier Tage ging ich nicht aus dem Hause, gingen wir beide nicht aus der Wohnung … ihr

Geliebter hatte mir unter einem falschen Namen einen Schiffsplatz genommen, damit ich flüchten könne ... wie ein Dieb bin ich nachts auf das Deck geschlichen, daß niemand mich erkennt ... Alles habe ich zurückgelassen, was ich besitze ... mein Haus mit der ganzen Arbeit dieser sieben Jahre, mein Hab und Gut, alles steht offen für jeden, der es haben will ... und die Herren von der Regierung haben mich wohl schon gestrichen, weil ich ohne Urlaub meinen Posten verließ ... Aber ich konnte nicht leben mehr in diesem Haus, in dieser Stadt ... in dieser Welt, wo alles mich an sie erinnert ... wie ein Dieb bin ich geflohen in der Nacht ... nur ihr zu entrinnen ... nur zu vergessen ... Aber ... wie ich an Bord kam ... nachts ... mitternachts ... mein Freund war mit mir ... da ... da ... zogen sie gerade am Kran etwas herauf ... rechteckig, schwarz ... ihren Sarg ... hören Sie: ihren Sarg ... sie hat mich hierher verfolgt, wie ich sie verfolgte ... und ich mußte dabeistehen, mich fremd stellen, denn er, ihr Mann, war mit ... er begleitet ihn nach England ... vielleicht will er dort eine Autopsie machen lassen ... er hat sie an sich gerissen ... jetzt gehört sie wieder ihm ... nicht uns mehr, uns ... uns beiden ... Aber ich bin noch da ... ich gehe mit bis zur letzten Stunde ... er wird, er darf es nie erfahren ... ich werde ihr Geheimnis zu verteidigen wissen gegen jeden Versuch ... gegen diesen Schurken, vor dem sie in den Tod gegangen ist ... Nichts, nichts wird er erfahren ... ihr Geheimnis gehört mir, nur mir allein ...

Verstehen Sie jetzt ... verstehen Sie jetzt ... warum ich die Menschen nicht sehen kann ... ihr Gelächter nicht hören ... wenn sie flirten und sich paaren ... denn da drunten ... drunten im Lagerraum zwischen Teeballen und Paranüssen steht der Sarg verstaut ... Ich kann nicht hin, der Raum ist versperrt ... aber ich weiß es mit allen meinen Sinnen, weiß es in jeder Sekunde ... auch wenn sie hier Walzer spielen und Tango ... es ist ja dumm, das Meer da schwemmt über Millionen Tote, auf jedem Fußbreit Erde, den man tritt, fault eine Leiche ... aber doch, ich kann es nicht ertragen, ich kann es nicht ertragen, wenn sie Maskenbälle geben und so geil lachen ... diese Tote, ich spüre sie, und ich weiß, was sie von mir will ... ich weiß es, ich habe noch eine Pflicht ... ich bin noch nicht zu Ende ... noch ist ihr Geheimnis nicht gerettet ... sie gibt mich noch nicht frei ...«

Vom Mittelschiff kamen schlurfende Schritte, klatschende Laute: Matrosen begannen das Deck zu scheuern. Er fuhr auf wie ertappt: sein zerspanntes Gesicht bekam einen ängstlichen Zug. Er stand auf und murmelte: »Ich gehe schon ... ich gehe schon.« Es war eine Qual, ihn anzuschauen: seinen verwüsteten Blick, die gedunsenen Augen, rot von Trinken oder Tränen. Er wich meiner Anteilnahme aus: ich spürte aus seinem geduckten Wesen Scham, unendliche Scham, sich verraten zu haben an mich, an diese Nacht. Unwillkürlich sagte ich:

»Darf ich vielleicht nachmittags zu Ihnen in die Kabine kommen ...«

Er sah mich an – ein höhnischer, harter, zynischer Zug zerrte an seinen Lippen, etwas Böses stieß und verkrümmte jedes Wort.

»Aha ... Ihre famose Pflicht, zu helfen ... aha ... Mit der Maxime haben Sie mich ja glücklich zum Schwatzen gebracht. Aber nein, mein Herr, ich danke. Glauben Sie ja nicht, daß mir jetzt leichter sei, seit ich mir die Eingeweide vor Ihnen aufgerissen habe bis zum Kot in meinen Därmen. Mein verpfuschtes Leben kann mir keiner mehr zusammenflicken ... ich habe eben umsonst der verehrlichen holländischen Regierung gedient ... die Pension ist futsch, ich komme als armer Hund nach Europa zurück ... ein Hund, der hinter einem Sarg herwinselt ... man läuft nicht lange ungestraft Amok, am Ende schlägts einen doch nieder, und ich hoffe, ich bin bald am Ende ... Nein, danke, mein Herr, für Ihren gütigen Besuch ... ich habe schon in der Kabine meine Gefährten ... ein paar gute alte Flaschen Whisky, die trösten mich manchmal, und dann meinen Freund von damals, an den ich mich leider nicht rechtzeitig gewandt habe, meinen braven Browning ... der hilft schließlich besser als alles Geschwätz ... Bitte, bemühen Sie sich nicht ... das einzige Menschenrecht, das einem bleibt, ist doch: zu krepieren wie man will ... und dabei ungeschoren zu bleiben von fremder Hilfe.«

Er sah mich noch einmal höhnisch ... ja herausfordernd an, aber ich spürte: es war nur Scham, grenzenlose Scham. Dann duckte er die Schultern, wandte sich um, ohne zu grüßen, und ging merkwürdig schief und schlurfend über das schon helle Verdeck den Kabinen zu. Ich habe ihn nicht mehr gesehen. Vergebens suchte ich ihn nachts und die nächste Nacht an der gewohnten Stelle. Er blieb verschwunden, und ich hätte an einen Traum geglaubt oder an eine phantastische Erscheinung, wäre mir nicht inzwischen unter den Passagieren ein anderer aufgefallen mit einem Trauerflor um den Arm, ein holländischer Großkaufmann, der, wie man mir bestätigte, eben seine Frau an einer Tropenkrankheit verloren hatte. Ich sah ihn ernst und gequält abseits von den andern auf und ab gehen, und der Gedanke, daß ich um seine geheimste Sorge wußte, gab mir eine geheimnisvolle Scheu: ich bog immer zur Seite, wenn er vorüberkam, um nicht mit einem Blick zu verraten, daß ich mehr von seinem Schicksal wußte als er selbst.

Im Hafen von Neapel ereignete sich dann jener merkwürdige Unfall, dessen Deutung ich in der Erzählung des Fremden zu finden glaube. Die meisten Passagiere waren abends von Bord gegangen, ich selbst in die Oper und dann noch in eines der hellen Cafés an der Via Roma. Als wir mit einem Ruderboot zu dem Dampfer zurückkehrten, fiel mir schon auf, daß einige Boote mit Fackeln und Azetylenlampen das Schiff suchend umkreisten, und oben am dunklen Bord war ein geheimnisvolles Gehen und Kommen von Karabinieris und Gendarmerie. Ich fragte einen Matrosen, was geschehen sei. Er wich in einer Weise aus, die sofort zeigte, daß Auftrag zum Schweigen gegeben sei, und auch am nächsten Tage, als das Schiff wieder friedfertig und ohne Spur eines Zwischenfalles nach Genua weiterfuhr, war nichts an Bord zu erfahren. Erst in den italienischen Zeitungen las ich dann, romantisch ausgeschmückt, von jenem angeblichen Unfall im Hafen von Neapel. In jener Nacht sollte, so schrieben sie, in unbelebter Stunde, um die Passagiere nicht durch den Anblick zu beunruhigen, der Sarg einer vornehmen Dame aus den holländischen Kolonien von Bord des Schiffes auf ein Boot gebracht werden, und man ließ ihn eben in Gegenwart des Gatten die Strickleiter herab, als irgend etwas Schweres vom hohen Bord niederstürzte und den Sarg mit den Trägern und dem Gatten, die ihn gemeinsam niederhißten, mit sich in die Tiefe riß. Eine Zeitung behauptete, es sei ein Irrsinniger gewesen, der sich die Treppe hinab auf die Strickleiter gestürzt habe, eine andere beschönigte, die Leiter sei von selbst unter dem übergroßen Gewicht gerissen: jedenfalls schien die Schiffahrtsgesellschaft alles getan zu haben, um den genauen Sachverhalt zu verschleiern. Man rettete nicht ohne Mühe die Träger und den Gatten der Verstorbenen mit Booten aus dem Wasser, der Bleisarg aber ging sofort in die Tiefe und konnte nicht mehr geborgen werden. Daß gleichzeitig in einer andern Notiz kurz erwähnt wurde, es sei die Leiche eines etwa vierzigjährigen Mannes im Hafen angeschwemmt worden, schien für die Öffentlichkeit in keinem Zusammenhang mit dem romantisch reportierten Unfall zu stehen; mir aber war, kaum daß ich die flüchtige Zeile gelesen, als starre plötzlich hinter dem papierenen Blatt das mondweiße Antlitz mit den glitzernden Brillengläsern mir noch einmal gespenstisch entgegen.

VERWIRRUNG DER GEFÜHLE

Private Aufzeichnungen des Geheimrates R. v. D.

Sie haben es gut gemeint, meine Schüler und Kollegen von der Fakultät: da liegt, feierlich überbracht und kostbar gebunden, das erste Exemplar jener Festschrift, die zu meinem sechzigsten Geburtstag und zum dreißigsten meiner akademischen Lehrtätigkeit die Philologen mir gewidmet haben. Eine wahrhaftige Biographie ist es geworden; kein kleiner Aufsatz fehlt, keine Festrede, keine nichtige Rezension in irgendeinem gelehrten Jahrbuch, die nicht bibliographischer Fleiß dem papiernen Grabe entrissen hätte – mein ganzer Werdegang, säuberlich klar, Stufe um Stufe, einer wohlgefegten Treppe gleich, ist er aufgebaut bis zur gegenwärtigen Stunde – wirklich, ich wäre undankbar, wollte ich mich nicht freuen an dieser rührenden Gründlichkeit. Was ich selbst verlebt und verloren gemeint, kehrt in diesem Bilde geeint und geordnet zurück: nein, ich darf es nicht leugnen, daß ich alter Mann die Blätter mit gleichem Stolz betrachtete wie einst der Schüler jenes Zeugnis seiner Lehrer, das ihm Fähigkeit und Willen zur Wissenschaft erstmalig bekundete.

Aber doch: als ich die zweihundert fleißigen Seiten durchblättert und meinem geistigen Spiegelbild genau ins Auge gesehen, mußte ich lächeln. War das wirklich mein Leben, stieg es tatsächlich in so behaglich zielvollen Serpentinen von der ersten Stunde bis an die heutige heran, wie sichs hier aus papiernem Bestand der Biograph zurechtschichtet? Mir gings genau so, als da ich zum erstenmal meine eigene Stimme aus einem Grammophon sprechen hörte: ich erkannte sie vorerst gar nicht; denn wohl war dies meine Stimme, aber doch nur jene, wie die andern sie vernehmen und nicht ich selbst sie gleichsam durch mein Blut und im innern Gehäuse meines Seins höre. Und so ward ich, der ein Leben daran gewandt, Menschen aus ihrem Werke darzustellen und das geistige Gefüge ihrer Welt wesenhaft zu machen, gerade am eigenen Erlebnis wieder gewahr, wie undurchdringlich in jedem Schicksal der eigentliche Wesenskern bleibt, die plastische Zelle, aus der alles Wachstum dringt. Wir erleben Myriaden Sekunden, und doch wirds immer nur eine, eine einzige, die unsere ganze innere Welt in Wallung bringt, die Sekunde, da (Stendhal hat sie beschrieben) die innere, mit allen Säften schon getränkte Blüte blitzhaft in Kristallisation zusammenschießt – eine magische Sekunde, gleich jener der Zeugung und gleich ihr verborgen im warmen Innern des eigenen Leibes, unsichtbar, untastbar, unfühlbar, einzig erlebtes Geheimnis. Keine Algebra des Geistes kann sie errechnen, keine Alchimie der Ahnung sie erraten, und selten errafft sie das eigene Gefühl.

Von jenem Geheimsten meiner geistigen Lebensentfaltung weiß jenes Buch kein Wort: darum mußte ich lächeln. Alles ist wahr darin – nur das Wesenhafte fehlt. Es beschreibt mich nur, aber es sagt mich nicht aus. Es spricht bloß von mir, aber es verrät mich nicht. Zweihundert Namen umfaßt das sorgfältig geklitterte Register – nur der eine fehlt, von dem aller schöpferischer Impuls ausging, der Name des Mannes, der mein Schicksal bestimmte und nun wieder mit doppelter Gewalt mich in meine Jugend ruft. Von allen ist gesprochen, nur von ihm nicht, der mir die Sprache gab und in dessen Atem ich rede: und mit einemmal fühle ich dieses feige Verschweigen als eine Schuld. Ein Leben lang habe ich Bildnisse von Menschen gezeichnet, aus Jahrhunderten her Gestalten zurückerweckt für gegenwärtiges Gefühl, und gerade des mir Gegenwärtigsten, seiner habe ich niemals gedacht: so will ich ihm, dem geliebten Schatten, wie in homerischen Tagen zu trinken geben vom eigenen Blute, damit er wieder zu mir spreche und der längst schon Weggealterte bei mir, dem Alternden, sei. Ich will ein verschwiegenes Blatt legen zu den offenbaren, ein Bekenntnis des Gefühls neben das gelehrte Buch und mir selbst um seinetwillen die Wahrheit meiner Jugend erzählen.

Noch einmal, ehe ich beginne, blättere ich in jenem Buche, das mein Leben darzustellen vorgibt. Und wiederum muß ich lächeln. Denn wie wollten sie ans wahrhaft Innere meines Wesens heran, da sie einen falschen Einstieg wählten? Schon ihr erster Schritt geht fehl! Da fabelt ein mir wohlgesinnter Schulgenosse, gleichfalls Geheimrat heute, schon im Gymnasium hätte mich eine leidenschaftliche Liebe für die Geisteswissenschaften vor allen andern Pennälern ausgezeichnet. Falsch erinnert, lieber Geheimrat! Für mich war alles Humanistische schlecht ertragener, zähneknirschend durchgeschäumter Zwang. Gerade weil ich als Rektorssohn in jener norddeutschen Kleinstadt von Tisch und Stube her Bildung immer als Brotgeschäft betreiben sah, haßte ich alle Philologie von Kindheit an: immer setzt ja die Natur, ihrer mystischen Aufgabe gemäß, das Schöpferische zu bewahren, dem Kinde

Stachel und Hohn ein gegen die Neigung des Vaters. Sie will kein gemächliches kraftloses Erben, kein bloßes Fortsetzen und Weitertun von einem zum andern Geschlecht: immer stößt sie erst Gegensatz zwischen die Gleichgearteten und gestattet nur nach mühseligem und fruchtbarem Umweg dem Späteren Einkehr in der Voreltern Bahn. Genug, daß mein Vater die Wissenschaft heilig sprach, und schon empfand meine Selbstbehauptung sie als bloßes Klügeln mit Begriffen; weil er die Klassiker als Muster pries, schienen sie mir lehrhaft und darum verhaßt. Von Büchern rings umgeben, verachtete ich die Bücher; immer zum Geistigen vom Vater gedrängt, empörte ich mich gegen jede Form schriftlich überlieferter Bildung; so war es nicht verwunderlich, daß ich nur mühsam bis zum Abiturium mich durchrang und dann mit Heftigkeit jede Fortsetzung des Studiums abwehrte. Ich wollte Offizier werden, Seemann oder Ingenieur; zu keinem dieser Berufe drängte mich eigentlich zwingende Neigung. Einzig der Widerwille gegen das Papierne und Didaktische der Wissenschaft ließ mich Praktisch-Tätiges statt des Akademischen fordern. Doch mein Vater bestand mit seiner fanatischen Ehrfurcht vor allem Universitätlichen auf meiner akademischen Ausbildung, und nichts als die Abschwächung gelang es mir durchzusetzen, daß ich statt der klassischen Philologie die englische wählen durfte (welche Zwitterlösung ich schließlich mit dem geheimen Hintergedanken hinnahm, dank der Kenntnis dieser maritimen Sprache dann leichter ausbrechen zu können in die unbändig ersehnte Seemannslaufbahn).

Nichts ist also unrichtiger darum in jenem curriculum vitae als die freundliche Behauptung, ich hätte im ersten Berliner Semester dank der Führung verdienstlicher Professoren, die Grundlagen der philologischen Wissenschaft gewonnen – was wußte meine ungestüm ausbrechende Freiheitsleidenschaft damals von Kollegien und Dozenten! Bei dem ersten flüchtigen Besuch des Hörsaals schon übermannte die muffige Luft, der pastorenhaft-monotone und gleichzeitig breitspurige Vortrag mich dermaßen mit Müdigkeit, daß ich mich anstrengen mußte, den Kopf nicht schläfernd auf die Bank zu legen – das war ja nochmals die Schule, der ich glücklich entronnen zu sein glaubte, der mitgeschleppte Klassenraum mit dem überhöhten Katheder und der silbenstecherischen Kleinsachlichkeit: unwillkürlich war mir, als ob Sand aus den dünn aufgetanen Lippen des Geheimrats rinne, so zerrieben, so gleichmäßig rieselten die Worte des schleißigen Kollegienheftes in die dicke Luft. Der schon dem Schulknaben fühlbare Verdacht, in eine Leichenkammer des Geistes geraten zu sein, wo gleichgültige Hände an Abgestorbenem anatomisierend herumfingerten, schreckhaft erneute er sich in diesem Betriebsraum eines längst antiquarisch gewordenen Alexandrinertums – und wie intensiv erst wurde dieser abwehrende Instinkt, sobald ich von der mühsam ertragenen Lehrstunde hinaustrat in die Straßen der Stadt, jenes Berlin von damals, das, ganz überrascht von seinem eigenen Wachstum, strotzend von einer allzu plötzlich aufgeschossenen Männlichkeit, aus allen Steinen und Straßen Elektrizität vorsprühte und ein hitzig pulsierendes Tempo jedem unwiderstehlich aufnötigte, das mit seiner raffenden Gier dem Rausch meiner eigenen, eben erst bemerkten Männlichkeit höchst ähnlich war. Beide, sie und ich, plötzlich aufgeschossen aus einer protestantisch ordnungshaften und umschränkten Kleinbürgerlichkeit, vorschnell hingegeben einem neuen Taumel von Macht und Möglichkeiten – beide, die Stadt und ich junger ausfahrender Bursche, vibrierten wir wie ein Dynamo von Unruhe und Ungeduld. Nie habe ich Berlin so verstanden, so geliebt wie damals, denn genau wie in dieser überfließenden warmen Menschenwabe, so drängte in mir jede Zelle nach plötzlicher Erweiterung – das Ungeduldigsein jeder starken Jugend, wo hätte es dermaßen sich entladen können als in dem zuckenden Schoße dieses heißen Riesenweibes, in dieser ungeduldigen, kraftausströmenden Stadt! Mit einem Ruck riß sie mich an, ich warf mich in sie, stieg hinab in ihre Adern, meine Neugier umlief hastig ihren ganzen steinernen und doch warmen Leib – von früh bis nachts trieb ich mich um in den Straßen, fuhr bis an die Seen, durchpirschte ihre Verstecke: wirklich, Besessenheit war es, mit der ich mich, statt des Studiums zu achten, in das Lebendig-Abenteuerliche des Auskundschaftens warf. Aber in dieser Übertreiblichkeit gehorchte ich freilich nur einer Besonderheit meiner Natur: von Kind auf schon unfähig zu Gleichzeitigkeiten, wurde ich immer sofort gefühlsblind für jede andere Beschäftigung; immer und überall hatte ich diesen bloß einlinig vorstoßenden Impetus, und noch heute in meiner Arbeit verbeiße ich mich meist so fanatisch in ein Problem, daß ichs nicht eher lasse, ehe ich nicht das Letzte, das Allerletzte seines Marks in den Zähnen fühle.

Damals nun wurde mir in Berlin das Freiheitsgefühl zu einem so übermächtigen Rausch, daß ich selbst die flüchtige Klausur der Vorlesungsstunde, ja die Umschlossenheit meines eigenen Zimmers nicht ertrug: alles schien mir Versäumnis, was nicht Abenteuer brachte. Und gewaltsam zäumte sich der ohrenfeuchte, eben erst vom Halfter gelassene Provinzjunge auf, recht männlich zu gelten: ich hospitierte in einer Verbindung, suchte meinem (eigentlich scheuen) Wesen etwas Keckes, Schmissiges, Ludriges zu geben, spielte, kaum acht Tage eingewöhnt, schon den Großstädter und Großdeutschen, lernte das Flegeln und Rekeln in den Caféhausecken als rechter Miles gloriosus mit verblüffender Geschwindigkeit. In dies Kapitel der Männlichkeit gehörten natürlich auch die Frauen – oder vielmehr: die Weiber, wie es in unserer studentischen Überheblichkeit hieß –, und da kam mirs zupaß, daß ich ein auffallend hübscher Junge war. Hochgewachsen, schlank, die bronzene Patina des Meeres noch frisch auf den Wangen, turnerisch gelenk in jeder Bewegung, fand ich leichtes Spiel gegenüber den käsigen, von der Stubenluft wie Heringe ausgedörrten Ladenschwengeln, die gleich uns allsonntags auf Beute in die Tanzlokale von Halensee und Hundekehle (damals noch weit außerhalb der Stadt) loszogen. Bald war es eine strohblonde Mecklenburger Dienstmagd mit milchweißer Haut, die ich, heiß vom Tanz, knapp vor ihrem Urlaubsheimgang noch in meine Bude schleppte, bald eine zappelige, nervöse kleine Jüdin aus Posen, die bei Tietz Strümpfe verkaufte – billige Beute zumeist, leicht genommen und rasch den Kommilitonen weitergegeben. Aber in dieser unvermuteten Leichtigkeit des Gewinnens lag für den gestern noch ängstlichen Pennäler eine berauschende Überraschung – die billigen Erfolge steigerten meine Verwegenheit, und allmählich betrachtete ich die Straße einzig noch als Jagdplatz dieser vollkommen wahllosen, nur mehr sportlichen Abenteuerei. Als ich so einmal, einem hübschen Mädchen nachsteigend, unter die Linden kam und – wirklich zufällig – vor die Universität, mußte ich lachen bei dem Gedanken, wie lange ich keinen Fuß über jene respektable Schwelle gesetzt. Aus Übermut trat ich mit einem gleichgesinnten Freunde ein; wir lüfteten nur die Tür, sahen (unglaublich lächerlich wirkte das) hundertfünfzig über die Bänke gebeugte skribelnde Rücken gleichsam mitbetend von der Litanei eines psalmodierenden Weißbartes. Und schon klinkte ich wieder zu, ließ weiterhin das Bächlein jener trüben Beredsamkeit über die Schultern der Fleißigen rinnen und strotterte übermütig mit dem Genossen hinaus in die sonnige Allee. Manchmal will mir dünken, niemals habe ein junger Mensch dümmer seine Zeit vertan als ich in jenen Monaten. Ich las kein Buch, ich bin gewiß, kein vernünftiges Wort geredet, keinen wirklichen Gedanken gedacht zu haben – aus Instinkt wich ich aller kultivierten Geselligkeit aus, nur um mit dem wach gewordenen Leibe stärker die Beize des Neuen und bislang Verbotenen zu fühlen. Nun mag ja dies Besaufen am eigenen Saft, dies zeitverschwenderische Wider-sich-selber-Wüten irgendwie zum Wesen jeder starken und plötzlich freigegebenen Jugend gehören – dennoch machte meine besondere Besessenheit diese Art Lotterei schon gefährlich und nichts wahrscheinlicher, als daß ich völlig verbummelt oder zumindest in einer Dumpfheit des Gefühls untergegangen wäre, hätte nicht ein Zufall plötzlich den inneren Absturz gedämpft.

Dieser Zufall – heute nenne ich ihn dankbar einen glücklichen – bestand darin, daß unvermuteterweise mein Vater zu einer Rektorenkonferenz für einen Tag nach Berlin ins Ministerium beordert wurde. Als professioneller Pädagoge nutzte er die Gelegenheit, um ohne Ankündigung seines Kommens eine Stichprobe auf mein Betragen zu versuchen und mich Ahnungslosen zu überraschen. Dieser Überfall, vortrefflich gelang er ihm. Wie meistens, hatte ich um die Abendstunde in meiner billigen Studentenbude im Norden – der Zugang ging durch die mittels eines Vorhangs abgeteilte Küche der Hausfrau – ein Mädel zu höchst vertraulichem Besuch, als vernehmlich an die Tür gepocht wurde. Einen Kollegen vermutend, murrte ich unwillig zurück: »Bin nicht zu sprechen.« Aber nach einer kurzen Pause wiederholte sich das Klopfen, einmal, zweimal und dann mit hörbarer Ungeduld ein drittes Mal. Zornig fuhr ich in die Hose, um den impertinenten Störer ausgiebig abzufertigen, und so, das Hemd halb offen, die Hosenträger niederpendelnd, die Füße nackt, riß ich die Tür auf, um sofort, wie mit der Faust über die Schläfe geschlagen, im Dunkel des Vorraums die Silhouette meines Vaters zu erkennen. Von seinem Gesicht nahm ich im Schatten kaum mehr wahr als die Brillengläser, die im Rückschein funkelten. Aber dieser Schattenriß genügte schon, daß jenes bereits frech vorbereitete Wort mir wie eine scharfe Gräte würgend in der Kehle stecken blieb: einen Augenblick stand ich betäubt. Dann mußte ich ihn – entsetzliche Sekunde! – demütig bitten, einige Minuten in der Küche zu warten, bis ich mein Zimmer in Ordnung gebracht hätte. Wie gesagt: ich sah sein Gesicht nicht, aber ich spürte, er verstand. Ich spürte es an seinem Schweigen, an der verhaltenen Art, wie er, ohne mir die Hand zu reichen, mit einer angewiderten Geste hinter den Vorhang in die Küche trat. Und dort, vor einem nach aufgewärmtem Kaffee und Rüben dunstenden Eisenherd mußte der alte Mann zehn Minuten stehend warten, zehn für mich und ihn gleicherweise erniedrigende Minuten, bis ich das Mädel aus dem Bett in ihre Kleider getrieben und an dem wider Willen Lauschenden vorbei aus der

Wohnung. Er mußte ihren Schritt hören, und wie die Falten des Vorhangs bei ihrem eiligen Verschwinden im Luftzug vorschlugen; und noch immer konnte ich den alten Mann nicht aus dem entwürdigenden Versteck holen: zuvor mußte die überdeutliche Unordnung des Bettes beseitigt sein. Dann erst trat ich – nie war ich beschämter in meinem Leben gewesen – vor ihn hin.

Mein Vater hat Haltung gehabt in dieser argen Stunde, noch heute danke ich ihm innerlich dafür. Denn immer, wenn ich des längst Hingeschiedenen mich erinnern will, verweigere ich mir, ihn aus der Perspektive des Schülers zu sehen, die ihn einzig als Korrigiermaschine, als unablässig mäkelnden, auf Genauigkeit versessenen Schulfuchs zu verachten beliebte, sondern immer nehme ich mir sein Bild von diesem seinem menschlichsten Augenblick, da der alte Mann zutiefst angewidert und doch sich bezähmend wortlos hinter mir in das durchschwülte Zimmer trat. Er trug den Hut und die Handschuhe in der Hand: unwillkürlich wollte er sie ablegen, aber dann kam eine Geste des Ekels, als hätte er Widerwillen, mit irgendeinem Teil seines Wesens an diesen Schmutz zu rühren. Ich bot ihm einen Sessel; er antwortete nicht, nur eine wegwerfende Gebärde stieß alle Gemeinschaft mit Gegenständen dieses Raumes von sich fort.

Nach einigen eiskalten Augenblicken abgewandten Dastehens nestelte er endlich die Brille herab und putzte sie umständlich, was bei ihm, ich wußte es, Verlegenheit verriet; auch entging mirs nicht, wie der alte Mann, als er sie wieder aufsetzte, mit dem Handrücken über das Auge fuhr. Er schämte sich vor mir, und ich schämte mich vor ihm, keiner fand ein Wort. Im geheimen fürchtete ich, er würde einen Sermon, eine schönrednerische Ansprache in jenem gutturalen Ton beginnen, den ich von der Schule her an ihm haßte und höhnte. Aber – und heute danke ich ihm noch dafür – der alte Mann blieb stumm und vermied, mich anzusehen. Endlich ging er hin zu dem wackligen Gestell, wo meine Studienbücher standen, schlug sie auf – der erste Blick mußte ihn schon überzeugen, sie seien unberührt und meist unaufgeschnitten. »Deine Kollegienhefte!« – Dieser Befehl war sein erstes Wort. Zitternd reichte ich sie ihm hin, wußte ich doch, die stenographischen Notizen umfaßten bloß eine einzige Lehrstunde. Er überflog die zwei Seiten mit einer raschen Wendung, legte, ohne das mindeste Zeichen von Erregung, die Hefte auf den Tisch. Dann zog er einen Stuhl heran, setzte sich nieder, sah mich ernst, aber ohne jeden Vorwurf an und fragte: »Nun, wie denkst du über das alles? Was soll da werden?«

Diese ruhige Frage stampfte mich in den Boden. Alles war in mir schon gekrampft gewesen: hätte er mich gescholten, ich wäre anmaßend losgefahren, hätte er rührselig mich ermahnt, ich hätte ihn verhöhnt. Aber diese sachliche Frage brach meinem Trotz die Gelenke: ihr Ernst forderte Ernst, ihre erzwungene Ruhe Respekt und innere Bereitschaft. Was ich antwortete, wage ich mich kaum zu erinnern, wie auch das ganze Gespräch, das nun folgte, mir noch heute nicht in die Feder will: es gibt plötzliche Erschütterungen, eine Art innern Aufschwalls, der, wiedererzählt, wahrscheinlich sentimental klingen würde, gewisse Worte, die nur ganz einmalig wahr sind, zwischen vier Augen und auffahrend aus einem unvermuteten Tumult des Gefühls. Es war das einzige wirkliche Gespräch, das ich jemals mit meinem Vater führte, und ich hatte kein Bedenken, mich freiwillig zu demütigen: ich legte alle Entscheidung in seine Hände. Er aber bot mir nur den Rat, ich möchte Berlin verlassen und das nächste Semester an einer kleinen Universität studieren, er sei gewiß, tröstete er beinahe, ich würde von nun ab mit Leidenschaft das Versäumte nachholen. Sein Vertrauen erschütterte mich; in dieser einen Sekunde fühlte ich alles Unrecht, das ich dem in eine kalte Förmlichkeit verbarrikadierten alten Mann eine ganze Jugend lang angetan. Ich mußte vehement in die Lippen beißen, um die Tränen zu zwingen, nicht heiß aus den Augen zu stürzen. Aber auch er mochte Ähnliches fühlen, denn er reichte mir plötzlich die Hand, hielt sie zitternd einen Augenblick und hastete dann hinaus. Ich wagte ihm nicht zu folgen, blieb unruhig und verwirrt und wischte mir mit dem Taschentuch das Blut von der Lippe: so sehr hatte ich, um mein Gefühl zu bemeistern, die Zähne in sie eingebissen.

Das war die erste Erschütterung, die ich, der Neunzehnjährige, erfuhr – sie warf das ganze bombastische Kartenhaus von Männischkeit, Studenterei, Selbstherrlichkeit, das ich in drei Monaten gebaut, ohne den Hauch eines starken Wortes zusammen. Ich fühlte mich fest genug, nun auf alle mindern Vergnüglichkeiten dank des herausgeforderten Willens zu verzichten, Ungeduld überkam mich, die verschwendete Kraft am Geistigen zu erproben, eine Gier nach Ernst, Nüchternheit, Zucht und Strenge. In dieser Zeit verschwor ich mich ganz dem Studium wie einem klösterlichen Opferdienst, freilich unkund des hohen Rausches, der mich in der Wissenschaft erwartete, und ahnungslos, daß auch in jener gesteigerten Welt des Geistes Abenteuer und Fährnis dem Ungestümen immer bereitet sind.

Die kleine Provinzstadt, die ich im Einverständnis mit meinem

Vater für das nächste Semester gewählt, lag in Mitteldeutschland. Ihr weiter akademischer Ruhm stand in krassem Mißverhältnis zu dem dünnen Häufchen von Häusern, die das Universitätsgebäude umlagerten. Ich hatte nicht viel Mühe, vom Bahnhof, wo ich vorerst mein Gepäck ließ, zur Alma mater mich durchzufragen, und auch innerhalb des altertümlich weitläufigen Hauses spürte ich sofort, um wieviel rascher der innere Kreis sich hier zusammenschloß als in jenem Berliner Taubenschlag. In zwei Stunden war die Inskription besorgt, die meisten Professoren besucht, nur meines Ordinarius, des Lehrers der englischen Philologie, konnte ich nicht sofort habhaft werden, doch wurde mir bedeutet, daß er nachmittags gegen vier Uhr im Seminar anzutreffen sei.

Von jener Ungeduld getrieben, nicht eine Stunde zu versäumen, ebenso leidenschaftlich nun im Anlauf gegen die Wissenschaft wie vordem in ihrer Vermeidung, befand ich mich – nach flüchtigem Rundgang durch die im Vergleich mit Berlin narkotisch schlafende Kleinstadt – um vier Uhr pünktlich an der angegebenen Stelle. Der Pedell wies mir die Tür des Seminars. Ich klopfte an. Und da mir dünkte, von innen hätte eine Stimme geantwortet, trat ich ein.

Aber ich hatte unrichtig gehört. Niemand hatte mich eintreten geheißen, und der undeutliche Laut, den ich vernommen, war nur die erhobene, zu energischer Rede aufgeschwungene Stimme des Professors, der vor dem enggescharten und nah an ihn herangezogenen Kreis von etwa zwei Dutzend Studenten eine offenbar improvisierte Ansprache hielt. Peinlich berührt, durch mein Mißhören ohne Erlaubnis eingetreten zu sein, wollte ich mich wieder leise hinausdrücken, fürchtete aber gerade dadurch Aufmerksamkeit zu erregen, denn bislang hatte mich noch keiner der Zuhörer bemerkt. Ich blieb also, nahe der Tür, und hörte unwillkürlich genötigt zu.

Der Vortrag schien offensichtlich aus einem Kolloquium oder einer Diskussion selbsttätig emporgewachsen zu sein, daraufhin deutete wenigstens die lockere und durchaus zufällige Gruppierung des Lehrers und seiner Schüler: er saß nicht dozierend auf distanzierendem Sessel, sondern, das Bein leicht überhängend, in fast burschikoser Weise auf einem der Tische, und um ihn scharten sich die jungen Menschen in unbeabsichtigten Stellungen, deren ursprüngliche Nachlässigkeit erst das interessierte Zuhören zu einer plastischen Unbeweglichkeit fixiert haben mochte. Man sah, sie mußten sprechend beisammengestanden haben, als plötzlich der Lehrer sich auf den Tisch schwang, dort von erhöhter Stellung mit dem Worte wie mit einem Lasso sie an sich heranzog und reglos an ihre Stelle bannte. Und es bedurfte nur weniger Minuten, als ich selbst schon, vergessend das Ungerufene meiner Gegenwart, das faszinierend Starke seiner Rede magnetisch wirkend fühlte; unwillkürlich trat ich näher heran, um über dem Wort die merkwürdig wölbenden und umschließenden Gesten der Hände zu sehen, die manchmal, wenn ein Wort herrisch vorstieß, sich wie Flügel spreizten, zuckend nach oben fuhren, um dann allmählich in der beruhigenden Geste eines Dirigenten musikalisch niederzuschweben. Und immer hitziger stürmte die Rede, indes der Beschwingte, wie von der Kruppe eines galoppierenden Pferdes, von dem harten Tische sich rhythmisch aufhob und atemlos fortjagte in diesen stürmenden, mit blitzenden Bildern durchjagten Gedankenflug. Niemals noch hatte ich einen Menschen so begeistert, so wahrhaft mitreißend reden gehört – zum erstenmal erlebte ich das, was die Lateiner raptus nennen, das Fortgetragensein eines Menschen über sich selbst hinaus: nicht für sich, nicht für die andern sprach hier eine jagende Lippe, es fuhr von ihr weg wie Feuer aus einem innen entzündeten Menschen.

Nie hatte ich dies erlebt, Rede als Ekstase, Leidenschaft des Vortrags als elementares Geschehen, und wie ein Ruck riß dies Unerwartete mich heran. Ohne zu wissen, daß ich ging, hypnotisch herangezogen von einer Macht, die stärker als Neugier war, mit jenen muskellosen Schritten, wie sie Schlafwandler haben, schob es mich magisch in den engen Kreis: unbewußt stand ich plötzlich innen, zehn Zoll von ihm und mitten unter den andern, die gleichfalls zu gebannt waren, um mich oder irgend etwas wahrzunehmen. Ich strömte ein in die Rede, mitgerissen in ihre Strömung, ohne von ihrem Ursprung zu wissen: offenbar mußte einer der Studenten Shakespeare als meteorische Erscheinung gerühmt haben, den Mann da oben aber reizte es, zu zeigen, daß er nur der stärkste Ausdruck, die seelische Aussage einer ganzen Generation war, sinnlicher Ausdruck einer leidenschaftlich gewordenen Zeit. Mit einem einzigen Riß stellte er jene ungeheure Stunde Englands dar, jene einzige Sekunde der Ekstase, wie sie im Leben jedes Volkes gleichwie in dem jedes Menschen unvermutet aufbrechen, alle Kräfte zusammenziehend zu einem mächtigen Stoß ins Ewige hinein. Plötzlich war die Erde breiter geworden, ein neuer Kontinent entdeckt, indes die älteste Macht des alten, das Papsttum, zusammenzubrechen drohte: hinter den Meeren, die ihnen nun gehören, seit die Armada Spaniens in Wind und Wellen zerschellte, rauschen neue Möglichkeiten auf, die Welt ist weit geworden, und unwillkürlich spannt sich die Seele, ihr gleich zu sein – auch sie will weit sein, auch sie bis ins Äußerste dringen im Guten und im Bösen; sie will entdecken, erobern, jenen Konquistadoren gleich, sie braucht eine neue Sprache, eine neue Kraft. Und über Nacht sind die Sprecher dieser Sprache, die Dichter, da, fünfzig, hundert in einem Jahrzehnt, wilde, unbändige Gesellen, die nicht wie die höfischen Poetlein vor ihnen arkadische Gärtchen bestellen und eine erlesene Mythologie versifizieren – sie stürmen das Theater, sie schlagen im Bretterbau, wo vordem nur Tierhatzen und blutrünstige Spiele tobten, ihre Walstatt auf, und der heiße Durst von Blut ist noch in ihren Werken, ihr Drama selbst ein solcher Circus maximus, in dem die wilden Bestien des Gefühls heißhungrig übereinander herfallen. Löwenhaft tobt sich der Unband dieser leidenschaftlichen Herzen aus, einer will den andern überbieten in Wildheit und Überschwang, alles ist der Darstellung gestattet, alles erlaubt: Blutschande, Mord, Untat, Verbrechen, der maßlose Tumult alles Menschlichen feiert seine heiße Orgie; wie vordem aus ihrem Gefängnis die hungrigen Bestien, so stürzen nun brüllend und gefährlich die trunkenen Leidenschaften in die holzumgürtete Arena. Ein einziger Ausbruch explodiert wie eine Petarde, fünfzig Jahre dauert er an, ein Blutsturz, eine Ejakulation, ein einmalig Wildes, das die ganze Welt umprankt und zerreißt: kaum spürt man die einzelne Stimme, die einzelne Gestalt in dieser Orgie der Kraft. Einer hitzt sich an dem andern, jeder lernt, jeder stiehlt von dem andern, jeder kämpft, ihn zu überbieten, ihn zu übertreffen, und doch alle nur geistige Gladiatoren eines einzigen Festes, losgekettete Sklaven, vorwärtsgepeitscht vom Genius der Stunde. Aus schiefen dunklen Vorstadtstuben holt er sie her und aus den Palästen, Ben Jonson, den Maurerenkel, Marlowe, den Schuhmachersohn, Massinger, den Kammerdienersproß, Philipp Sidney, den reichen gelehrten Staatsmann, aber der heiße Wirbel wühlt alle zusammen; heute sind sie gefeiert, morgen krepieren sie, Kyd, Heywoods, im tiefsten Elend, allen verhungert wie Spenser in King Street zusammen, alles unbürgerliche Existenzen, Raufbolde, Hurentreiber, Komödianten, Betrüger, aber Dichter, Dichter, Dichter sie alle. Shakespeare ist nur ihre Mitte: »the very age and body of the time«, aber man hat gar nicht Zeit, ihn zu sondern, so stürmt dieser Tumult, so üppig schießt Werk an Werk, Leidenschaft über Leidenschaft heran. Und plötzlich, zuckend, wie sie aufstieg, diese herrlichste Eruption der Menschheit, bricht sie wieder zusammen, das Drama ist zu Ende, England erschöpft, und Hunderte Jahre dumpft wieder das nebelnasse Grau der Themse auch über dem Geist: in einem einzigen

Ansturm hat ein ganzes Geschlecht alle Gipfel und Tiefen der Leidenschaft erstiegen, die übervolle, die tolle Seele sich heiß aus der Brust gespien – nun liegt das Land da, müde, erschöpft; ein silbenstecherischer Puritanismus schließt die Theater und verschließt damit die passionierte Rede, die Bibel nimmt wieder das Wort, das göttliche, wo das allermenschlichste die feurigste Beichte aller Zeiten gesprochen, und ein einzig glühendes Geschlecht einmalig für Tausende gelebt.

Und mit plötzlicher Wendung fuhr unvermutet das Blinkfeuer der Rede auf uns zu: »Versteht ihr nun, warum ich meine Vorlesung nicht in historischer Folge bei den Anfängen beginne, beim King Arthur und Chaucer, sondern aller Regel zu Trotz bei den Elisabethanern? Und versteht ihr, daß ich vor allem Vertrautheit mit ihnen verlange, Einleben in diese höchste Lebendigkeit? Denn es gibt kein philologisches Verstehen ohne Erleben, kein bloß grammatikalisches Wort ohne Erkenntnis der Werte, und ihr jungen Menschen sollt ein Land, eine Sprache, die ihr euch erobern wollt, zuerst in ihrer höchsten Schönheitsform sehen, in der starken Form seiner Jugend, seiner äußersten Leidenschaft. Erst müßt ihr bei den Dichtern die Sprache hören, bei ihnen, die sie schaffen und vollenden, ihr müßt Dichtung einmal atmend und warm am Herzen gespürt haben, ehe wir sie zu anatomisieren anfangen. Darum beginne ich immer mit den Göttern, denn England ist Elisabeth, ist Shakespeare und die Shakespearianer, alles Frühere Vorbereitung, alles Spätere lahmes Nachlaufen diesem eigenen kühnen Sprung ins Unendliche zu – hier aber, fühlt es, fühlt es selbst, ihr jungen Menschen, hier die lebendigste Jugend unserer Welt. Immer erkennt man ja jede Erscheinung, jeden Menschen nur in ihrer Feuerform, nur in der Leidenschaft. Denn aller Geist steigt aus dem Blut, alles Denken aus Leidenschaft, alle Leidenschaft aus Begeisterung – darum Shakespeare und die Seinen zuerst, die euch junge Menschen erst wahrhaftig jung machen! Erst der Enthusiasmus, dann erst der Fleiß, erst Er, der Höchste, der Äußerste, dies herrlichste Repetitorium der Welt, vor dem Studium des Worts!«

»Und nun genug für heute – lebt wohl!« – Mit jäh abschließender Geste wölbte sich die Hand und taktierte herrisch unvermutet ab, indes er gleichzeitig vom Tische absprang. Wie auseinandergerüttelt fuhr mit einmal das dicht zusammengedrückte Bündel der Studenten schütter auf, Sessel knackten und polterten, Tische rückten, zwanzig verschlossene Kehlen huben mit einmal an zu reden, sich zu räuspern, breitströmig zu atmen – jetzt erst sah man, wie magnetisch die Bannung gewesen, die alle diese atmenden Lippen verschloß. Um so hitziger und hemmungsloser wogte nun im engen Raume das Durcheinander; einige traten auf den Lehrer zu, um ihm Dank oder ein anderes zu sagen, indes die übrigen heißen Gesichts untereinander ihre Eindrücke austauschten; keiner aber stand ruhig, keiner unberührt von der elektrischen Spannung, deren Kontakt brüsk gerissen war und von der doch Hauch und Feuer noch in der gedrängten Luft zu knistern schienen.

Ich selbst konnte mich nicht rühren: ich war wie auf das Herz getroffen. Leidenschaftlich ich selbst, und fähig, alles nur passioniert, mit einem vorstürzenden Stoß aller Sinne zu begreifen, hatte ich zum erstenmal von einem Lehrer, von einem Menschen mich gefaßt gefühlt, eine Übermacht empfunden, vor der sich zu beugen Pflicht und Wollust sein mußte. Meine Adern gingen warm, ich spürte es, mein Atem schneller, bis in meinen Körper hinein hämmerte sich dieser jagende Rhythmus und riß ungeduldig an jedem Gelenk. Endlich gab ich mir nach, drängte langsam in die vordere Reihe, das Gesicht dieses Mannes zu sehen, denn – sonderbar! – während er sprach, hatte ich seine Züge gar nicht wahrgenommen, so sehr waren sie vergangen, so sehr eingegangen in die Rede. Auch jetzt konnte ich vorerst nur ein ungenaues Profil schattenhaft erblicken: er stand, einem Studenten halb zugewandt, die Hand vertraulich auf die Schulter gelegt, im Zwielicht des Fensters. Aber selbst diese flüchtige Bewegung hatte eine Innigkeit und Anmut, wie ich sie niemals bei einem Schulmann für möglich gehalten.

Inzwischen waren einige Studenten auf mich aufmerksam geworden; und um nicht als unberufener Eindringling zu gelten, trat ich noch einige Schritte an den Professor heran und wartete, bis er sein Gespräch beendet. Nun erst gewann ich Zublick in sein Gesicht: ein Römerkopf, marmorn die Stirne gewölbt, und die blankschimmernde an den Seiten überbuscht von rückschlagender Welle weißen schopfigen Haares; ein imponierend kühner Oberbau geistiger Fraktur – unterhalb der tiefen Augenschatten aber rasch weich, fast weibisch werdend durch die glatte Rundung des Kinns, die unruhige Lippe, um die, ein Lächeln bald und bald ein unruhiger Riß, die Nerven flatterten. Was oben die Stirne mannhaft schön zusammenhielt, löste die nachgiebigere Plastik des Fleischlichen in etwas schlaffe Wangen und einen unsteten Mund; vorerst imposant und herrscherisch, wirkte von der Nähe gesehen sein Antlitz mühsam zusammengestrafft. Auch die körperliche

Haltung sprach ein ähnlich Zwiefältiges aus. Seine Linke ruhte nachlässig auf dem Tisch oder schien wenigstens zu ruhen, denn unausgesetzt vibrierten kleine zitternde Triller über die Knöchel hin, und die schmalen, für eine Männerhand ein wenig zu zarten, ein wenig zu weichen Finger malten ungeduldig unsichtbare Figuren über die leere Holzplatte, indes seine von schweren Lidern gedeckten Augen anteilnehmend sich ins Gespräch beugten. War er unruhig, oder zitterte die Erregung noch in den aufgetriebenen Nerven nach: jedenfalls widersprach die fahrige Unbeherrschtheit der Hand dem ruhig Lauschenden und Abwartenden seines Gesichts, das ermattet und doch aufmerksam in die Zwiesprache mit dem Studenten vertieft schien.

Endlich kam die Reihe an mich, ich trat heran, nannte Namen und Absicht, und sofort hellte sich der Stern des Auges in der fast blauleuchtenden Pupille mir zu. Zwei, drei volle fragende Sekunden überkreiste dieser Glanz mein Gesicht vom Kinn bis ins Haar: ich mochte wohl errötet sein, und unter dieser mild inquisitorischen Betrachtung, denn er quittierte meine Verwirrung mit einem geschwinden Lächeln. »Also Sie wollen bei mir inskribieren: da müssen wir noch ausführlicher miteinander sprechen. Entschuldigen Sie mich, daß ichs nicht sofort tue. Ich habe jetzt noch einiges zu erledigen; vielleicht erwarten Sie mich unten vor dem Tor und begleiten mich dann nach Hause.« Dabei bot er mir die Hand, die zarte, schmale Hand, die sich leichter als ein Handschuh an meine Finger legte, schon dem Nächstwartenden freundlich zugewandt.

Zehn Minuten harrte ich vor dem Tor klopfenden Herzens. Was sagen, wenn er nach meinen Studien fragte, wie ihm bekennen, daß alles Dichterische weder meine Arbeit noch meine Mußestunden je beschäftigt? Würde er mich nicht mißachten oder am Ende von vornherein ausschließen aus jenem feurigen Kreis, der mich heute magisch umfangen? Aber kaum daß er, rasch genähert und guten Lächelns, jetzt vortrat, nahm schon seine Gegenwart alle Befangenheit, ja, ohne daß er mich gedrängt, beichtete ich (unfähig, vor ihm mich zu verbergen), mein erstes Semester so ziemlich versäumt zu haben. Wieder umfing mich jener warme anteilnehmende Blick. »Auch die Pause gehört zur Musik«, lächelte er ermutigend, und offenbar um mich nicht weiter in meiner Unwissenheit zu beschämen, erkundigte er sich nach bloß persönlichen Dingen, nach meiner Heimat, und wo ich hier zu wohnen gedächte. Als ich ihm mitteilte, ich hätte bislang noch kein Zimmer gefunden, bot er mir seine Hilfe an und riet, ich möchte vorerst in seinem Hause mich erkundigen, dort vermiete eine alte, halbtaube Frau ein nettes Zimmerchen, mit dem jeder seiner Schüler jeweils zufrieden gewesen sei. Und für alles andere wolle er selber sorgen: erfülle ich wirklich die Absicht, das Studium ernst zu nehmen, so betrachte er es als liebste Pflicht, mir in jeder Weise förderlich zu sein. Wieder bot er mir, vor seiner Wohnung angelangt, die Hand und lud mich ein, ihn am nächsten Abend zu Hause zu besuchen, damit wir einen Studienplan gemeinsam ausarbeiten. Und so groß war meine Dankbarkeit für die unverhoffte Güte dieses Menschen, daß ich nur ehrfürchtig seine Hand ertastete, verworren den Hut zog und vergaß, ihm mit einem Worte zu danken.

Selbstverständlich mietete ich sogleich das Zimmerchen im gleichen Hause. Ich hätte es nicht minder genommen, hätte es mir auch durchaus nicht zugesagt, und dies einzig aus dem naiv dankbaren Gefühl, diesem zauberischen Lehrer, der mir in einer Stunde mehr gegeben als alle andern, räumlich näher zu sein. Aber das Zimmerchen war reizend: das Dachgeschoß über der Wohnung meines Lehrers, ein wenig dunkel vom überhängenden Holzgiebel, gestattete es weitgerundeten Fensterblick auf die nachbarlichen Dächer und den Kirchturm; ferne sah man schon grünes Geviert und darüber die Wolken, die heimatgeliebten. Ein altes stocktaubes Frauchen sorgte mit rührender Mütterlichkeit für ihre jeweiligen Pfleglinge; in zwei Minuten war ich einig mit ihr, und eine Stunde später knirschte schon mein Koffer die knarrende Holztreppe hinauf.

An jenem Abend ging ich nicht mehr aus, ja ich vergaß zu essen, zu rauchen. Mit dem ersten Griff hatte ich aus dem Koffer den zufällig beigepackten Shakespeare geholt, ungeduldig, ihn (seit Jahren wieder zum erstenmal) zu lesen; meine Neugier war durch jenen Vortrag leidenschaftlich entzündet, und ich las gedichtetes Wort, wie ich es nie gelesen. Kann man derartige Verwandlungen erklären? Aber mit einmal ging mir eine Welt im Geschriebenen auf, die Worte zuckten nur so auf mich zu, als suchten sie mich seit Jahrhunderten; eine Feuerwoge lief der Vers, mich mitreißend, bis ins Adernwerk hinein, daß ich jene seltsame Gelockertheit in den Schläfen fühlte wie bei einem Flugtraum. Ich zuckte, ich zitterte, ich fühlte das Blut wärmer mich durchwogen, wie Fieber flogs mich an – all das war mir vordem nie geschehen, und ich hatte doch nichts erlebt als das Hören einer passionierten Rede. Aber von dieser Rede mußte wohl noch Rausch in mir sein, ich hörte, wenn ich eine Zeile laut wiederholte, wie meine Stimme seine Stimme unbewußt nachahmte, die Sätze stürmten in gleichem fortschießendem Rhythmus, und meine Hände hatten Lust, genau wie die seinen wölbend auszufahren – wie durch Magie hatte ich in einer Stunde die Mauer, die bislang zwischen mir und der geistigen Welt stand, durchstoßen und entdeckte, der Leidenschaftliche, mir eine neue Leidenschaft, die mir treu geblieben ist bis zum heutigen Tage: die Lust am Mitgenießen alles Irdischen im beseelten Wort. Zufällig war ich auf den ›Coriolan‹ gestoßen, und wie ein Taumel kams über mich, als ich in mir alle Elemente dieses fremdesten aller Römer fand: Stolz, Hochmut, Zorn, Hohn, Spott, alles Salz, alles Blei, alles Gold, alle Metalle des Gefühls. Was für eine neue Lust, dies magisch mit einmal zu ahnen, zu verstehen! Ich las und las, bis mir die Augen brannten; als ich auf die Uhr sah, zeigte sie halb vier. Beinahe erschreckt über die neue Gewalt, die sechs Stunden mir alle Sinne erregt und betäubt zugleich, löschte ich das Licht. Aber innen glühten und zuckten die Bilder noch weiter, ich konnte kaum schlafen vor Sehnsucht und Erwartung nach dem nächsten Tag, der die so zauberisch aufgetane Welt mir erweitern und ganz zu eigen machen sollte.

Aber der nächste Morgen brachte Enttäuschung. Ungeduldig hatte ich mich als einer der ersten im Hörsaal eingefunden, wo mein Lehrer (denn so will ich ihn fortab nennen) sein Kolleg über englische Lautlehre lesen sollte. Schon als er eintrat, erschrak ich: war dies denn derselbe von gestern, oder hatte ihn nur meine erregte Stimmung und Erinnerung befeuert zu einem Coriolan, der auf dem Forum das Wort als Blitzstrahl führt, heldenhaft kühn, niederschlagend und bezwingend? Der hier mit leisem schleppendem Schritt eintrat, war ein alter, müder Mann. Als sei eine leuchtende Mattscheibe von seinem Antlitz weggenommen, so merkte ich jetzt von der ersten Bankreihe seine fast kränklich matten Züge von scharfen Runzeln und breiten Schrunden durchackert; blaue Schatten höhlten Rinnsale querhin in das schlaffe Grau der Wangen. Über die Augen schatteten dem Lesenden zu schwere Lider, auch der Mund mit den zu blassen, zu schmalen Lippen gab dem Wort kein Metall: wo war seine Heiterkeit, der sich selbst aufjubelnde Überschwang? Selbst die Stimme schien mir fremd; gleichsam vom grammatikalischen Thema ernüchtert, ging sie steif durch trocken knirschenden Sand in monoton ermüdendem Schritt.

Unruhe überkam mich. Das war ja gar nicht der Mann, auf den ich seit der ersten Stunde heute gewartet: wohin war sein Antlitz vergangen, sein gestern so astralisch mir erhelltes? Hier spulte ein abgenützter Professor sachlich sein Thema ab; immer horchte ich mit neuer Angst in sein Wort hinein, ob nicht doch jener Ton von gestern wiederkehren wollte, die warme Vibration, die wie eine klingende Hand in mein Gefühl gegriffen und es zur Leidenschaft emporgestimmt. Immer unruhiger stieg mein Blick zu ihm auf, voll Enttäuschung das entfremdete Gesicht übertastend: das Antlitz hier, unleugbar, es war dasselbe, aber gleichsam entleert, enthöhlt aller zeugenden Kräfte, müde, alt, eines alten Mannes pergamentene Larve. Aber war derlei möglich? Konnte man so jung sein eine Stunde und so unjugendlich die nächste schon? Gab es derart plötzliche Wallungen des Geistes, daß sie mit dem Wort auch das Antlitz durchformen und um Jahrzehnte verjüngen?

Die Frage quälte mich. Wie ein Durst brannte mirs innen, mehr von diesem zwiefältigen Manne zu wissen. Und einer plötzlichen Eingebung folgend, eilte ich, kaum daß er blicklos an uns vorbei das Katheder verlassen, in die Bibliothek und forderte seine Werke. Vielleicht war er nur müde gewesen heute, sein Elan von einem Unbehagen des Leibes gedämpft: hier aber, im dauernd Niedergelegten der Gestaltung mußte doch Einstieg und Schlüssel sein in seine mich merkwürdig anfordernde Erscheinung. Der Diener brachte die Bücher: ich erstaunte, wie wenige. In zwanzig Jahren hatte der alternde Mann also nicht mehr veröffentlicht als diese dünne Reihe loser Bändchen, Einleitungen, Vorreden, eine Diskussion über die Echtheit des Shakespeareschen Perikles, ein Vergleich zwischen Hölderlin und Shelley (dies freilich zu einer Zeit, wo weder der eine noch der andere seinem Volke als Genius galt) und sonst nur philologischen Kleinkram? Freilich: in allen Schriften war als vorbereitet ein zweibändiges Werk angekündigt: ›Das Globe-Theater, seine Geschichte, seine Darstellung, seine Dichter‹, doch trotzdem jene erste Voranzeige bereits zwei Jahrzehnte rückdatierte, bestätigte mir der Bibliothekar auf eine nochmalige Anfrage, niemals sei es erschienen. Ein wenig zaghaft und schon nur mehr mit halbem Mut blätterte ich die Schriften an, sehnsüchtig, aus ihnen die rauschende Stimme, jenes Hinbrausen des Rhythmus mir zu erneuern. Aber der Schritt dieser Schriften pendelte beharrlichen Ernstes, nirgends zitterte der heiß taktierte, sich selbst wie Welle die Welle überspringende Rhythmus jener rauschenden Rede. Wie schade! seufzte etwas in mir. Ich hätte mich selbst schlagen können, so bebte ich vor Zorn und Mißtrauen gegen mein allzu rasch und leichtgläubig ihm hingeliehenes Gefühl.

Aber nachmittags im Seminar erkannte ich ihn wieder. Diesmal sprach er zunächst nicht selber. Nach englischer College-Sitte waren diesmal zwei Dutzend Studenten zur Diskussion in Redner und Widerredner geteilt, als Thema neuerdings eins aus seinem geliebten Shakespeare gesetzt, nämlich, ob Troilus und Cressida (sein Lieblingswerk) als parodistische Figuren zu gelten hätten, das Werk selbst als Satyrspiel oder eine hinter Hohn verdeckte Tragödie. Bald entzündete sich, von seiner geschickten Hand angefacht, aus bloß geistigem Gespräch eine elektrische Erregung – Argument sprang schlagkräftig gegen lässige Behauptung, Zwischenrufe stachelten scharf und schneidend die Diskussion zur Hitzigkeit, bis die jungen Menschen fast feindlich aufeinander losfuhren. Dann erst, als die Funken klirrten, sprang er dazwischen, lockerte den allzu heftigen Zugriff, die Diskussion geschickt auf das Thematische zurückführend, um ihr aber gleichzeitig durch einen heimlichen Ruck ins Zeitlose verstärkten geistigen Schwung zu geben – und so stand er plötzlich inmitten dieses dialektischen Flammenspiels, selber heiter erregt, den Hahnenkampf der Meinungen in einem anstachelnd und zurückreißend, Meister dieser aufgestürmten Welle von jugendlichem Enthusiasmus und selber überströmt von ihr. An den Tisch gelehnt, die Arme über der Brust gekreuzt, blickte er von einem zum andern, diesen anlächelnd, jenen mit einem heimlichen Wink zur Gegenrede ermunternd, und angeregt wie gestern glänzte sein Auge: ich spürte, er mußte sich bändigen, um nicht selbst ihnen allen mit einem Griff das Wort vom Munde zu reißen. Aber er hielt sich gewaltsam zurück, ich sahs an den Händen, die sich immer fester über der Brust als eine Daube anpreßten, ich erriets an den springenden Mundwinkeln, die mit Mühe das schon aufzuckende Wort niederdrückten. Und plötzlich gelang es ihm nicht mehr, er warf sich wie ein Schwimmer rauschend hinein in die Diskussion – mit einer wuchtigen Geste der losfahrenden Hand zerhieb er den Tumult wie mit einem Taktstock: sofort verstummten alle, und nun faßte er in seiner wölbenden Art alle Argumente zusammen. Und aufstieg, indem er sprach, jenes Gesicht von gestern, die Falten vergingen hinter dem flatternden Nervenspiel, zu kühner herrschender Geste reckte sich Hals und Statur, und aus seiner lauschend geduckten Haltung warf er sich in die Rede wie in einen stürzenden Strom. Die Improvisation riß ihn hin: nun begann ich zu ahnen, daß er, nüchtern mit sich allein, im sachlichen Kolleg oder in der einsamen Schreibstube jenes Zündstoffs entbehrte, der ihm hier, in unserer gepreßten atemlosen Gebanntheit, die innere Wand aufsprengte; er brauchte, oh, wie fühlte ich das, unseren Enthusiasmus für den seinen, unser Aufgetansein für seine Verschwendung, uns Jugend für das Jungsein in der Begeisterung. Wie ein Zimbalschläger sich berauscht an dem immer wilderen Rhythmus seiner eifernden Hände, so wurde seine Rede immer besser, immer flammender, immer farbiger im heißeren Wort, und je tiefer wir schwiegen (man fühlte unwillkürlich unsere Atemlosigkeit im Raum), um so höher, um so spannender, um so hymnischer schwang seine Darstellung sich auf. Und alle gehörten wir einzig ihm in diesen Minuten, ganz eingelauscht, eingerauscht in jenen Überschwang.

Und wieder, als er plötzlich mit einem Anruf aus Goethes Shakespeare-Rede endigte, brach unsere Erregung ungestüm entzwei. Und wieder wie gestern lehnte er erschöpft an dem Tisch, das Gesicht bleich, aber noch überrieselt von kleinen zuckenden Läufen und Trillern der Nerven, und im Auge glimmerte merkwürdig die weiterströmende Wollust der Ergießung wie bei einer Frau, die eben sich übermächtiger Umarmung entrungen. Ich hatte Scheu, jetzt mit ihm zu sprechen; aber zufällig traf mich sein Blick. Und offenbar fühlte er meine begeisterte Dankbarkeit, denn er lächelte mir freundlich zu, und leicht mir zugeneigt, die Hand meiner Schulter umlegend, erinnerte er mich, heute abend, wie vereinbart, zu ihm zu kommen.

Pünktlich um sieben Uhr war ich dann bei ihm; mit welchem Zittern überschritt ich Knabe diese Schwelle zum erstenmal! Nichts ist ja leidenschaftlicher als die Verehrung eines Jünglings, nichts scheuer, nichts frauenhafter als ihre unruhige Scham. Man führte mich in sein Arbeitszimmer, einen halbdunklen Raum, in dem ich vorerst nur, ihre gläsernen Scheiben durchblinkend, die farbigen Rücken vieler Bücher sah. Über dem Schreibtisch hing Raffaels ›Schule von Athen‹, ein Bild, von ihm (wie er mir später ausführte) besonders geliebt, weil alle Arten des Lehrens, alle Gestaltungen des Geistes sich hier symbolisch zu vollkommener Synthese einen. Ich sah es zum erstenmal: unwillkürlich meinte ich in Sokrates' eigenwilligem Gesicht eine Ähnlichkeit mit seiner Stirn zu entdecken. Von rückwärts leuchtete etwas weißmarmorn, die Büste des Pariser Ganymed in schöner Verkleinerung, daneben der heilige Sebastian eines altdeutschen Meisters, tragische Schönheit neben die genießende wohl nicht zufällig gestellt. Pochenden Herzens wartete ich, atemstumm wie all die ringsum edel-schweigsamen Kunstgestalten; aus diesen Dingen sprach symbolisch eine mir neue Art der geistigen Schönheit, die ich nie geahnt und die mir noch nicht deutlich war, wenn ich auch sie brüderhaft zu spüren mich schon bereitet fühlte. Aber der Betrachtung blieb nur knappe Frist, denn eben trat der Erwartete ein und auf mich zu; wieder berührte mich jener weichumhüllende, jener wie verdecktes Feuer schwelende Blick, der zum eigenen Staunen das Geheimste in mir auftaute. Ich sprach sofort ganz frei zu ihm wie zu einem Freunde, und als er nach meinem Berliner Studiengang fragte, drängte sich mir plötzlich – ich erschrak in der gleichen Sekunde – jene Erzählung von dem Besuche meines Vaters auf die Lippe, und ich bekräftigte dem Fremden jenes geheime Gelöbnis, mit äußerstem Ernst mich dem Studium hinzugeben. Er sah mich bewegt an. »Nicht nur mit Ernst, mein Junge«, sagte er dann, »vor allem mit Leidenschaft. Wer nicht passioniert ist, wird bestenfalls ein Schulmann – von innen her muß man an die Dinge kommen, immer, immer von der Leidenschaft her.« Immer wärmer wurde seine Stimme, immer dunkler das Zimmer. Er erzählte viel von seiner eigenen Jugend, wie auch er töricht begonnen und erst spät sich die eigene Neigung entdeckt: ich solle nur Mut haben, und soweit es an ihm liege, wollte er mir förderlich sein; unbesorgt möge ich mit allen Wünschen und Fragen mich an ihn wenden. Noch nie hatte jemand so anteilnehmend, so tiefverständig in meinem Leben zu mir geredet; ich zitterte vor Dankbarkeit und war des Dunkels froh, daß es meine nassen Augen barg.

Stundenlang hätte ich, unachtsam der Zeit, so verweilen können, da klopfte es leise. Die Türe ging, eine schmale Gestalt trat herein, schattenhaft. Er stand auf und stellte vor: »Meine Frau.« Der schlanke Schatten kam undeutlich heran, legte eine schmale Hand in die meine und mahnte dann, an ihn gewandt: »Das Abendessen ist bereit.« »Ja, ja, ich weiß«, antwortete er hastig und (so dünkte es mich zumindest) ein wenig ärgerlich. Etwas Kaltes schien plötzlich in seine Stimme geraten, und wie jetzt das elektrische Licht aufflammte, war es wieder der gealterte Mann des nüchternen Schulsaals, der mit lässiger Gebärde mir Abschied bot.

Die nächsten beiden Wochen verbrachte ich in einem leidenschaftlichen Furor des Lesens und Lernens. Ich verließ kaum das Zimmer, nahm, um keine Zeit zu verlieren, stehend meine Mahlzeiten, ich studierte ohne Innehalten, ohne Pause, beinahe ohne Schlaf. Mir ging es wie jenem Prinzen im morgenländischen Zaubermärchen, der, ein Siegel nach dem andern von der Tür verschlossener Zimmer lösend, in jedem Zimmer immer noch mehr

Juwelen und Edelsteine gehäuft findet und immer gieriger nun die ganze Flucht dieser Gemächer nachforscht, ungeduldig, zum letzten zu gelangen. Genau so stürzte ich aus einem Buch ins andere, von jedem berauscht, von keinem gesättigt: meine Unbändigkeit war nun ins Geistige gefahren. Eine erste Ahnung von der weglosen Weite der geistigen Welt hatte mich überkommen, ebenso verführerisch für mich als die abenteuerliche der Städte, zugleich aber auch die knabenhafte Angst, sie nicht bewältigen zu können; so sparte ich mit Schlaf, mit Vergnügen, mit Gespräch, mit jeder Form der Ablenkung, nur um die Zeit, die zum erstenmal als kostbar verstandene, zu nützen. Doch was vor allem meinen Fleiß dermaßen hitzte, war die Eitelkeit, vor meinem Lehrer zu bestehen, sein Vertrauen nicht zu enttäuschen, ein zustimmendes Lächeln zu erobern, von ihm gespürt zu werden, wie ich ihn spürte. Jeder flüchtigste Anlaß diente als Probe; unablässig spornte ich die ungelenken, nun aber merkwürdig beschwingten Sinne, ihm zu imponieren, ihn zu überraschen: nannte er im Vortrage einen Dichter, dessen Werk mir fremd war, so warf ich mich nachmittags auf die Suche, um tags darauf eitel meine Kenntnis in der Diskussion vorprahlen zu können. Ein zufällig geäußerter Wunsch, von den andern kaum bemerkt, verwandelte sich mir zu Befehl: so genügte eine lässig hingeworfene Bemerkung wider das ewige Qualmen der Studenten, daß ich sofort die brennende Zigarette wegwarf und mit einem Ruck die gerügte Gewohnheit für immer unterdrückte. Wie eines Evangelisten Wort war mir das seine gleichzeitig Gnade und Gesetz; unablässig auf der Lauer, griff meine starkgespannte Aufmerksamkeit jede seiner gleichgültig hingestreuten Bemerkungen gierig auf. Jedes Wort, jede Geste sackte ich habgierig ein, zu Hause das Erraffte mit allen Sinnen leidenschaftlich betastend und bewahrend; und wie ihn einzig als Führer, so empfand meine unduldsame Passioniertheit alle Kameraden einzig als Feinde, die zu überrennen und zu übertreffen tagtäglich sich der eifersüchtige Wille aufs neue beschwor.

Fühlte er nun, wieviel er mir bedeutete, oder hatte er dies Ungestüme meines Wesens liebgewonnen – jedenfalls zeichnete mich mein Lehrer bald durch offensichtliche Anteilnahme besonders aus. Er beriet meine Lektüre, schob den Neuling, fast ungebührlich, in den gemeinschaftlichen Diskussionen vor, und oftmals durfte ich abends zu vertraulichem Gespräche ihn besuchen. Dann nahm er meist eins der Bücher von der Wand und las mit jener sonoren Stimme, die in der Erregung immer um eine Skala heller und klingender wurde, aus Gedichten und Tragödien oder erklärte strittige Probleme; in diesen ersten beiden Wochen des Rausches habe ich mehr gelernt vom Wesenhaften der Kunst als bisher in neunzehn Jahren. Immer waren wir allein in dieser mir zu kurzen Stunde. Gegen acht Uhr klopfte es dann leise an die Tür: seine Frau mahnte zum Abendessen. Aber nie mehr betrat sie das Zimmer, offenbar einer Weisung gehorchend, unser Gespräch nicht zu unterbrechen.

So waren vierzehn Tage vergangen, prall gefüllte, durchhitzte Frühsommertage, als eines Morgens wie eine überspannte Stahlfeder die Arbeitskraft in mir absprang. Schon vordem hatte mich mein Lehrer gewarnt, ich solle den Eifer nicht übertreiben, ab und zu einen Tag aussetzen und ins Freie gehen – nun erfüllte sich plötzlich jene Voraussage: ich wachte dumpf von dumpfem Schlafe auf, alle Lettern flirrten stecknadelköpfig, sobald ich zu lesen versuchte. Auch dem geringsten Wort meines Lehrers sklavisch treu, beschloß ich sofort, zu gehorchen und einen freien, spielhaften Tag zwischen die bildungsgierigen einzuschalten. Ich zog gleich morgens los, besah zum erstenmal die teilweise altertümliche Stadt, stieg, nur um den Körper zu spannen, die Hunderte von Stufen zum Kirchturm hinauf, um dort von der Plattform im grünen Umkreis einen kleinen See zu entdecken. Nun liebte ich wasserkantiger Nordländer leidenschaftlich den Schwimmsport, und gerade hier oben auf dem Turme, zu dem selbst wie grünes Teichgelände die gesprenkelten Wiesen emporschimmerten, überkam mich, als wäre es hergestürmt von heimatlichem Wind, plötzlich ein unbändiges Verlangen, mich wieder in das geliebte Element zu werfen. Und kaum daß ich nach Tisch jene Badeanstalt aufgefunden und mich im Wasser getummelt, begann mein Körper sich wieder lustvoll zu spüren, die Muskeln an meinen Armen streckten sich seit Wochen wieder in biegsamer Kraft, Sonne und Wind an meiner nackten Haut rückverwandelten mich innerhalb einer halben Stunde in den ungestümen Burschen von vordem, der sich wild mit Kameraden balgte, für eine Tollkühnheit sein Leben wagte; ich wußte nichts mehr, wild herumplusternd und mich reckend, von Büchern und Wissenschaft. Mit jener mir eigenen Besessenheit nun wieder der lang entbehrten Passion verfallen, hatte ich zwei Stunden in dem wiedergefundenen Element gewühlt, dreißigmal vielleicht war ich vom Brett gesprungen, um im Sturz den Überschwall von Kraft zu entladen, zweimal war ich quer über den See geschwommen, und noch immer mein

Unband nicht erschöpft. Prustend und an allen aufgespannten Muskeln gerüttelt, suchte ich herum nach irgendeiner neuen Probe, ungeduldig, etwas Starkes, Verwegenes, Übermütiges zu tun.

Da knatterte drüben vom Damenbad her das Sprungbrett, ich spürte nachzitternd bis heran ins Gebälk den Schwung kräftigen Abstoßes. Und schon schnellte, von der Kurve des Sprungs zu stählernem Halbbogen wie ein Türkensäbel geformt, ein schlanker Frauenkörper hoch und kopfüber hinab. Einen Augenblick höhlte der Sprung einen klatschenden und gleich weiß aufschäumenden Wirbel, dann tauchte die straffe Gestalt wieder auf, mit nervigen Schwimmstößen der Teichinsel zustrebend. »Ihr nach! Einholen!« – Sportlust riß meine Muskeln an, mit einem Ruck schnellte ich mich ins Wasser und stieß, die Schulter vorgestemmt, mit erbitterten Tempos ihrer Spur nach. Aber offenbar die Verfolgung bemerkend und gleichfalls sportbereit, nützte die Verfolgte wacker ihren Vorsprung, schrägte geschickt an der Insel vorbei, um dann hastig zurückzusteuern. Ich, ihre Absicht rasch erkennend, warf mich gleichfalls rechtsüber und paddelte so kräftig, daß meine vorstoßende Hand schon ihr ins Kielwasser kam, bloß eine Spanne trennte uns noch – da tauchte herzhaft listig die Verfolgte plötzlich unter, um dann, eine kleine Weile später, knapp an der Barriere der Damenabteilung emporzukommen, die weiterer Verfolgung wehrte. Triefend stieg die Siegerin die Treppe hinauf: einen Augenblick mußte sie innehalten, die Hand an die Brust gepreßt, offenbar versagte ihr der Atem; dann aber wandte sie sich um, und als sie mich an der Grenze gehemmt sah, lachte sie mit blanken Zähnen triumphierend herüber. Ihr Gesicht konnte ich gegen die schroffe Sonne und unter der Schwimmhaube nicht recht wahrnehmen, nur das Lachen glänzte höhnisch und blank auf den Besiegten zu.

Ich ärgerte mich und freute mich zugleich: zum erstenmal seit Berlin hatte ich wieder jenen anerkennenden Blick einer Frau gespürt – vielleicht winkte da ein Abenteuer. Mit drei Stößen schwamm ich hinüber ins Herrenbad, riß mir die Kleidung flink über die noch nasse Haut, nur um rechtzeitig beim Ausgang sie abpassen zu können. Zehn Minuten mußte ich warten, dann kam – durch die knabenhaft schmalen Formen unverkennbar – meine übermütige Gegnerin leichten Schrittes und beschleunigte ihn noch, sobald sie mich warten sah, in der offenbaren Absicht, mir die Möglichkeit eines Ansprechens abzuschneiden. Sie lief ebenso muskelhaft behend, wie sie vordem geschwommen, alle Gelenke gehorchten sehnig diesem ephebisch schmalen, vielleicht etwas zu schmalen Körper: ich hatte wahrhaftig keuchende Not, die fliegend Ausschreitende einzuholen, ohne mich auffällig zu machen. Endlich gelangs; an einer Wegwende querte ich geschickt vor, lüftete nach studentischer Art weitausholend den Hut und fragte, ehe ich ihr noch recht ins Auge gesehen, ob ich sie begleiten dürfe. Sie warf von der Seite einen spöttischen Blick, und ohne daß sich das hitzige Tempo verlangsamte, antwortete mir fast aufreizende Ironie: »Wenn ich Ihnen nicht zu rasch gehe, warum nicht! Ich habe große Eile.« Durch diese Unbefangenheit ermutigt, wurde ich zudringlicher, stellte ein Dutzend neugieriger, meist alberner Fragen, die sie aber bereitwillig und mit so verblüffender Freiheit beantwortete, daß meine Absichten eigentlich mehr verwirrt als gefördert wurden. Denn mein Berliner Ansprechkodex war mehr auf Widerstand und Spöttischkeit eingestellt als auf dermaßen franke Aussprache während eines Geschwindschrittes: so hatte ich zum zweitenmal das Gefühl, recht ungeschickt an eine überlegene Gegnerin geraten zu sein.

Aber es sollte noch schlimmer kommen. Denn als ich, meine indiskreten Eindringlichkeiten vermehrend, sie fragte, wo sie wohne – da wandten sich plötzlich scharf zwei haselbraune übermütige Augen herüber und blitzten, ein Lachen gar nicht mehr verbergend: »In Ihrer allernächsten Nähe.« Verblüfft starrte ich auf. Sie sah von der Seite noch einmal herüber, ob der Partherpfeil sitze. Und wirklich, er stak mir in der Kehle. Mit einmal war es vorbei mit dem frech berlinerischen Ansprechton, ganz unsicher, ja devot stammelte ich, ob ihr meine Begleitung dann nicht lästig sei. »Aber wieso denn«, lächelte sie von neuem, »wir haben ja nur mehr zwei Straßen, und die können wir doch gemeinsam laufen.« In diesem Augenblick schwirrte mir das Blut, ich konnte kaum weiter, aber was halfs, ein Abschwenken wäre noch beleidigender gewesen: so mußte ich mit bis zu dem Hause, wo ich wohnte. Da hielt sie plötzlich inne, bot mir die Hand und sagte leichthin: »Dank für die Begleitung! Sie kommen ja heute um sechs Uhr zu meinem Mann.«

Ich muß blutrot geworden sein vor Scham. Aber noch ehe ich mich entschuldigen konnte, war sie schon flink die Treppe hinauf, und ich stand da, mit Schrecken die einfältigen Reden bedenkend, deren ich mich tölpelhaft erfrecht. Zum Sonntagsausflug hatte ich flunkernder Narr sie wie ein Nähmädel eingeladen, in schleißiger Weise ihren Körper gerühmt, dann die sentimentale Walze des vereinsamten Studenten gedreht – mir war, als müßte ich erbrechen vor Scham, so würgte mich der Ekel. Und nun ging sie lachend, bis zu den Ohren voll Übermut zu ihrem Mann, meine Albernheiten zu verraten an ihn, dessen Urteil mir am meisten von allen Menschen wog, und vor dem lächerlich zu erscheinen mir qualvoller ankam, als nackt auf dem offenen Marktplatz ausgepeitscht zu sein.

Entsetzliche Stunden bis zum Abend: tausendmal malte ich mirs aus, wie er mich empfangen würde mit seinem feinen ironischen Lächeln – oh, ich wußte ja, er meisterte die Kunst des sardonischen Wortes und wußte einen Scherz rotglühend zu spitzen, daß er stach bis aufs Blut. Ein Verurteilter kann nicht gewürgter das Schafott hinaufsteigen als ich damals die Treppe, und kaum ich, ein dickes Schlucken in der Kehle mühsam niederwürgend, sein Zimmer betrat, mehrte sich noch meine Verwirrung, war mir doch, als hätte ich vom Nebenraum flüsterndes Rauschen eines Frauenkleides gehört. Gewiß horchte sie da, die Übermütige, sich an meiner Verlegenheit zu weiden, die Blamage des mauldrescherischen Jungen mitzugenießen. Endlich kam mein Lehrer. »Was ist Ihnen denn?« fragte er besorgt. »Sie sind so blaß heute.« Ich wehrte ab, innerlich den Streich erwartend. Aber die gefürchtete Exekution blieb aus, er sprach ganz wie sonst von wissenschaftlichen Dingen: kein Wort, so ängstlich ich jedes anhorchte, barg Anspielung oder Ironie. Und – erst erstaunt und dann beglückt – erkannte ich: sie hatte geschwiegen.

Um acht Uhr pochte es wieder an der Tür. Ich verabschiedete mich: das Herz stand mir wieder gerade in der Brust. Als ich aus der Tür trat, kam sie vorbei: ich grüßte, und ihr Blick lächelte mir leicht zu. Und strömenden Blutes deutete ich mir dies Verzeihen als ein Versprechen, auch weiterhin zu schweigen.

Von jener Stunde begann für mich eine neue Art der Aufmerksamkeit; bisher hatte meine knabenhaft andächtige Verehrung den vergötterten Lehrer dermaßen als Genius einer andern Welt empfunden, daß ich sein privates, sein irdisches Leben vollkommen zu beachten vergaß. In der übertreiblichen Art, die jeder wahren Schwärmerei innewohnt, hatte ich sein Dasein mir vollkommen weggesteigert von allen täglichen Verrichtungen unserer methodisch geordneten Welt. Und so wenig etwa ein zum erstenmal Verliebter wagt, das vergötterte Mädchen in Gedanken zu entkleiden und als ebenso natürlich wie die tausend andern rocktragenden Wesen zu betrachten, so wenig wagte ich einen schleicherischen Blick in seine private Existenz: nur sublimiert empfand ich ihn immer, abgelöst von allem Gegenständlich-Gemeinen als Boten des Wortes, als Hülle des schöpferischen Geistes. Nun, da jenes tragikomische Abenteuer mir plötzlich seine Frau in den Weg stieß, konnte ich nicht umhin, seine familiäre, seine häusliche Existenz intimer zu beobachten; eigentlich wider meinen Willen schlug eine unruhig späherische Neugier in mir die Augen auf. Und kaum daß dieser spürende Blick in mir begann, verwirrte er sich schon, denn dieses Mannes Existenz innerhalb des eigenen Gevierts war eigentümlich und von beinahe beängstigender Rätselhaftigkeit. Beim erstenmal schon, als ich kurz nach jener Begegnung zu Tische geladen wurde und ihn nicht allein, sondern mit seiner Frau sah, regte sich merkwürdiger Verdacht einer eigenartig krausen Lebensgemeinschaft, und je mehr ich dann in den innern Kreis des Hauses vordrang, um so verwirrender wurde mir dies Gefühl. Nicht daß in Wort oder Geste sich eine Spannung oder Verstimmung zwischen beiden kundgetan hätte: im Gegenteil, das Nichts war es, das Nichtvorhandensein irgendeiner Spannung zu- oder gegeneinander, das so seltsam sie beide verhüllte und undurchsichtig machte, eine schwere föhnige Windstille des Gefühls, die jene Atmosphäre drückender machte als Sturm eines Streits oder Wetterleuchten verborgenen Grolls. Äußerlich verriet nichts eine Reizung oder Spannung; nur Entfernung von innen her fühlte sich stärker und stärker. Denn Frage und Antwort in ihrem seltenen Gespräch berührte sie nur gleichsam mit hastigen Fingerspitzen, nie ging es herzlich ineinander, Hand in Hand, und selbst mir gegenüber blieb bei den Mahlzeiten seine Rede stockig und gebunden. Und manchmal frostete das Gespräch, solange wir nicht wieder zur Arbeit zurückkehrten, zu einem einzigen breiten Blocke Schweigens zusammen, den schließlich keiner mehr anzubrechen wagte und dessen kalte Last mir noch stundenlang auf der Seele drückend blieb.

Vor allem erschreckte mich sein vollkommenes Alleinsein. Dieser aufgetane, durchaus expansiv veranlagte Mann hatte keinerlei Freund, seine Schüler allein waren ihm Umgang und Trost. An die Kollegen der Universität band ihn keine Beziehung als jene der höflichen Korrektheit, Gesellschaften besuchte er niemals; oft verließ er tagelang das Haus nicht zu anderm Weg als die zwanzig Schritte zur Universität. Alles grub er stumm in sich ein, sich weder Menschen noch der Schrift vertrauend. Und nun verstand ich auch das Eruptive, das Fanatisch-Überströmende seiner Reden im Kreise der Studenten: da brach aus tagelanger Stauung die Mitteilsamkeit hervor, alle Gedanken, die er schweigend in sich trug, stürzten mit jener Unbändigkeit, die der Reiter bei Pferden sinnvoll Stallfeuer nennt, brausend aus der Hürde des Schweigens in diese Wettjagd der Worte.

Zu Hause sprach er ganz selten, am wenigsten zu seiner Frau. Und mit einem ängstlichen, beinahe schamvollen Staunen erkannte selbst ich unerfahrener junger Bursche, daß hier zwischen zwei Menschen ein Schatten schwebte, ein wehender, immer gegenwärtiger Schatten aus unfühlbarem Stoff, aber doch vollkommen einen vom andern abschließend, und zum erstenmal ahnte ich, wieviel Geheimes eine Ehe nach außen verbirgt. Als sei ein Drudenfuß auf die Schwelle gezeichnet, so wagte niemals die Frau sein Arbeitszimmer ohne besondere Aufforderung zu betreten: damit markierte sich sichtbar ihre völlige Ausgesperrtheit von seiner geistigen Welt. Und niemals duldete mein Lehrer, daß von seinen Plänen und Arbeiten in ihrer Gegenwart gesprochen werde, ja die Art war mir geradezu peinlich, wie er, kaum daß sie eintrat, mit einem Riß mittendurch den leidenschaftlich geschwungenen Satz zerbrach. Etwas fast Beleidigendes und offenkundig Mißachtendes entbehrte da selbst der höflichen Verhüllung, brüsk und offen lehnte er ihre Teilnahme ab – sie aber schien das Beleidigende nicht zu bemerken oder daran schon gewöhnt. Mit ihrem übermütigen Jungengesicht, leicht und behend, muskelfreudig und rank, flog sie treppauf und -ab, hatte immer alle Hände voll zu tun und immer doch Zeit, ging in Theater, versäumte keine sportliche Betätigung – dagegen für Bücher, für den Hausstand, für alles Versperrte, Ruhige, Bedächtige fehlte der etwa fünfunddreißigjährigen Frau jeglicher Sinn. Ihr schien nur wohl zu sein, wenn sie – immer trällernd, gern lachend und stets zu spitzem Gespräch bereit – ihre Glieder im Tanz, im Schwimmen, im Lauf, in irgend etwas Vehementem ausfahren lassen konnte; mit mir sprach sie niemals ernst, immer nur neckte sie mich wie einen halbwüchsigen Jungen, nahm mich bestenfalls als Partner übermütiger Kraftproben. Und diese ihre behende hellsinnliche Art stand in so verwirrend gegensätzlichem Kontrast zu der dunklen, ganz in sich gezogenen, nur vom Geistigen zu beflügelnden Lebensform meines Lehrers, daß ich mit immer neuem Staunen mich fragte, was jemals diese beiden urfremden Naturen hatte zusammenbinden können. Freilich, mich selbst förderte nur dieser merkwürdige Kontrast: trat ich von entnervender Arbeit in ein Gespräch mit ihr, so wars, als sei mir ein drückender Helm von der Stirne genommen; alle Dinge ordneten sich aus ekstatischer Erhitzung wieder tagfarben und klar ins Irdische zurück, das heiter Umgängliche des

Lebens forderte spielhaft seine Rechte, und was ich beinahe in seiner anspannenden Gegenwart verlernte, das Lachen, entlastete wohltätig den übermächtigen Druck des Geistigen. Eine Art jungenhafter Kameradschaft knüpfte sich zwischen ihr und mir; gerade weil wir immer nur Gleichgültiges lässig plauderten oder gemeinsam ins Theater gingen, entbehrte unser Beisammensein jeder Spannung. Ein Einziges bloß unterbrach peinlich die völlige Unbesorgtheit unserer Gespräche, jedesmal mich verwirrend: und das war die Nennung seines Namens. Da stemmte sie unabänderlich meiner fragenden Neugier ein gereiztes Schweigen oder, wenn ich mich in Enthusiasmus redete, ein merkwürdig verdecktes Lächeln entgegen. Aber ihre Lippen blieben verschlossen: in anderer Art, aber mit gleich heftiger Gebärde stellte sie diesen Mann aus ihrem Leben wie er sie aus dem seinen. Und doch deckte beide schon fünfzehn Jahre das gleiche verschwiegene Dach.

Je undurchdringlicher aber dieses Geheimnis, um so mehr Verführung für meine leidenschaftliche Ungeduld. Hier war ein Schatten, ein Schleier, sonderbar nah bei jedem Windzug des Wortes fühlte ich ihn schwanken; mehrmals schon meinte ich, seine Spur zu fassen, da glitt es wieder fort, dieses verwirrende Gewebe, um im nächsten Augenblick mich neu zu überrieseln, doch niemals ward es tastbares Wort, faßbare Form. Nichts aber wirkt aufstörender, aufweckender bei einem jungen Menschen als das entnervende Spiel vager Vermutungen; der Phantasie, müßig sonst umschweifend, plötzlich offenbart sich ihr jagdhaftes Ziel, und schon fiebert sie in der neuentdeckten pürschenden Lust der Verfolgung. Ganz neue Sinne wuchsen mir bislang dumpfem Jungen in jenen Tagen zu, eine dünnhäutige Membran des Lauschens, die jeden Tonfall verräterisch abfing, ein spähender, weidhafter Blick voll Mißtrauen und Schärfe, eine umstöbernde, im Dunkel umgrabende Neugier – bis zur Schmerzhaftigkeit dehnten sich elastisch die Nerven, immer erregt vom Zugriff einer Ahnung und nie abklingend zu klarem Gefühl.

Doch ich mag sie nicht schelten, meine atemlos vorgebeugte Neugier, war sie doch rein. Was dermaßen alle Sinne in mir aufhob, dankte seine Erregtheit nicht lüsterner Schaulust, die hämisch ein Niedrig-Menschliches an einem Überlegenen zu ertappen liebt – im Gegenteil, sie färbte heimliche Angst, ein ratlos zögerndes Mitleid, das mit ungewisser Bangigkeit an diesen Schweigenden ein Leiden ahnte. Denn je näher ich seinem Leben trat, um so fühlsamer bedrückte mich der schon plastisch eingedrungene Schatten über meines Lehrers geliebtem Gesicht, jene edle, weil edel bemeisterte Melancholie, die niemals sich erniederte zu unwirscher Mürrischkeit oder fahrlässigem Zorn; hatte er mich, den Fremden, in erster Stunde angezogen durch das vulkanisch vorbrechende Geleucht seines Worts, nun erschütterte den Vertrauten noch tiefer seine Schweigsamkeit, die über seine Stirne wandernde Wolke der Trauer. Nichts ergreift ja derart mächtig einen jugendlichen Sinn als erhaben männliche Düsternis: Michelangelos in den eigenen Abgrund niederstarrender Denker, Beethovens bitter nach innen gezogener Mund, diese tragischen Masken des Weltleidens rühren stärker das ungeformte Gemüt als Mozarts silberne Melodie und das klingende Licht um Lionardos Gestalten. Schönheit sie selbst, hat Jugend der Verklärung nicht not: im Übermaß lebendiger Kräfte drängt sie dem Tragischen zu, und gern gestattet sie der Schwermut, süßen Zuges an ihrem noch unerfahrenen Blute zu saugen: darum auch die ewige Bereitschaft aller Jugend für die Gefahr und ihre brüderlich entbotene Hand zu jedem Leiden im Geiste.

Und eines solchen wahrhaft Leidenden Antlitz, hier erlebte ich es zum erstenmal. Kleiner Leute Sohn, aus bürgerlicher Behaglichkeit ungefährdet entwachsen, kannte ich die Sorge nur in den lächerlichen Masken des Alltags, als Ärger gekleidet, im gelben Gewand des Neids, klirrend mit dem Kleinkram des Geldes – dieses Gesichtes Verstörung, sie aber entstammte, sofort fühlte ichs, heiligerem Element. Aus Dunkelheiten kam dies Dunkel, von innen hatte hier ein grausamer Griffel Falten und Schrunden in vorzeitig zermorschte Wangen gezeichnet. Manchmal, wenn ich sein Zimmer betrat (immer mit der Scheu eines Kindes, das einem Hause naht, in dem Dämonen hausen) und seine Versunkenheit mein Klopfen überhörte, wenn ich dann plötzlich, schamvoll und bestürzt vor dem Selbstvergessenen stand, dann war mir, als sitze hier bloß Wagner, die leibliche Larve, in Faustens Gewand, indes der Geist umschweifte in rätselhaftem Geklüft und schaurigen Walpurgisnächten. In solchen Augenblicken waren seine Sinne vollkommen verschlossen, er hörte weder nahenden Schritt noch einen schüchternen Gruß. Fuhr er dann, jählings sich besinnend, auf, so versuchte hastiges Wort die Verlegenheit zu überdecken: er ging auf und nieder und mühte sich, durch Fragen den beobachtenden Blick von sich abzulenken. Aber lange hing dann noch immer das Dunkel über seiner Stirne, und erst das erglühende Gespräch vermochte dies von innen gesammelte Gewölk zu zerstreuen.

Er mußte es manchmal spüren, wie sehr sein Anblick mich

bewegte, an meinen Augen vielleicht, an meinen unruhigen Händen, mochte ahnen etwa, daß auf meinen Lippen unsichtbar eine Bitte schwebte um Zutrauen, oder in meiner vortastenden Haltung die heimliche Inbrunst erkennen, seinen Schmerz an mich, in mich zu nehmen. Sicherlich, er mußte es spüren, denn unvermutet unterbrach er das rege Gespräch und sah mich ergriffen an, ja es überströmte mich dieser merkwürdig warme, von seiner eigenen Fülle verdunkelte Blick. Dann faßte er oft meine Hand, hielt sie unruhig lange – immer erwartete ich: jetzt, jetzt, jetzt wird er zu mir sprechen. Aber statt dessen fuhr dann meist eine brüske Gebärde vor, manchmal sogar ein kaltes, absichtlich ernüchterndes oder ironisches Wort. Er, der den Enthusiasmus lebte, der ihn in mir genährt und erweckt, strich ihn dann plötzlich mir weg wie einen Fehler in einer schlecht geschriebenen Aufgabe, und je mehr er mich innig aufgetan sah, lechzend nach seinem Vertrauen, um so grimmiger stieß er mit solchen eiskalten Worten vor wie: »Das verstehen Sie nicht« oder »Lassen Sie doch derlei Übertreibungen«, Worte, die mich aufreizten und zur Verzweiflung brachten. Wie habe ich gelitten unter diesem wetterleuchtend grellen, vom Heißen zum Kalten fahrenden Menschen, der mich unbewußt hitzte, um mich plötzlich mit Frost zu übergießen, der mit seinem Ungestüm das eigene anstachelte, um dann plötzlich die Peitsche einer ironischen Bemerkung zu fassen – ja, ich hatte das grausame Gefühl, je mehr ich zu ihm drängte, desto härter, ja angstvoller stieß er mich zurück. Nichts sollte, nichts durfte an ihn heran, an sein Geheimnis.

Denn Geheimnis, immer brennender wards mir bewußt, Geheimnis hauste fremd und unheimlich in seiner magisch anziehenden Tiefe. Ich ahnte ein Verschwiegenes an seinem merkwürdig flüchtenden Blick, der glühend vordrang und scheu wegwich, wenn man ihm dankbar sich ergab; ich spürte es an den bitter gefältelten Lippen seiner Frau, an der merkwürdig kalten Zurückhaltung der Menschen in der Stadt, die beinahe indigniert blickten, wenn man ihn rühmte – an hundert Sonderbarkeiten und plötzlichen Verstörtheiten. Und welche Qual dabei, sich schon in dem innern Kreis eines solchen Lebens zu vermeinen und doch irr dort im Kreise zu gehen wie in einem Labyrinth, unwissend des Weges zu seinem Ursprung und Herzen!

Das Unerklärlichste, das Erregendste aber waren für mich seine Eskapaden. Eines Tages, als ich ins Kolleg kam, hing dort ein Zettel, die Vorlesung sei für zwei Tage unterbrochen. Die Studenten schienen nicht verwundert, ich aber, der noch gestern bei ihm gewesen, eilte nach Hause, von Angst getrieben, er möchte erkrankt sein. Seine Frau lächelte nur trocken, als mein Hereinstürmen solche Aufregung verriet. »Das kommt öfter vor«, sagte sie merkwürdig kalt; »das kennen Sie nur noch nicht.« Und tatsächlich erfuhr ich von den Kollegen, daß er öfters so über Nacht verschwinde, manchmal nur telegraphisch sich entschuldigend: einmal hatte ihn ein Student um vier Uhr morgens in einer Berliner Straße getroffen, ein anderer in der Wirtsstube fremder Stadt. Er schnellte plötzlich fort wie ein Pfropf aus der Flasche, kam wieder zurück, und niemand wußte, wo er gewesen. Dieses plötzliche Ausbrechen erregte mich wie eine Krankheit: ich ging geistesabwesend, unruhig, fahrig diese zwei Tage herum. Unsinnig leer war mir plötzlich das Studium ohne seine gewohnte Gegenwart, ich verzehrte mich in wirren, eifersüchtigen Vermutungen, ja, etwas von Haß und Zorn gegen seine Verschlossenheit stieg in mir auf, daß er mich, den glühend Zudrängenden, so außen ließ von seinem wirklichen Leben wie einen Bettler im Frost. Vergebens beredete ich mich, daß mir, dem Knaben, dem Schüler, doch kein Recht zustünde, Rechenschaft und Auskunft zu fordern, da seine Güte mir hundertfach mehr Vertrauen gewährte, als einen akademischen Lehrer sein Amt verpflichtete. Aber Vernunft hatte keine Macht über die brennende Leidenschaft: zehnmal des Tages kam ich tölpischer Junge fragen, ob er schon zurückgekommen sei, bis ich schließlich an den immer brüsker werdenden Verneinungen seiner Frau schon Erbitterung spürte. Ich wachte die halbe Nacht und horchte nach seinem heimkehrenden Schritt, umschlich morgens unruhig die Tür, nun nicht mehr die Frage wagend. Und als er endlich am dritten Tage unvermutet in mein Zimmer trat, jappte ich auf: mein Erschrecken muß übermäßig gewesen sein, wenigstens merkte ichs am Widerschein seiner verlegenen Befremdung, die hastig ein paar gleichgültige Fragen übereinanderjagte. Sein Blick wich mir aus. Zum ersten Male ging unser Gespräch krumm im Kreise, ein Wort stolperte über das andere, und indes wir beide jede Anspielung auf sein Fernbleiben gewaltsam vermieden, sperrte eben dies Ungesprochene jeder Aussprache den Weg. Als er mich ließ, schlug die brennende Neugier wie eine Lohe auf: allmählich verzehrte sie mir Schlaf und Wachen.

Wochenlang währte dieser Kampf um Aufschluß und tieferes Erkennen: starrsinnig schraubte ich mich gegen den feurigen Kern, den ich unter dem felsigen Schweigen vulkanisch zu fühlen meinte. Endlich, in glücklicher Stunde, gelang mir erster Einbruch in seine innere Welt. Ich hatte wieder einmal in seinem Zimmer bis zur Dämmerung gesessen, da holte er einige Shakespearesche Sonette aus verschlossener Lade, las erst in eigener Übertragung diese gleichsam in Bronze gegossenen knappen Gebilde, um dann ihre scheinbar undurchdringliche Chiffreschrift so magisch zu erleuchten, daß mich mitten in meiner Beglückung ein Bedauern ankam, all dies, was dieser strömende Mensch schenkte, sollte verloren sein im vergänglich fließenden Wort. Da – wo holte ich ihn nur her? – packte mich plötzlicher Mut, ihn zu fragen, warum er sein großes Werk ›Die Geschichte des Globe-Theaters‹ nicht vollendet habe – kaum aber daß ich das Wort gewagt, wurde ich schon erschrocken gewahr, wider Willen eine geheime und offenbar schmerzhafte Wunde groß angefaßt zu haben. Er stand auf, wandte sich ab und schwieg lange. Das Zimmer schien plötzlich überfüllt von Dämmerung und Schweigen. Endlich kam er auf mich zu, sah mich ernst an, und die Lippen zuckten mehrmals, ehe sie schmal aufgingen; schmerzlich stieß dann ihr Geständnis vor: »Ich kann nichts Großes arbeiten. Das ist vorbei: nur die Jugend plant so verwegen. Jetzt habe ich keine Ausdauer mehr. Ich bin – warum es verbergen? – ein Mensch der kurzen Augenblicke geworden, ich kann nicht durchhalten. Früher hatte ich mehr Kraft, jetzt ist sie weg. Ich kann nur reden: da trägt michs manchmal, da reißt mich etwas über mich fort. Aber stillsitzend arbeiten, immer allein, immer allein, das gelingt mir nicht mehr.«

Seine resignierte Gebärde erschütterte mich. Und aus innerster Überzeugung drängte ich, er möchte doch, was er uns mit lockerer Hand täglich hinstreute, endlich in harter Faust festhalten, nicht immer bloß austeilen, sondern das Eigene gestaltend bewahren. »Ich kann nicht schreiben«, wiederholte er müde, »ich bin nicht konzentriert genug.« »So diktieren Sie!« und hingerissen von dem Gedanken, fiel ich ihn beinahe flehend an: »So diktieren Sie mir. Versuchen Sie es einmal. Vielleicht nur den Beginn – dann werden Sie selbst nicht mehr zurückkönnen. Versuchen Sie das Diktat, ich bitte Sie darum, mir zuliebe!«

Er sah auf, verblüfft zuerst und dann nachdenklicher. Der Gedanke schien ihn irgendwie zu beschäftigen. »Ihnen zuliebe?« wiederholte er. »Meinen Sie wirklich, es könnte noch irgendeinem Menschen Freude machen, wenn ich alter Mann etwas unternehme?« Ich spürte, hier begann schon zögernd ein Nachgeben, an seinem Blick spürte ichs, der noch eben wolkig nach innen gehangen, nun aber, von warmer Hoffnung gelöst, allmählich vortrat und an ihr sich erhellend. »Meinen Sie wirklich?« wiederholte er; schon spürte ich innere Bereitschaft in seinen Willen strömen, und dann kam ein Ruck: »Also versuchen wirs! Die Jugend hat immer recht. Wer ihr nachgibt, ist klug.« Meine wild ausbrechende Freude, mein Triumph schien ihn zu beleben: er ging hastig auf und ab, beinahe jugendlich erregt, und wir vereinbarten: allabendlich um neun Uhr, unmittelbar nach dem Abendessen wollten wir es täglich eine Stunde zunächst versuchen. Und am nächsten Abend begannen wir mit dem Diktat.

Diese Stunden, wie soll ich sie schildern! Ich wartete ihnen entgegen den ganzen Tag. Schon nachmittags drückte eine schwüle, nervenauslaugende Unruhe elektrisch auf meine ungeduldigen Sinne, kaum konnte ich die Stunden ertragen, bis endlich der Abend kam. Wir gingen dann sofort von beendeter Mahlzeit in sein Arbeitszimmer, ich setzte mich an den Schreibtisch, den Rücken ihm zugekehrt, indes er unruhigen Schrittes im Raume auf und ab ging, bis der Rhythmus in ihm sich gleichsam gesammelt hatte und von erhobenem Wort der Auftakt absprang. Denn alles gestaltete dieser merkwürdige Mann aus einer Musikalität des Gefühls: er bedurfte immer eines Anschwunges, um seine Ideen in Bewegung zu bringen. Meist war es ein Bild, eine kühne Metapher, eine plastische Situation, die er, unwillkürlich am raschen Fortschreiten sich erregend, zu dramatischer Szene erweiterte. Etwas von dem großartig Naturhaften alles Schöpferischen wetterleuchtete dann oft aus dem stürzenden Geleucht dieser Improvisationen: ich erinnere mich an Zeilen, die Strophen schienen eines jambisch taktierten Gedichts, und an andere, die kataraktisch sich ergossen in großartig gedrängten Aufzählungen wie der Schiffskatalog Homers und die barbarischen Hymnen Walt Whitmans. Zum erstenmal war es mir jungem, werdendem Menschen gegeben, in das Geheimnis der Produktion einzudringen: ich sah, wie der Gedanke, farblos noch, nichts als eine reine flüssige Hitze, wie eine Glockenspeise aus dem Kessel der impulsiven Erregung vorströmte, dann allmählich erkaltend seine Form fand, und wie diese Form sich dann machtvoll rundete und enthüllte, bis endlich klar das Wort aus ihr schlug und, wie der Klöppel die Glocke erst tönend macht, dem dichterisch Erfühlten die Sprache der Menschen gab. Und so wie jeder einzelne Absatz aus Rhythmus, jede Darstellung aus szenisch gestaltetem Bild, so erhob sich das ganze groß angelegte Werk vollkommen unphilologisch aus einem Hymnus, einem Hymnus an das Meer als die irdisch sichtbare, irdisch fühlbare Form des Unendlichen, wogend von Ferne zu Ferne, zu Höhen aufschauend und Tiefen verbergend, dazwischen sinnlos-sinnvoll spielend mit irdischem Geschick, den schwanken Kähnen der Menschen: diesem Bildnis des Meeres erwuchs in großartig gestaltetem Vergleich eine Darstellung des Tragischen als der elementaren Macht, die unser Blut rauschend und zerstörend durchwaltet. Dann rollte die bildnerische Woge einem einzelnen Lande zu: England stieg auf, die Insel, ewig umbrandet von dem unruhigen Element, das alle Ränder der Erde, alle Breiten und Zonen des Erdballs gefährlich umschließt. Dort, in England formt es den Staat: bis ins gläserne Gehäuse des Auges, das graue, das blaue, dringt dort der kalte und klare Blick des Elements; jeder einzelne ist Meermensch und Insel zugleich, wie sein Land, und von Stürmen und Gefahr sind starke stürmische Leidenschaften lufthaft gegenwärtig in diesem Geschlecht, das in Hunderten Jahren Wikingerfahrt unablässig seine Kräfte erprobt. Nun aber dünstet Friede über das wasserumbrandete Land: sie jedoch, an Stürme gewöhnt, wollen noch weiter das Meer, den harten Sturz des Geschehens mit seiner täglichen Gefahr, und so schaffen sie sich die aufpeitschende Spannung noch einmal im blutigen Spiel. Erst wird für Tierhatz und Zwiekampf das hölzerne Gerüst erstellt. Bären verbluten, Hahnenkämpfe reizen die Wollust des Grauens bestialisch vor; doch bald will gesteigerter Sinn reiner aufwühlende Spannung aus menschlich-heroischem Widerstreit. Und da ersteht aus frommen Schaubühnen, aus kirchlichen Mysterien jenes andere große wogende Spiel vom Menschen, Wiederkehr all jener Abenteuer und Fahrten, nun aber auf den innern Meeren des Herzens; neue Unendlichkeit, ein anderer Ozean mit Springfluten der Leidenschaft und Aufschwall des Geistes, den erregt zu durchsteuern, in dem atemlos umhergeschleudert zu sein die neue Lust ist dieses späten und noch immer starken angelsächsischen Geschlechts: es entsteht das Drama der englischen Nation, das Drama der Elisabethaner.

Und volltönig aufrauschte, da er sich fanatisch in die Schilderung dieses barbarisch urweltlichen Anfangs warf, das bildnerische Wort. Seine Stimme, die anfangs flüsternd hineilte, spannte sonore Muskeln und Bänder, wurde metallen schimmerndes Flugzeug, das immer freier und höher forttrieb: zu eng ward ihr das Zimmer, die antwortend gedrängten Wände, so weit brauchte sie Raum. Ich fühlte Sturm über mir wehen, die brausende Lippe des Meeres schrie mächtig ihr dröhnendes Wort: hingeduckt an den Schreibtisch war mir, als stünde ich wieder in meiner Heimat an der Düne, und dies große Rauschen von tausend Wellen und sprühendem Wind käme atmend heran. Aller Schauer, der die Geburt so eines Menschen wie eines Wortes schmerzhaft umwittert, damals brach er zum erstenmal in mein staunend erschrecktes und schon beglücktes Gemüt.

Endete mein Lehrer, dann in dem Diktate, wo mächtige Inspiration herrlich der wissenschaftlichen Absicht das Wort entriß und Denken zur Dichtung wurde, so taumelte ich auf. Feurige Müdigkeit durchströmte mich schwer und stark, eine Ermattung sehr unähnlich der seinen, die eine Erschöpfung war, ein schon Entladensein, indes ich, der Überwogte, noch bebte von jener eingeströmten Fülle. Beide aber brauchten wir dann immer noch ein abklingendes Gespräch, um zu Schlaf oder Ruhe zurückzufinden: gewöhnlich wiederholte ich noch das Stenogramm; und seltsam, kaum die Zeichen sich zu Worten verwandelten, redete, atmete und hob sich aus meiner Stimme eine andere, als hätte mir ein Wesen die Sprache im Munde vertauscht. Und dann erkannte ichs: wiederholend skandierte und formte ich seine Intonierung derart hingegeben nach, so gleichartig, daß es war, als spräche er aus mir und nicht ich selbst – so sehr war ich schon Resonanz seines Wesens geworden. Widerklang seines Worts. Das alles ist vierzig Jahre her: und doch noch heute, mitten in einem Vortrag, wenn die Rede sich mir losreißt und schwingend wird, spüre ich plötzlich befangen, daß nicht ich selber spreche, sondern jemand anderer gleichsam aus meinem redenden Munde. Eines teuren Toten Stimme erkenne ich dann, eines Toten, der einzig noch Atem hat an meiner Lippe: immer wenn Enthusiasmus mich überflügelt, bin ich er. Und ich weiß: jene Stunden haben mich geprägt.

Die Arbeit wuchs, und sie wuchs um mich wie ein Wald, allmählich allen Ausblick in die äußere Welt verschattend; nur innen lebte ich im Dunkel des Hauses, im rauschenden, immer voller brausenden Geäst des sich verbreiternden Werkes, in der umfangenden, wärmenden Gegenwart dieses Menschen.

Außer den wenigen Lehrstunden an der Universität gehörte ihm mein ganzer Tag. Ich speiste an ihrem Tische, nachts und tags kletterte Botschaft von ihrer Wohnung die Treppe zu der meinen auf und nieder: ich hatte ihren Türschlüssel und er den meinen, so daß er zu jeder Stunde mich finden konnte, ohne die halbtaube alte Wirtsfrau heranzuschreien. Je mehr ich mich aber dieser neuen Gemeinschaft verband, um so vollkommener wurde ich der Außenwelt abwendig: mit der Wärme jener innern Sphäre teilte ich gleichzeitig die frostige Abgeschlossenheit ihrer ausgesperrten

Existenz. Meine Kollegen kehrten einhellig eine gewisse Kälte und Verächtlichkeit gegen mich heraus: war es geheime Feme oder bloß gereizte Eifersucht über meine sichtliche Bevorzugung – jedenfalls isolierten sie mich von ihrem Umgang, und in den Diskussionen des Seminars vermied mich, scheinbar verabredet, Ansprache und Gruß. Selbst die Professoren verbargen nicht ihre feindselige Abneigung; einmal, als ich bei dem Dozenten der romanischen Philologie eine nichtige Auskunft erbat, fertigte er mich ironisch ab. »Sie als Intimus von Professor ... sollten doch darüber Bescheid wissen.« Vergeblich suchte ich so unverschuldete Ächtung mir zu erklären. Aber Wort und Blick wichen jeder Erklärung aus. Seit ich ganz mit den beiden Einsamen lebte, war ich selbst vollkommen vereinsamt.

Diese gesellschaftliche Aussperrung hätte mich nun weiter nicht bekümmert, war doch meine Aufmerksamkeit ganz dem Geistigen verschworen; aber der steten Zerrung hielten allmählich die Nerven nicht stand. Man lebt nicht ungestraft wochenlang in einem unaufhörlichen geistigen Exzeß, zudem hatte ich wohl allzu plötzlich mein Leben umgestülpt, war zu wild von einem Extrem ins andere gefahren, um nicht jenes uns geheim zugewogene Gleichgewicht der Natur zu gefährden. Denn indes in Berlin das lockere Umschweifen meine Muskeln wohlig entspannte, Abenteuer mit Frauen als unruhig Gestaute spielhaft lockerten, preßte hier eine föhnig niederdrückende Atmosphäre so unablässig die gereizten Sinne, daß sie nur zuckend, mit elektrisch springenden Spitzen in mir umfuhren; ich verlernte den tiefen gesunden Schlaf, obwohl oder vielleicht weil ich immer bis zur Morgenfrühe das Diktat jedes Abends zu meiner eigenen Lust kopierte (fiebernd vor eitler Ungeduld, meinem geliebten Lehrer die Blätter ehestens zu überbringen). Dann forderte mich die Universität, die hastig betriebene Lektüre, zu erhöhter Bereitwilligkeit, und nicht zum mindesten erregte mich die Art des Gesprächs mit meinem Lehrer, weil ja jeder Nerv spartanisch sich straffte, niemals anteillos mich vor ihm erscheinen zu lassen. Der beleidigte Leib zögerte für diese Übertreiblichkeiten nicht lange mit seiner Rache. Mehrmals überfielen mich kurze Ohnmachten, Warnungssignale der gefährdeten Natur, die ich tollwütig überrannte – aber die hypnotischen Müdigkeiten mehrten sich, jede Äußerung des Gefühls wurde vehement, und die geschärften Nerven wuchsen mit ihren Spitzen nach innen, den Schlaf zerreißend und bisher verhaltene wirre Gedanken aufstachelnd.

Die erste, die eine deutsame Gefährdung meines Zustandes

bemerkte, war die Frau meines Lehrers. Oftmals schon hatte ich ihren beunruhigten Blick mich übertasten gefühlt, mit Absicht streute sie immer häufiger mahnende Bemerkungen in unsere Gespräche, wie etwa, ich möchte nicht in einem Semester die Welt erobern wollen. Schließlich wurde sie deutlich. »Genug jetzt«, fuhr sie eines Sonntags auf mich zu, als ich bei schönstem Sonnenschein Grammatik büffelte, und riß mir das Buch weg; »wie kann man sich als junger lebendiger Mensch dermaßen vom Ehrgeiz versklaven lassen? Nehmen Sie sich nicht immer ein Vorbild an meinem Mann: er ist alt, und Sie sind jung, Sie müssen anders leben.« Immer funkelte, wenn sie von ihm sprach, dieser Unterton von Verächtlichkeit vor, gegen den ich Hingegebener mich immer wieder entrüstet empörte. Mit Absicht, ich spürte es, ja vielleicht in einer Art fehlgängerischer Eifersucht, suchte sie mich immer mehr von ihm wegzuhalten und mit ironischen Paraden meine Übertreiblichkeiten zu queren; saßen wir abends zu lange beim Diktat, so klopfte sie energisch an die Tür und erzwang, gleichgültig gegen seine zornige Abwehr, den Abbruch der Arbeit. »Er wird Ihnen noch Ihre Nerven verderben, er wird Sie noch ganz zerstören«, sagte sie mir einmal erbittert, als sie mich niedergebrochen fand. »Was hat er aus Ihnen schon gemacht in diesen paar Wochen! Ich kann es nicht länger mit ansehen, wie Sie gegen sich selber wüten. Und dabei ...« Sie stockte und redete den Satz nicht zu Ende. Aber die Lippe bebte ihr blaß von niedergepreßtem Zorn.

Und wirklich, mein Lehrer machte es mir nicht leicht: je leidenschaftlicher ich ihm diente, um so gleichgültiger schien er meine hilfsbereite Verehrung zu werten. Selten, daß er mir dankte; brachte ich ihm morgens die bis in die Nacht geförderte Arbeit, so äußerte er trocken abwehrend: »Es hätte Zeit bis morgen gehabt.« Überbot sich mein ehrgeiziger Eifer zu unerbetener Gefälligkeit, so wurde plötzlich mitten im Gespräch die Lippe schmal, und ein ironisches Wort drängte mich ab. Freilich, sah er mich dann gedemütigt und verwirrt zurückweichen, so strömte wieder jener warme umfangende Blick meiner Verzweiflung tröstend zu, aber wie selten geschah das, wie selten! Und dieses Heiß und Kalt, dieses bald Aufwühlend-Nahe, bald Ärgerlich-Rückstoßende seines Wesens verwirrte vollkommen mein unbändiges Gefühl, das sich sehnte – nein, nie vermochte ich jemals deutlich zu benennen, was ich eigentlich ersehnte, was ich wünschte, forderte, anstrebte, welches Zeichen seiner Teilnahme meine enthusiastische Hingabe sich erhoffte. Denn ist verehrende Leidenschaft selbst reiner

Weise einer Frau zugewandt, so strebt sie doch unbewußt einer körperlichen Erfüllung zu, ihr hat die Natur eine höchste Vereinigung im Besitz des Körpers bildnerisch zugeformt – Leidenschaft des Geistes aber, von Mann zu Mann dargeboten, wie will sie, die unerfüllbare, volle Erfüllung? Ruhelos umwandert sie die verehrte Gestalt, immer sich aufflackernd zur neuen Ekstase und nie noch beruhigt durch eine letzte Hingabe. Immer strömt sie und kann doch nie ganz sich entströmen, ewig ungenügsam wie immer der Geist. So wurde mir seine Nähe niemals nah genug, seine Gegenwart nie ganz sich enthüllend und erfüllend in den langen Gesprächen; selbst wenn er vertrauend alle Fremdheit von sich abwarf, wußte ich doch, der nächste Augenblick könne mit schneidender Geste diese atemnahe Gebundenheit zerteilen. Immer wieder verwirrte der Wetterwendische von neuem mein Gefühl, und ich übertreibe nicht, wenn ich sage, daß ich in meiner Überreiztheit oft unsinniger Tat schon nahe war, nur weil er mit lockerem Handgriff ein Buch, auf das ich ihn aufmerksam gemacht, gleichgültig beiseite geschoben oder plötzlich, wenn abends vertieftes Gespräch uns band und ich ganz eingeströmt in seine Gedanken atmete, mit einem Ruck – nachdem er noch eben zärtlich die Hand mir auf die Schultern gelehnt – aufstand und brüsk sagte: »Nun gehen Sie aber! Es ist spät. Gute Nacht.« Solche Nichtigkeiten genügten schon, um Stunden, um Tage mir zu verstören. Vielleicht sah, unablässig zur Erregung herausgefordert, mein überreiztes Gefühl auch Kränkungen, wo sie gar nicht beabsichtigt waren – doch was hilft alle nachdeutende Selbstbeschwichtigung gegen eine Verstörung des innern Gemüts? Nur dies erneute sich täglich: ich litt glühend an seiner Nähe und frostete an seiner Ferne, immer enttäuscht an seiner Verhaltenheit, von keinem Zeichen beruhigt, von jeder Zufälligkeit verwirrt.

Und seltsam: immer wenn meine Empfindlichkeit von ihm sich beleidigt fühlte, flüchtete ich hin zu seiner Frau. Unbewußter Drang vielleicht, da einen Menschen zu finden, der gleichfalls unter diesem wortlosen Weghalten litt, vielleicht Bedürfnis bloß, zu irgend jemandem sprechen zu können und wenn schon nicht Hilfe, so doch Verständnis zu finden – jedenfalls flüchtete ich ihr wie einem heimlichen Bundesgenossen zu. Gewöhnlich spöttelte sie mir meine Empfindlichkeit weg oder erklärte mit achselzuckender Kälte, ich sollte schon diese schmerzhaften Sonderlichkeiten gewöhnt sein. Manchmal aber sah sie mich merkwürdig ernst, geradezu mit verwundertem Blick an, wenn plötzliche Verzweiflung mit einem Ruck so ein ganzes zuckendes Bündel von Vorwürfen, gestammelten Tränen, verkrampften Worten vor sie hinschleuderte, aber sie sprach kein Wort; nur um ihre Lippen ging dann verhaltenes Wetterspiel, und ich spürte, sie bedurfte aller Kraft, nicht etwas Zorniges oder Unbedachtes vorzustoßen. Auch sie hatte, kein Zweifel, mir etwas zu sagen, auch sie verschloß ein Geheimnis, vielleicht das gleiche wie er; indes er aber in brüsker Abwehr mich zurückstieß, sobald mein Wort ihm zu nahe kam, übersprang sie meistens mit einem Scherz oder einer improvisierten Eulenspiegelei jede weitere Aussprache.

Nur ein einziges Mal war ich nahe, ihr das Wort zu entreißen. Ich hatte morgens, als ich das Diktat überbrachte, nicht umhin können, meinem Lehrer begeistert zu erzählen, wie sehr mich gerade diese Darstellung (es war Marlowes Bildnis) erschüttert habe. Und heiß noch von meinem Überschwang, fügte ich bewundernd hinzu, niemand schreibe ihm ein derart meisterliches Porträt nach; da biß er, schroff sich abkehrend, die Lippe, warf das Blatt hin und murrte verächtlich: »Reden Sie nicht solchen Unsinn! Was verstehen Sie denn schon von Meisterschaft.« Dies brüske Wort (hastig vorgeholte Maske wohl nur für eine ungeduldige Schamhaftigkeit) genügte, um mir den Tag zu zerschlagen. Und nachmittags, eine Stunde allein mit seiner Frau, fiel ich sie plötzlich in einer Art hysterischen Ausbruchs an, faßte sie bei den Händen: »Sagen Sie mir, warum haßt er mich so? Warum verachtet er mich so? Was habe ich ihm getan, warum reizt jedes Wort von mir ihn dermaßen auf? Was soll ich tun, helfen Sie mir! Warum kann er mich nicht leiden – sagen Sie es mir, ich bitte Sie darum.«

Da starrte, überfallen von diesem wilden Ausbruch, ein grelles Auge mich an. »Sie nicht leiden?« – und ein Lachen klirrte aus den Zähnen, ein Lachen, das in so böser schriller Spitze ausfuhr, daß ich unwillkürlich zurückwich. »Sie nicht leiden?« wiederholte sie noch einmal und sah mir zornvoll in die verwirrten Augen. Dann aber beugte sie sich näher heran – ihre Blicke wurden allmählich weich und weicher, beinahe mitleidig wurden sie – und plötzlich strich sie mir (zum erstenmal) über das Haar. »Sie sind wirklich ein Kind, ein dummes Kind, das nichts merkt und nichts sieht und nichts weiß. Aber es ist besser so – sonst würden Sie noch unruhiger sein.«

Und mit einem plötzlichen Ruck wandte sie sich um. Vergebens suchte ich Beruhigung: wie verschnürt in den schwarzen Sack eines unzerreißbaren Angsttraumes rang ich um eine Deutung, um ein Erwachen aus der geheimnisvollen Verwirrung dieser widerstreitenden Gefühle.

Vier Monate waren so vergangen, Wochen der ungeahntesten Selbststeigerung und Verwandlung. Das Semester sprang seinem Ende zu, mit Furchtgefühl sah ich den nahen Ferien entgegen, denn ich liebte mein Fegefeuer, und die nüchtern ungeistige Häuslichkeit meiner Heimat drohte mir wie Verbannung und Raub. Schon bosselte ich heimliche Pläne, meinen Eltern vorzutäuschen, wichtige Arbeit hielt mich hier zurück, schon flocht ich Lüge und Ausflucht geschickt ineinander, um die Dauer dieser verzehrenden Gegenwart zu verlängern. Aber längst war Zeit und Stunde in anderer Sphäre mir vorgezählt. Und diese Stunde stand über mir unsichtbar, wie der Glockenschlag des Mittags in dem Erze hängt, um dann unvermutet und ernst die müßig Weilenden zu Arbeit oder Abschied zu rufen.

Wie schön begann jener schicksalhafte Abend, wie verräterisch schön! Ich hatte mit beiden bei Tisch gesessen – die Fenster standen offen, und in ihren verdunkelten Rahmen trat allmählich dämmeriger Himmel mit weißen Wolken langsam herein: ein Lindes und Klares ging von ihrem majestätisch hinschwebenden Widerleuchten wesenhaft weiter, bis tief hinab mußte mans fühlen. Wir hatten lässiger, friedfertiger, geschäftiger geplaudert, die Frau und ich, als sonst. Mein Lehrer schwieg über unser Gespräch hinweg; aber sein Schweigen stand gleichsam mit stillgefalteten Flügeln über unserem Gespräch. Verstohlen sah ich ihn von der Seite an: etwas merkwürdig Erhelltes war heute in seinem Wesen, eine Unruhe, aber ohne alle Fahrigkeit, ganz wie in jenen Wolken, den sommerlichen. Manchmal hob er das Weinglas und hielt es gegen das Licht, sich der Farbe zu freuen; und als mein Blick diese Geste freudig begleitete, lächelte er leicht und wendete das Glas mir zum Gruß. Selten hatte ich sein Gesicht dermaßen klar gesehen, seine Bewegungen so rund und gefaßt: beinahe feierlich froh saß er da, als hörte er Musik von der Straße her oder lausche einem unsichtbaren Gespräch. Seine Lippen, sonst ständig umflattert von winzigen Wellen, lagen still und weich wie eine aufgeschälte Frucht, und die Stirn, nun da er sie sanft gegen die Fenster wandte, nahm jene gelinde Helligkeit spiegelnd an sich und dünkte mir schön wie nie. Wunderbar, ihn so befriedet zu sehen: war es Abglanz des reinen Sommerabends, drang von der Mildigkeit der abgetönten Luft ein Wohltätiges in ihn ein, oder leuchtete von innen ein Tröstliches ihm zu – ich wußte es nicht. Aber vertraut, in seinem Antlitz wie in aufgeschlagener Schrift zu lesen, spürte ich nur: heute hatte ein milder Gott ihm die Schrunden und Falten des Herzens geglättet.

Und seltsam feierlich auch, wie er nun aufstand und mit gewohnter Kopfwendung einlud, ihm in sein Studio zu folgen: er ging, der sonst Hastige, sonderbar ernst. Dann wandte er sich noch einmal um, holte – auch dies ungewohnterweise – eine geschlossene Flasche Wein aus dem Spind und trug sie bedächtig hinüber. Genau wie ich schien seine Frau ein Wunderliches in seiner Art zu bemerken, mit staunendem Blick blickte sie von ihrer Näharbeit auf und beobachtete stumm neugierig, da wir nun zur Arbeit hinübergingen, seine ungewohnt gemessene Haltung.

Das Zimmer, wie immer vollkommen abgedunkelt, erwartete uns mit vertrauter Dämmerung, nur die Lampe rundete goldenen Kreis um dies wartende Weiß der gehäuften Blätter. Ich setzte mich an meinen gewohnten Platz und wiederholte die letzten Sätze aus dem Manuskript; immer bedurfte er zur innern Abstimmung den Rhythmus als einer Stimmgabel, um das Wort weiterströmen zu lassen. Aber indes er sonst unmittelbar an den ausschwingenden Satz ansetzte, blieb diesmal der Fortklang aus. Das Schweigen stellte sich breit in den Raum, schon drückte es von den Wänden auf uns als Spannung zurück. Noch schien er nicht ganz gesammelt, denn ich hörte hinter meinem Rücken seinen nervös auf und nieder schreitenden Schritt. »Lesen Sie es noch einmal!« – seltsam, wie unruhig mit einmal die Stimme vibrierte. Ich wiederholte die letzten Absätze: nun setzte er unmittelbar an mein Wort an, ruckhaft, rascher und geschlossener diktierend als sonst. In fünf Sätzen war die Szene gebaut; was er bislang dargestellt, waren die kulturellen Vorbedingungen des Dramas gewesen, ein Fresko zur Zeit, ein Abriß der Geschichte. Nun wandte er mit plötzlichem Ruck sich dem Theater selbst zu, das aus Vagabundentum und Karrenfahrt endlich seßhaft wird und sich eine Heimstatt baut, verbrieft mit Recht und Privilegium, das ›Rose-Theater‹ zuerst und die ›Fortuna‹, hölzerne Bretterbuden für selbst hölzerne Spiele; dann aber zimmern, der weiteren Brust der mannhaft wachsenden Dichtung gemäß, die Werkleute ein neues brettnernes Kleid: am Strand der Themse, eingephählt dem feuchten, wertlosen Schlammgrund, ersteht der ungefüge Holzbau mit dem ungeschlachten sechseckigen Turm, das Globe-Theater, auf dessen Szene Shakespeare, der Meister, erscheint. Wie ausgeworfen vom Meere, ein seltsames Schiff, piratisch rote Flagge am obersten Mast, steht es dort fest angeankert im schlammigen Grund. Im Parterre drängt sich lärmend wie in einem Hafen das niedere Volk, von den Galerien lächelt und plaudert eitel die vornehme Welt herab zu den Schauspielern. Ungeduldig fordern sie den Beginn.

Sie stampfen und poltern, klirren mit dem Degenknauf lärmend gegen die Bretter, bis endlich sich zum erstenmal an paar flackernd vorgetragenen Kerzen die niedere Szene erleuchtet, Gestalten, lässig kostümierte, vortreten zu scheinbar improvisierter Komödie. Und da, ich erinnere mich noch heute seiner Worte, »braust plötzlich der Sturm der Worte auf, jenes Meer, das unendlich der Leidenschaft, das von dieser bretternen Grenze zu allen Zeiten und allen Zonen des menschlichen Herzens seine bluthafte Welle hinschlägt, unerschöpflich, unergründlich, heiter und tragisch, aller Vielfalt voll und der Menschen ureigenstes Bild – das Theater Englands, das Drama Shakespeares«.

Bei diesen erhobenen Worten riß die Rede plötzlich durch. Ein langes dumpfes Schweigen kam. Beunruhigt wandte ich mich um: mein Lehrer stand mit einer Hand den Tisch ankrampfend, in jener ausgeschöpften Gebärde da, die ich an ihm kannte. Aber diesmal hatte die Starre etwas Erschreckendes. Ich sprang auf in der Besorgnis, etwas sei ihm zugestoßen, und fragte ängstlich, ob ich aufhören sollte. Er sah mich nur an, atemlos, unverwandt, starr vorerst. Aber dann stieg der Stern seines Auges wieder blau leuchtend vor, entspannter Lippe trat er auf mich zu – »Nun, haben Sie nichts bemerkt?« – eindringlich sah er mich an. »Was denn?« stammelte ich unsicher. Da tat er einen tiefen Atemzug, lächelte ein wenig; seit Monaten spürte ich wieder jenen umfangreichen, weichen, zärtlichen Blick: »Der erste Teil ist fertig.« Ich hatte Mühe, einen Freudenschrei zu unterdrücken, so heiß durchfuhr mich die Überraschung. Wie hatte ichs übersehen können, ja, das war der ganze Bau, herrlich emporgestuft vom Urgrund der Vergangenheit bis zur Schwelle der Gestaltung: nun konnten sie kommen, Marlowe, Ben Jonson, Shakespeare, sie sieghaft zu überschreiten. Das Werk feierte seinen ersten Geburtstag: hastig eilte ich hin, zählte die Blätter. Hundertsiebzig enggeschriebene Seiten umfaßte dieser erste Teil, der schwerste; denn was nun kam, war freie nachbildende Gestaltung, indes bis nun die Darstellung an historisches Zeugnis eng gefesselt war. Kein Zweifel, er würde es vollenden, sein Werk, unser Werk!

Habe ich gelärmt, bin ich umhergetanzt vor Freude, vor Stolz, vor Glück – ich weiß es nicht. Aber meine Begeisterung muß unvorhergesehene Formen des Überschwangs angenommen haben, denn sein Blick wanderte mir lächelnd nach, indes ich bald die letzten Worte überlas, bald eilfertig die Blätter zählte, sie befaßte, wog und verliebt befühlte und schon in voreiligen Berechnungen phantasierte, wann wir das ganze Werk vollendet haben könnten.

Sein gestauter, tief verborgener Stolz, in meiner Freude sah er sich gespiegelt: gerührt, lächelnd blickte er mir zu. Dann kam er langsam ganz, ganz nahe, beide Hände vorgestreckt, heran, faßte die meinen; unbewegt sah er mich an. Allmählich füllten sich seine Pupillen, die sonst nur ein zuckendes Blinkfeuer von Farbe hatten, mit jenem klaren beseelten Blau, das von allen Elementen nur die Tiefe des Wassers und die Tiefe menschlichen Gefühls zu bilden vermögen. Und dieses glanzhafte Blau stieg auf aus den Augensternen, trat vor, drang in mich ein; ich fühlte, wie diese warme Welle von ihnen weich bis in mein Innerstes ging, strömend sich dort verbreiternd und zu seltsamer Lust das Gefühl mir dehnend: die ganze Brust ward mit einmal weit von dieser wölbenden quellenden Gewalt, und ich spürte einen großen Mittag italisch in mir aufgehen. »Ich weiß«, überflog nun seine Stimme diesen Glanz, »daß ich niemals diese Arbeit begonnen hätte ohne Sie, nie werde ich es Ihnen vergessen. Sie haben meiner Mattigkeit den rettenden Schwung gegeben, und was von meinem verstreuten verlorenen Leben nun zurückbleibt, das haben Sie gerettet, Sie allein! Niemand hat mehr für mich getan, keiner so treulich mir geholfen. Und darum sage ich nicht, *Ihnen* habe ich es zu danken, sondern ... *dir* habe ich es zu danken. Komm! Nun wollen wir eine Stunde ganz brüderlich sein!«

Er zog mich sanft zu dem Tisch und nahm die bereitgestellte Flasche. Auch zwei Gläser standen da: als offenkundigen Dank hatte er mir diesen symbolischen Trunk zugedacht. Ich zitterte vor Freude, nichts verwirrt ja gewalttätiger unsern innern Sinn als eines glühenden Wünschens plötzliche Erfüllung. Das Zeichen, dieses offenbarste des Vertrauens, jenes Zeichen, nach dem ich unbewußt mich sehnte, sein Dank hatte das schönste gefunden: das brüderliche Du, hingeboten über die Kluft der Jahre und siebenfach kostbar durch so schwierige Ferne. Schon klirrte die Flasche, die noch stumme Täuferin, die mein ängstliches Gefühl nun für immer im Glauben beschwichtigen wollte, schon klangs mir innen gleich hell wie dieser zitternde klare Ton – da hemmte noch ein kleines Hindernis verzögernd den festlichen Augenblick: die Flasche war verkorkt und kein Pfropfenzieher zur Stelle. Er wollte auf, ihn zu holen, aber seine Absicht erratend, stürmte ich ungeduldig ins Eßzimmer voraus – brannte ich doch dieser Sekunde entgegen als der endlichen Beruhigung meines Herzens, als der offensichtlichsten Beglaubigung seiner Zuneigung.

Wie ich so stürmisch durch die Tür in den beleuchteten Gang

hinüberfuhr, stieß ich im Dunkel mit etwas Weichem zusammen, das hastig nachgab: es war die Frau meines Lehrers, die offenbar an der Tür gelauscht hatte. Aber sonderbar: so wuchtig ich auch gegen sie angerannt, sie gab keinen Ton, sie wich nur stumm zurück, und auch ich, unfähig einer Bewegung, schwieg erschrokken. Das dauerte einen Augenblick; beide standen wir stumm, einer vor dem andern beschämt, sie im Lauschen ertappt, ich starr vor der zu unvermuteten Entdeckung. Aber dann ging leiser Schritt im Dunkel, Licht flammte auf, und ich sah sie blaß und herausfordernd mit dem Rücken an den Schrank gelehnt; ihr Blick maß mich ernst, und ein Dunkles, Mahnendes und Drohendes war in ihrer unbeweglichen Haltung. Aber sie sprach kein Wort.

Meine Hände zitterten, als ich nach längerem nervösem, halbblindem Tasten endlich den Propfenzieher fand; zweimal mußte ich an ihr vorbei, und jedesmal, wenn ich aufsah, stieß ich an gegen diesen starren Blick, der hart und dunkel glänzte wie poliertes Holz. Nichts an ihr verriet Beschämung, bei dem heimlichen Lauschen an der Tür erspäht worden zu sein; im Gegenteil, schroff und entschlossen funkelte jetzt ihr Auge eine mir unverständliche Drohung zu, und ihre trotzige Gebärde zeigte, daß sie gesonnen sei, nicht von dieser ungeziemlichen Stelle zu weichen und weiter horchende Wacht zu halten. Und diese Überlegenheit des Willens verwirrte mich, unbewußt duckte ich mich unter diesem fest und warnend auf mich gehefteten Blick. Und als ich endlich mit unsicherem Schritt in das Zimmer zurückschlich, wo mein Lehrer schon ungeduldig die Flasche in Händen hielt, war die eben noch maßlose Freudigkeit ganz eingefrostet zu einer sonderbaren Angst.

Er aber, wie sorglos er mich erwartete, wie heiter sein Blick mir entgegenging: Immer hatte ich geträumt, ihn einmal so sehen zu dürfen, die Wolke entwandert von der schwermütigen Stirn! Aber nun sie zum ersten Male so von Frieden leuchtete, innig mir zugewandt, stockte mir jedes Wort; wie durch geheime Poren rieselte die ganze geheime Freude aus. Verworren, ja beschämt vernahm ich, wie er mir nochmals dankte, nun mit dem vertrauten Du, silbern klangen die Gläser zusammen. Den Arm mir freundschaftlich umbreitend, führte er mich zu den Fauteuils, wir saßen einander gegenüber, locker lag seine Hand in der meinen: zum erstenmal fühlte ich ihn ganz offen und frei im Gefühl. Aber mir versagte das Wort; unwillkürlich tastete ich immer mit dem Blick an die Tür, voll Angst, daß sie dort noch horchend stünde. Sie horcht, dachte ich unablässig, sie horcht auf jedes Wort, das er zu mir spricht, auf jedes, das ich sage: warum gerade heute, warum gerade heute? Und als er, mit jenem warmen Blick mich umfangend, plötzlich sagte: »Ich möchte dir heute von mir, von meiner eigenen Jugend erzählen«, da fuhr ich dermaßen erschreckt mit abwehrend bittender Hand gegen ihn auf, daß er verwundert emporsah. »Nicht heute«, stammelte ich, »nicht heute ... verzeihen Sie.« Der Gedanke war mir zu furchtbar, er könnte sich einem Lauscher verraten, dessen Gegenwart ich ihm verschweigen mußte.

Unsicher sah mein Lehrer mich an. »Was ist dir denn?« fragte er in leiser Verstimmung. »Ich bin müde ... verzeihen Sie ... es hat mich irgendwie überwältigt ... ich glaube«, und dabei stand ich zitternd auf – »Ich glaube, es ist besser, daß ich gehe.« Unwillkürlich bog mein Blick an ihm vorbei zur Tür, wo ich, verborgen im Gebälk, noch immer jene feindliche Neugier auf eifersüchtiger Lauer vermuten mußte.

Schwerfällig hob er sich nun gleichfalls aus dem Fauteuil. Ein Schatten flog über sein mit einmal müd gewordenes Gesicht. »Willst du wirklich schon gehen ... heute ... gerade heute?« Er hielt meine Hand: ein unmerklicher Zug machte sie schwer. Aber plötzlich ließ er sie brüsk wie einen Stein fallen: »Schade«, stieß er enttäuscht heraus, »ich hatte mich so gefreut, einmal freimütig mit dir zu sprechen! Schade!« Einen Augenblick schwang der tiefe Seufzer wie ein dunkler Schmetterling durch das Zimmer. Ich war voll Scham und einer ratlos unerklärlichen Angst; unsicher trat ich zurück und schloß leise hinter mir die Tür.

Ich tastete mich mühsam hinauf in mein Zimmer und warf mich auf das Bett. Aber ich konnte nicht schlafen. Nie hatte ich so stark gespürt, daß nur mit dünner Mauerwand meine Wohnwelt über der ihren hing, einzig abgehoben durch das undurchlässige dunkle Gebälk. Und nun spürte ich magisch mit spitzgeschliffenen Sinnen sie beide jetzt unten wachen, ich sah, ohne zu sehen, ich hörte, ohne zu hören, wie er jetzt unten in seinem Zimmer unruhig auf und ab ging, indes sie irgendwo anders stumm saß oder horchend umhergeisterte. Aber ich spürte ihre beiden Augen offen, und ihr Wachsein ging grauenvoll in mich ein: ein Alp, lag plötzlich das ganze schwere schweigende Haus mit seinen Schatten und Schwärze auf mir.

Ich warf die Decke ab. Meine Hände glühten. Wohin war ich geraten? Ganz nahe hatte ich das Geheimnis gespürt, seinen heißen Atem schon hart im Gesicht, und nun war es wieder fern, aber sein Schatten, sein schweigender undurchsichtiger Schatten, noch ging er raunend um, ich fühlte ihn gefährlich im Haus, schleichend wie eine Katze auf leisen Pfoten, immer da, zuspringend und abspringend, immer mit seinem elektrischen Fell anstreifend und verwirrend, warm und doch gespensterhaft. Und immer spürte ich aus dem Dunkeln seinen umfangenden Blick, weich wie seine dargebotene Hand, und jenen andern, den scharfen, drohenden und erschreckten seiner Frau. Was sollte ich in ihrem Geheimnis, was stellten die beiden mich in der Mitte ihrer Leidenschaft mit verbundenen Augen, was jagten sie mich in ihren unfaßbaren Zwist und drängten mir jeder sein brennendes Bündel von Zorn und Haß in die Sinne?

Noch immer glühte mir die Stirn. Ich warf mich hoch und stieß das Fenster auf. Draußen lag friedlich unter sommerlichem Gewölk die Stadt; noch leuchteten Fenster vom Scheine der Lampe, aber die dort saßen, einte friedliches Gespräch, wärmte ein Buch oder häusliche Musik. Und wo hinter den weißen Fensterrahmen schon Dunkel stand, gewiß, dort atmete beruhigter Schlaf. Über allen diesen ruhenden Dächern schwebte wie der Mond in silbrigem Dunste ein mildes Ruhn, eine entlockerte, sanft niedergeschwebte Stille, und die elf Schläge der Turmuhr fielen ihnen allen ohne Wucht in das zufällig lauschende oder träumende Ohr. Nur ich hier im Haus spürte noch Wachsein, böse Umlagerung fremder Gedanken. Fiebernd mühte sich ein innerer Sinn, dies wirre Raunen zu verstehen.

Plötzlich schrak ich zurück. War das nicht Schritt auf der Treppe? Ich richtete mich lauschend auf. Und wirklich, es tappte da etwas wie blind, Stufen steigend, vorsichtigen, zögernden, unsicheren Schritts: ich kannte dies Ächzen und Stöhnen im ausgetretenen Holz. Nur zu mir konnte dieser Schritt kommen, nur zu mir, wohnte doch keiner sonst hier oben im Giebel außer der tauben alten Frau, die längst schlief und niemanden empfing. War es mein Lehrer? Nein, das war nicht sein stolprig hastiger Gang; dieser Schritt da zögerte und zottelte feig – jetzt wiederum! – bei jeder Stufe: ein Einschleicher, ein Verbrecher mochte so nahen, nicht aber ein Freund. Ich horchte dermaßen angespannt, daß mir die Ohren dröhnten. Und mit einmal fuhr es wie Frost mir die nackten Beine empor.

Da knackte leise das Schloß: schon mußte er bei der Tür sein, der unheimliche Gast. Ein dünner Luftzug auf meine nackten Zehen zeigte, daß die äußere Tür geöffnet war, den Schlüssel aber hatte er, nur er, mein Lehrer. Doch wenn er – warum so zaghaft, so fremd? War er besorgt, wollte er nach mir sehen? Und warum zögerte dieser unheimliche Gast jetzt draußen im Vorraum, denn erstarrt war mit einmal der diebisch anschleichende Schritt. Und ebenso erstarrt stand ich selbst vor Grauen. Mir war, als müßte ich schreien, doch die Kehle klebte mir schleimig zu. Ich wollte aufschließen; die Füße staken starr mir im Boden. Nur eine dünne Wand war jetzt noch zwischen uns beiden, zwischen mir und dem unheimlichen Gast, aber nicht er tat einen Schritt und nicht ich einen, dem andern entgegen.

Da schlug die Glocke vom Turm: einen Schlag nur, Viertel zwölf. Aber er löste meine Starre. Ich riß die Tür auf.

Und wirklich, da stand mein Lehrer, die Kerze in der Hand. Der Luftzug der brüsk aufgeschwungenen Tür ließ die Flamme blau emporspringen, und hinter ihm taumelte, riesenhaft losgerissen von seinem starren Dastehen, der zuckende Schatten wie ein Trunkenbold quer über die Wand. Aber auch er selbst machte, als er mich sah, eine Bewegung; er zog sich zusammen wie ein Mensch, der von einem jähen Luftzug aus dem Schlaf geschreckt, unwillkürlich die Decke fröstelnd an sich heranzieht. Dann erst wich er zurück, die Kerze schwankte tropfend in seiner Hand.

Ich zitterte, tödlich erschrocken: »Was ist Ihnen?« konnte ich nur stammeln. Er sah mich an, ohne zu sprechen, auch ihm würgte etwas das Wort. Endlich stellte er die Kerze auf die Kommode, und sofort beruhigte sich das fledermaushaft im Raum umflatternde Schattenspiel. Schließlich stammelte er: »Ich wollte... ich wollte...«

Wieder blieb die Stimme ihm stecken. Er stand und sah zu Boden wie ein ertappter Dieb. Unerträglich war diese Angst, dieses Dastehen, ich im Hemd, zitternd vor Frost, er, in sich hineingebückt, wirr vor Beschämung.

Plötzlich gab sich die schwache Gestalt einen Ruck. Er trat auf mich zu: ein Lächeln, böse, faunisch, ein Lächeln, das nur aus den Augen gefährlich glitzerte, indes die Lippen sich enge verpreßten, ein Lächeln grinste mich wie eine fremde Maske erst starr an einen Augenblick – dann stieß spitz wie gespaltene Schlangenzunge die Stimme vor: »Ich wollte Ihnen nur sagen ... wir lassen lieber das Du ... Das ... das ... paßt sich nicht zwischen einem Mulus und seinem Lehrer ... verstehen Sie? ... Man muß Distanz halten ... Distanz ... Distanz.«

Und dabei sah er mich an, so voll Haß, so voll beleidigender ohrfeigender Bosheit, daß seine Hand sich unwillkürlich krallte. Ich taumelte zurück. War er wahnsinnig? War er betrunken? Er stand da, die Faust geballt, als ob er sich auf mich werfen wollte oder mir ins Gesicht schlagen.

Aber eine Sekunde nur währte dies Grauen, dann stürzte dieser stoßhafte Blick in sich krumm zusammen. Er wandte sich um, murmelte etwas, das wie eine Entschuldigung klang, faßte die Kerze. Ein schwarzer, dienstfertiger Teufel, fuhr der schon zu Boden geduckte Schatten wieder auf und wirbelte ihm voraus zur Tür. Und dann ging er selbst, ehe ich die Kraft beisammen hatte, ein Wort zu erdenken. Die Tür fiel hart ins Schloß; und schwer und gequält knirschte die Treppe unter seinen gleichsam stürzenden Schritten.

Ich werde diese Nacht nicht vergessen; ein kalter Zorn wechselte wild mit einer ratlos glühenden Verzweiflung. Wie Raketen fuhren mir die Gedanken grell durcheinander. Warum martert er mich, fragte meine zerrende Qual sich hundertmal, warum haßt er mich so, daß er eigens des Nachts die Treppe sich emporschleicht, nur um mir dann feindselig solche Beleidigung ins Gesicht zu schlagen? Was hatte ich ihm getan, was sollte ich tun? Wie ihn versöhnen, ohne zu wissen, wie ich ihn gekränkt? Ich warf mich glühend ins Bett, stand auf, grub mich wieder unter die Decke, immer aber stand jenes gespenstige Bild vor mir, mein Lehrer, schleichend und von meiner Gegenwart verwirrt, und hinter ihm, rätselhaft fremd, dieser ungeheure Schatten, hintaumelnd an der Wand.

Als ich dann morgens nach kurzer schwacher Versunkenheit erwachte, beredete ich mich zuerst, geträumt zu haben. Aber auf der Kommode klebten noch rund und gelb die abgetropften Stearinflecken der Kerze. Und mitten in das strahlend helle Zimmer stellte immer wieder und wieder mein gräßliches Erinnern den diebisch emporgeschlichenen Gast dieser Nacht.

Ich ging den ganzen Vormittag nicht aus. Der Gedanke, ihm zu begegnen, zerknickte meine Kraft. Ich versuchte zu schreiben, zu lesen; nichts gelang. Meine Nerven waren unterminiert, jeden Augenblick konnten sie ausfahren in einen schütternden Krampf, ein Schluchzen, ein Brüllen – sah ich doch meine eigenen Finger zittern wie fremdes Geblätter an einem Baum, unfähig, ihnen Ruhe zu gebieten, und die Kniekehlen wankten, als seien ihre Sehnen durchschnitten. Was tun? Was tun? Ich durchfragte mich bis zur Erschöpfung; das Blut flirrte mir schon in den Schläfen und blau unter dem Blick. Aber nur nicht fort, nur nicht hinab, nur nicht plötzlich ihm gegenüberstehen, ohne sicher zu sein, ohne wieder Kraft in den Nerven zu haben. Von neuem warf ich mich auf das Bett, hungrig, verwirrt, ungewaschen, verstört, und wieder versuchten meine Sinne sich hindurchzudenken durch das dünne Mauerwerk: wo saß er jetzt, was tat er, war er wach wie ich, verzweifelt wie ich selbst?

Es wurde Mittag, und noch lag ich im Feuerbett meiner Verworrenheit, da hörte ich endlich einen Schritt auf der Treppe. Alle Nerven klirrten Alarm: dieser Schritt jedoch ging leicht, unbesorgt, nahm zwei Stufen auf einmal in fliegendem Sprung – jetzt rührte eine Hand schon pochend die Tür. Ich sprang auf, ohne zu öffnen: »Wer ist es?« fragte ich. »Warum kommen Sie denn nicht zum Essen?« antwortete etwas ärgerlich die Stimme seiner Frau. »Sind Sie krank?« – »Nein, nein«, stotterte ich verwirrt, »ich komme schon, ich komme schon.« Und nun blieb mir nichts übrig, als rasch in meine Kleider zu fahren und hinunterzugehen. Aber ich mußte mich an das Geländer der Treppe halten, so taumelten mir die Glieder.

Ich trat ins Speisezimmer. Vor dem einen der beiden Gedecke wartete die Frau meines Lehrers und grüßte mit leichtem Vorwurf, daß ich mich mahnen ließe. Sein eigener Platz war leer. Ich fühlte das Blut mir zu Kopf steigen. Was bedeutete dieses unvermutete Wegbleiben? Fürchtete er die Begegnung noch mehr als ich selbst? Schämte er sich oder wollte er hinfort nicht mehr den Tisch mit mir teilen? Endlich entschloß ich mich zu fragen, ob der Professor nicht käme.

Erstaunt blickte sie empor: »Wissen Sie denn nicht, daß er heute morgen weggefahren ist?« – »Weggefahren«, stammelte ich, »wohin?« Sofort spannte sich ihr Gesicht: »Das hat mein Mann nicht geruht mir mitzuteilen, wahrscheinlich – wieder einer seiner üblichen Ausflüge.« Dann wandte sie sich plötzlich scharf und fragend mir zu. »Aber daß *Sie* das nicht wissen? Er ist doch gestern nachts noch eigens zu Ihnen hinaufgegangen – ich dachte, das sei, um Abschied zu nehmen ... Seltsam, wirklich seltsam ... daß er auch Ihnen nichts gesagt hat.«

»Mir« – nur einen Schrei konnte ich herausstoßen. Und dieser Schrei riß zu meiner Scham, zu meiner Schande alles mit, was die letzten Stunden so gefährlich aufgestaut. Plötzlich fuhr es aus mir heraus, ein Schluchzen, ein heulender tobender Krampf – ich erbrach einen gurgelnden Schwall von übereinanderstürzenden Worten und Schreien als eine einzige ineinandergequirlte Masse wirrer Verzweiflung, ich weinte, nein, ich schüttelte, ich schwemmte in hysterischem Schluchzen die ganze zurückgestaute Qual aus zuckendem Munde. Die Fäuste trommelten irr auf dem

Tisch, ein reizbar rasendes Kind, tobte ich aus, das Gesicht von Tränen überströmt, was seit Wochen wie ein Gewitter über mir hing. Und indes ich Erleichterung empfand in diesem tobenden Vorsturz, spürte ich zugleich grenzenlose Scham vor ihr dermaßen mich zu verraten.

»Was haben Sie! Um Gottes willen!« Sie war aufgesprungen, fassungslos. Dann aber eilte sie rasch herzu, führte mich vom Tisch zum Sofa. »Legen Sie sich hin! Beruhigen Sie sich.« Sie streichelte meine Hände, sie fuhr über mein Haar, indes nachwellende Stöße noch immer meinen zitternden Leib rüttelten. »Quälen Sie sich nicht, Roland – lassen Sie sich nicht quälen. Ich kenne das alles, ich habe es kommen gefühlt.« Sie strich noch immer mein Haar. Aber plötzlich wurde ihre Stimme hart. »Ich weiß es selbst, wie er einen verwirren kann, niemand weiß es besser. Aber glauben Sie mir, immer wollte ich Sie warnen, als ich sah, daß Sie sich ganz an ihn hielten, der selbst ohne Halt ist. – Sie kennen ihn nicht, Sie sind blind, Sie sind ein Kind – Sie ahnen nichts, ja heute, heute noch immer nichts. Oder vielleicht haben Sie heute zum erstenmal begonnen, etwas zu verstehen – um so besser dann für ihn und für Sie.«

Sie blieb warm über mich gebeugt, ich fühlte wie aus einer gläsernen Tiefe ihre Worte und den schmerzeinschläfernden Strich beruhigender Hände. Das tat wohl, endlich, endlich wieder einmal ein Hauch Mitleid zu fühlen, und dann auch dies, endlich wieder mal eine Frauenhand zärtlich nah zu spüren, beinahe mütterlich. Vielleicht auch das hatte ich allzulange entbehrt, und nun ich, durch den Schleier der Trübnis, Teilnahme einer zärtlich bemühten Frau empfing, überkam mich Wohliges mitten im Schmerz. Aber doch, wie schämte ich mich, wie schämte ich mich dieses verräterischen Anfalles, dieser preisgegebenen Verzweiflung! Und wider meinen Willens geschahs, daß ich, mühsam mich aufrichtend, nun in stürzender stockender Flut nochmals anklagend herausschrie, was er alles an mir getan – wie er mich zurückgestoßen und verfolgt und wieder angezogen, wie er sich hart stellte wider mich ohne Grund, ohne Ursache – ein Peiniger, an den ich doch liebend gebunden war, den ich liebend haßte und hassend liebte. Wieder begann ich dermaßen mich zu erregen, daß sie von neuem mich beruhigen mußte. Wieder drückten mich weiche Hände sachte auf die Ottomane zurück, von der ich eifernd aufgesprungen. Endlich ward ich ruhiger. Sie schwieg merkwürdig nachdenklich: ich spürte, daß sie alles verstand und vielleicht noch mehr als ich selbst …

Ein paar Minuten band uns dieses Schweigen. Dann stand die Frau auf. »So – jetzt waren Sie lang genug Kind, jetzt seien Sie wieder Mann. Setzen Sie sich her an den Tisch und essen Sie. Es ist nichts Tragisches geschehen – ein Mißverständnis, das sich klären wird«, und als ich irgendwie abwehrte, fügte sie heftig hinzu: »Es wird sich klären, denn ich lasse Sie nicht länger so hinziehen und verwirren. Da muß ein Ende sein, er muß schließlich ein wenig sich beherrschen lernen. Sie sind zu gut für seine abenteuerlichen Spiele. Ich werde mit ihm sprechen, verlassen Sie sich auf mich. Jetzt aber kommen Sie zu Tisch.«

Beschämt und willenlos ließ ich mich zurückführen. Sie redete mit einer gewissen Hast und Eilfertigkeit von gleichgültigen Dingen, und ich war ihr innerlich dankbar dafür, daß sie meinen unbeherrschten Ausbruch gleichsam überhört und schon wieder vergessen zu haben schien. Morgen sei Sonntag, drängte sie, da mache sie gemeinsam mit dem Dozenten W. und seiner Braut einen Ausflug an einen nachbarlichen See, ich solle mitkommen, mich erheitern, mich von den Büchern befreien. All mein Unbehagen verrate nur Überarbeitung und Überreiztheit der Nerven; einmal im Wasser oder in Wanderschaft, würde mein Körper sofort wieder das Gleichgewicht finden.

Ich versprach, zu kommen. Alles, nur jetzt nicht Einsamkeit, nur nicht mein Zimmer, nur nicht diese im Dunkel umkreisenden Gedanken. »Und bleiben Sie auch nachmittags heute nicht zu Hause! Gehen Sie spazieren, rennen Sie sich aus, amüsieren Sie sich!« drängte sie nach. ›Seltsam‹, dachte ich, ›wie sie meine innersten Gefühle errät, wie sie immer, die mir doch fremd ist, weiß, was mir not tut und weh tut, indes er, der Wissende, mich verkennt und zerschlägt.‹ Auch dies versprach ich ihr. Und dankbar aufsehend, fand ich ein neues Gesicht: das Spöttische, Übermütige, das ihr sonst etwas von einem frechen lockeren Jungen gab, war vergangen in einem weichen teilnehmenden Blick: niemals hatte ich sie derart ernst gesehen. ›Warum blickt er mich nie so gütig an?‹ fragte sich sehnsüchtig in mir ein verworrenes Gefühl. ›Warum fühlt er niemals, wenn er mir weh tut? Warum hat er nicht so hilfreiche, so zärtliche Hände an mein Haar, an die meinen gelegt?‹ Dankbar küßte ich die ihre, die sie unruhig, fast heftig mir entzog. »Quälen Sie sich nicht«, wiederholte sie noch einmal, und ihre Stimme beugte sich nah heran.

Aber dann kam wieder das Harte in ihre Lippen; schroff sich aufrichtend, stieß sie leise heraus: »Glauben Sie mir, er verdient es nicht.«

Und dieses Wort, kaum hörbar geflüstert, stieß wieder Schmerz in das beinahe schon beruhigte Herz.

Was ich an jenem Nachmittag und Abend zunächst begann, scheint derart lächerlich und kindisch, daß ich mich jahrelang geschämt habe, daran zu denken – ja daß eine innere Zensur mir jedes Erinnern daran sofort hastig abblendete. Nun, heute schäme ich mich jener ungeschickten Tölpeleien nicht mehr – im Gegenteil, wie sehr verstehe ich heute den unbändigen, wirr leidenschaftlichen Jungen, der sich gewaltsam hinüberturnen wollte über die eigene Unsicherheit seines Gefühls.

Wie vom Ende eines ungeheuer langen Ganges, wie durch ein Teleskop sehe ich mich selbst: den zerfahrenen, verzweifelten Jungen, der in sein Zimmer hinaufsteigt und nicht weiß, was er gegen sich selbst beginnen will. Und der plötzlich in den Rock fährt, sich einen andern Gang anstrafft, wild entschlossene Gesten aus sich holt und dann plötzlich mit gewaltsam energischem Schritt auf die Straße geht. Ja, das bin ich, ich erkenne mich, ich weiß jeden Gedanken dieses dummen, verquälten, armen Jungen von damals, ich weiß: plötzlich habe ich mich aufgestrafft, vor dem Spiegel sogar, und mir gesagt: »Ich pfeif auf ihn! Hol ihn der Teufel! Was quäle ich mich wegen des alten Narren! Sie hat recht: lustig sein, sich einmal amüsieren! Vorwärts!«

Wirklich, so bin ich damals auf die Straße gegangen. Es war ein Ruck, um mich zu befreien – und dann ein Rennen, ein einziges feiges Davonlaufen vor der Erkenntnis, daß diese fröhliche Festigkeit gar nicht so fröhlich sei und der Eisblock, der starre, mir noch ebensoschwer über dem Herzen hing. Ich weiß noch, wie ich ging, den schweren Stock fest in der Hand, scharf jeden Studenten fixierend; in mir wütete eine gefährliche Lust, mit irgend jemand Streit vom Zaun zu brechen, den ohne Ausweg umherirrenden Zorn in den Erstbesten hineinzuprügeln, der mir gerade in den Weg kam. Aber günstigerweise würdigte mich niemand einer Aufmerksamkeit. So steuerte ich zu jenem Café, wo meist meine Kameraden aus dem Seminar beisammensaßen, bereit, mich unaufgefordert an ihren Tisch zu setzen und die geringste Stichelei zum Anlaß einer Provokation zu nehmen. Doch wiederum stieß meine rauferische Bereitschaft ins Leere – der schöne Tag hatte die meisten zu Ausflügen verlockt, und die zwei oder drei, die dort beisammensaßen, grüßten höflich und boten meiner fiebrigen Gereiztheit nicht den geringsten Vorwand. Verärgert stand ich bald auf und ging, nun in ein gar nicht mehr zweifelhaftes Lokal der Vorstadt, wo bei dröhnender Damenkapellenmusik der Abhub der amüsierlustigen Kleinstädter zwischen Bier und Qualm knollig beisammen drängte. Ich stürzte zwei, drei Gläser hastig hinunter, lud mir eine übelberüchtigte Weibsperson und ihre Freundin, gleichfalls eine geschminkte dürre Halbweltlerin an meinen Tisch und hatte eine krankhafte Freude, mich recht auffallend zu benehmen. Jeder kannte mich in der kleinen Stadt, jeder wußte, daß ich der Schüler des Professors war; jene wiederum machten sich durch freche Tracht und ihr Benehmen unverkennbar – so genoß ich die läppische verlogene Lust, mich und (wie ich tölpisch meinte) damit auch ihn zu kompromittieren; mögen sie nur sehen, dachte ich, daß ich auf ihn pfeife, daß ich mich nicht kümmre um ihn – und vor allen Leuten hofierte ich diese dickbusige Weibsperson in der taktlosesten, schamlosesten Art. Es war ein Rausch wütiger Bosheit und bald auch ein wirklicher Rausch, denn wir tranken alles wild durcheinander, Wein, Schnaps, Bier, und stießen so wüst um uns, daß Sessel zu Boden fielen und die Nachbarn vorsichtig abrückten. Aber ich schämte mich nicht, im Gegenteil; er soll es nur erfahren, wütete ich Narr, er soll sehen, wie gleichgültig er mir ist, ah, ich bin nicht traurig, nicht gekränkt – im Gegenteil: »Wein her, Wein!« klirrte ich mit der Faust auf den Tisch, daß die Gläser zitterten. Schließlich zog ich mit beiden ab, rechts die eine am Arm, links die andere, quer durch die Hauptstraße, wo die gewohnte Korsostunde um neun Uhr Studenten und Mädchen, Bürger und Militär zu stillbehaglichem Bummel vereinte: ein schwankes, schmieriges Kleeblatt, randalierten wir drei auf dem Fahrdamm derart laut daher, daß endlich ein Schutzmann geärgert herantrat und uns energisch Ruhe gebot. Was dann weiter geschah, vermag ich nicht mehr genau zu schildern – ein blauer fuseliger Dunst verqualmt mir die Erinnerung, ich weiß nur, daß ich, angeekelt von den beiden betrunkenen Weibsbildern und selbst kaum mehr mächtig meiner Sinne, mich von ihnen loskaufte, noch irgendwo Kaffee und Kognak trank, vor dem Gebäude der Universität zum Gaudium herbeigelaufener Burschen eine Philippika gegen die Professoren hielt. Dann wollte ich, aus dem dumpfen Instinkt, mich noch mehr zu besudeln und ihm – wahnwitziger Gedanke eines wirr-leidenschaftlichen Zornes! – einen Tort zu tun, in ein öffentliches Haus, aber ich fand nicht den Weg und torkelte schließlich verdrossen heim. Das Tor aufzuschließen bereitete meiner talperigen Hand Mühe, mit arger Not schleppte ich mich die ersten Stufen hinauf.

Aber dann, vor seiner Tür, fiel, als sei mir der Kopf plötzlich in eiskaltes Wasser getaucht, der ganze dumpfe Rausch ab. Mit einmal nüchtern, starrte ich meiner eigenen, ohnmächtig wütenden Narrheit ins verzerrte Gesicht. Scham duckte mich zusammen. Und ganz leise, ganz kriecherisch wie ein geprügelter Hund, nur daß niemand mich höre, schlich ich in mein Zimmer hinauf.

Wie ein Toter hatte ich geschlafen; als ich aufwachte, überschwemmte Sonne schon den Fußboden und stieg langsam bis zum Bettrand empor, mit einem Ruck stieß ich mich heraus. Im schmerzenden Kopf zuckte allmählich Erinnerung an den gestrigen Abend auf; aber ich drückte die Scham zurück, ich wollte mich nicht mehr schämen. Seine Schuld war es doch, redete ich mir geflissentlich zu, seine Schuld allein, wenn ich so mich verluderte. Ich beruhigte mich, dies Gestrige sei nur ein rechter studentischer Spaß gewesen, wohl erlaubt einem, der seit Wochen und Wochen nichts als Arbeit und Arbeit gekannt; aber mir ward nicht wohl bei der eigenen Rechtfertigung, und ziemlich beklommen stieg ich in kleinmütiger Haltung hinab zu der Frau meines Lehrers, meines gestrigen Ausflugsversprechens gedenkend.

Seltsam: kaum daß ich an die Klinke seiner Tür rührte, war Er wieder gegenwärtig in mir, damit aber auch schon jener brennende, unvernünftig wühlende Schmerz, jene wütige Verzweiflung. Ich klopfte leise, seine Frau kam mir entgegen mit seltsam weichem Blick: »Was treiben Sie für Unsinn, Roland?« sagte sie, doch eher mitleidig als vorwurfsvoll. »Warum quälen Sie sich so!« Ich stand bestürzt: so hatte auch sie bereits von meinem narrenhaften Treiben gehört. Doch sie munterte sofort meine Verlegenheit auf: »Heute aber wollen wir vernünftig sein. Um zehn Uhr kommt Dozent W. und seine Braut, dann fahren wie hinaus und rudern und schwimmen alle Dummheiten tot.« Noch wagte ich ganz ängstlich die unnötige Frage, ob der Professor zurückgekommen sei. Sie sah mich an, ohne zu antworten, wußte ich doch selbst, daß die Frage vergeblich war.

Pünktlich um zehn Uhr rückte der Dozent an, ein junger Physiker, der, als Jude in der akademischen Gesellschaft ziemlich isoliert, eigentlich der einzige verblieb, der mit uns Abgesonderten verkehrte; ihn begleitete seine Braut, wahrscheinlich wohl eher seine Geliebte, ein junges Mädel, der das Lachen unablässig vom Mund fuhr, einfältig und ein wenig dalbrig, aber darum die rechte Gesellschaft für eine solche improvisierte Eskapade. Wir fuhren zuerst, ununterbrochen essend, plaudernd und einander zulachend, mit der Bahn zu einem nahegelegenen winzigen See, und die Wochen angestrengten Ernstes hatten mich aller gesprächiger Heiterkeit dermaßen entwöhnt, daß schon diese eine Stunde mich wie ein leichter prickelnder Wein berauschte. Wirklich, es gelang ihnen vollkommen mit ihrem kindisch übermütigen Treiben, meine Gedanken von der dunkel quellenden Wabe wegzulocken, die sie sonst immer summend umkreisten, und kaum das ich ins Freie tretend, bei einem zufälligen Wettrennen mit dem jungen Mädchen meine Muskeln wieder spürte, so war ich wieder der straffe, unbesorgte Bursche von ehedem.

Am See nahmen wir zwei Ruderboote, die Frau meines Lehrers steuerte das meine, in dem andern teilte der Dozent mit seiner Freundin den Ruderplatz. Und kaum abgestoßen, kam schon die sporthaft wetteifernde Lust über uns, einander zu überholen, wobei ich freilich im Nachteil war, denn indes jene zu zweit ruderten, mußte ich allein gegen beide ankämpfen; aber den Rock von mir werfend, legte ich mich, ein gelernter Athlet dieses Sports, so mächtig in die Riemen, daß ich immer wieder dem Nachbarboot mit wuchtigen Schlägen vorkam. Ununterbrochen hagelte es hinüber und herüber von anfeuernden Spottreden, einer reizte den andern, und achtlos der glühenden Julihitze, gleichgültig gegen den Schweiß, der uns schmählich überströmte, roboteten wir unbändige Galeerensträflinge unserer Sportlust hitzig gegeneinander. Endlich war das Ziel nahe, eine bewaldete kleine Landzunge am See: noch wütiger legten wir uns ins Zeug, und zum Triumph meiner Mitfahrenden, die selbst von dem wetteifernden Spiel gepackt war, knirschte unser Kiel zuerst an den Strand. Ich stieg aus, heiß, überströmt, berauscht von der ungewohnten Sonne, vom klingend erregten Blut, von der Freude des Erfolges: das Herz hämmerte mir aus der Brust, die Kleider klebten schwitzig eng am Körper. Dem Dozenten erging es nicht besser, und statt belobt, wurden wir verbissene Kämpen von den übermütigen Frauen wegen unseres Schnaubens und ziemlich pitoyablen Aussehens noch ausgiebig belacht. Endlich gewährten sie uns eine Frist, um uns abzukühlen; unter Scherzworten wurden zwei Abteilungen, ein Herren- und Damenbad, improvisiert – rechts und links vom Gebüsch. Wir zogen rasch die Schwimmkleider an, hinter dem Gebüsch blitzten blanke Wäsche und nackte Arme, und schon plätscherten, indes wir uns gleichfalls rüsteten, die beiden Frauen wohlig ins Wasser. Der Dozent, weniger ermattet als ich, der einer gegen sie beide gesiegt, sprang sofort ihnen nach, ich aber, der ein wenig zu scharf gerudert und das Herz noch vehement gegen die Rippen hämmern fühlte, legte mich vorerst gemächlich in den

Schatten und ließ wohlig die Wolken über mich hinziehen, das summende süße Brausen der Müdigkeit wollüstig genießend im umrollenden Blut.

Doch schon nach wenigen Minuten begann ein stürmisches Rufen vom Wasser her: »Roland, vorwärts! Wettschwimmen! Preisschwimmen! Preistauchen!« Ich rührte mich nicht: mir war, als könnte ich tausend Jahre so liegen bleiben, die Haut sanft brennend vor der einsickernden Sonne und gleichzeitig gekühlt von zart anstreifender Luft. Aber wieder flatterte Lachen her, die Stimme des Dozenten: »Er streikt! Den haben wir gründlich abgekappt! Holen Sie den Faulenzer.« Und wirklich, schon hörte ich ein Näherplätschern und jetzt von ganz nah ihre Stimme: »Roland, vorwärts! Wettschwimmen! Wir müssens den beiden zeigen!« Ich antwortete nicht, mir machte es Spaß, mich suchen zu lassen. »Wo sind Sie denn?« Schon knirschte der Kies, ich hörte nackte Sohlen suchend den Strand ablaufen, und plötzlich stand sie vor mir, angestrafft das nasse Schwimmkleid um den knabenhaft schlanken Körper. »Da sind Sie. Ach, wie träge! Aber jetzt vorwärts, Faulenzer, die andern sind schon fast drüben bei der Insel.« Ich lag wohlig auf dem Rücken, dehnte mich faul: »Es ist viel schöner hier. Ich komme später nach.«

»Er will nicht«, trompetete sie lachend durch die hohle Hand in die Richtung des Wassers hinüber. »Hinein mit dem Prahlhans!« hallte von weither die Stimme des Dozenten zurück. »Also kommen Sie«, drängte sie ungeduldig, »blamieren Sie mich nicht.« Aber ich gähnte nur träge. Da brach sie spaßend und geärgert zugleich eine Gerte vom Strauch. »Vorwärts!« wiederholte sie energisch und strich mir aufmunternden Hieb über den Arm. Ich fuhr auf: sie hatte zu scharf getroffen, ein dünner Strich wie von Blut lief rot über meinen Arm. »Jetzt erst recht nicht«, sagte ich, gleichfalls spaßend und leicht erbittert zugleich. Aber nun, in wirklichem Zorn, befahl sie: »Kommen Sie! Sofort!« und als ich aus Trotz mich nicht rührte, schlug sie nochmals und jetzt heftiger einen scharfen brennenden Hieb. Mit einem Ruck sprang ich wütig auf, ihr die Gerte zu entreißen, sie wich zurück, aber ich packte ihren Arm. Unwillkürlich gerieten in dem Ringen um die Gerte unsere halbnackten Körper nah aneinander. Und als ich jetzt ihren Arm packte und das Gelenk drehte, um sie zu zwingen, die Gerte fallen zu lassen, und die Ausweichende sich weit zurückbog, da knackte es plötzlich – die haltende Achselspange ihres Schwimmkleids war gerissen, die linke Hülle fiel von ihrem entblößten Busen, starr und rot stach mir die Knospe ihrer Brust entgegen. Unwillkürlich blickte ich hin, eine Sekunde bloß, aber es verwirrte mich: zitternd und beschämt ließ ich ihre umklammerte Hand. Sie wandte sich errötend, mit einer Haarnadel die zerrissene Spange notdürftig zusammenzurichten. Ich stand dabei und wußte nichts zu sagen. Auch sie schwieg. Und von diesem Augenblick war eine würgende, erstickte Unruhe zwischen uns beiden.

»Hallo ... Hallo ... Wo seid ihr denn?« – schon vor der kleinen Insel hallten die Stimmen herüber. »Ja, ich komme schon«, antwortete ich hastig und warf mich, froh, einer neuen Verwirrung zu entrinnen, mit einem Schwung hinein ins Wasser. Ein paar Tauchstöße, die begeisternde Lust des Sich-selber-Fortstoßens, Klarheit und Kälte des unfühlsamen Elements, und schon schien dieses gefährliche Rieseln und Zischen des Blutes wuchtig weggeschwemmt von stärkerer, hellerer Lust. Ich holte bald die beiden ein, forderte den schwächlichen Dozenten zu einer Reihe von Wettkämpfen, in denen ich obsiegte, wir schwammen zurück zur Landzunge, wo die Zurückgebliebene bereits angekleidet uns erwartete, um dann aus mitgebrachten Körben ein Picknick im Freien heiter zu veranstalten. Aber so übermütig die Scherzrede zwischen uns vieren die Runde ging, unwillkürlich hatten wir beide vermieden, das Wort aneinander zu richten: wir sprachen, wir lachten gleichsam über uns hinweg. Und wenn unsere Blicke sich begegneten, wichen sie in ungesprochener Gleichempfindung hastig aus: die Peinlichkeit jenes Zwischenfalls war noch nicht geglättet, und einer spürte des andern Erinnern mit beschämter Beunruhigung.

Der Nachmittag verging dann rasch mit erneuter Ruderpartie, aber die Hitzigkeit der sportlichen Leidenschaft gab immer mehr einer wohligen Ermüdung nach: der Wein, die Wärme, die eingesogene Sonne filterte sich mählich tiefer ins Blut und gab ihm röteren Gang. Schon erlaubten sich der Dozent und seine Freundin kleine Vertraulichkeiten, die wir beide mit einer gewissen Peinlichkeit dulden mußten, sie rückten immer näher zusammen, während wir um so ängstlicher Distanz bewahrten; aber das Paarhafte formte sich schon dadurch bewußter heraus, daß jene beiden Übermütigen im Waldweg gerne zurückblieben, offenbar um sich ungestörter zu küssen, und während dieses Alleingelassenseins hemmte immer ein Befangensein unser Gespräch. Schließlich waren wir alle vier zufrieden, wieder im Zuge zu sein, jene im Vorgefühl bräutlichen Abends, wir, endlich derart peinlichen Situationen zu entrinnen.

Der Dozent und seine Freundin begleiteten uns bis zur Wohnung. Die Treppe stiegen wir allein hinauf; kaum ins Haus getreten, spürte ich wieder die quälende, sehnsüchtig wirre Mahnung seiner Gegenwart. ›Wäre er doch schon zurück!‹ dachte ich ungeduldig. Und gleichsam, als ob sie den ungesprochenen Seufzer mir von der Lippe gelesen, sagte sie: »Wir wollen doch sehen, ob er schon zurück ist.«

Wir traten ein. Die Wohnung lag still. In seinem Zimmer stand alles verlassen: unbewußt zeichnete mein erregtes Gefühl in den leeren Stuhl seine gedrückte, tragische Gestalt. Aber unberührt lagen die Blätter, wartend wie ich selbst. Und da kam wieder die Erbitterung: warum war er geflüchtet, warum ließ er mich allein? Immer grimmiger stieg mir der eifersüchtige Zorn in die Kehle, wieder wogte dumpf aus mir jenes töricht verworrene Gelüst, etwas Böses, etwas Haßvolles gegen ihn zu tun.

Die Frau war mir gefolgt. »Sie bleiben doch hier zum Abendessen? Sie sollten heute nicht allein sein.« Wieso wußte sies, daß ich mich fürchtete vor dem leeren Zimmer, vor dem Knirschen der Stiege, vor der grübelnden Erinnerung: alles erriet sie immer in mir, jeden ungesprochenen Gedanken, jedes böse Gelüst.

Irgendeine Angst kam mich an, eine Angst vor mir selbst und meinem wirr in mir umfahrenden Haß, ich wollte ablehnen. Aber ich war feig und wagte kein Nein.

Ich habe von je den Ehebruch verabscheut, nicht aber um einer rechthaberischen Moral willen, aus Prüderie und Sittsamkeit, nicht so sehr, weil er Diebstahl im Dunkeln bedeutet, Besitznahme fremden Leibs, sondern weil fast jede Frau in solchen Augenblikken das Heimlichste ihres Gatten verrät – jede eine Delila, die dem Hintergangenen sein menschlichstes Geheimnis wegstiehlt und einem Fremden hinwirft, das Geheimnis seiner Kraft oder seiner Schwäche. Nicht daß Frauen selber sich geben, scheint mir Verrat, sondern daß sie fast immer dann, um sich zu rechtfertigen, das Schamtuch lüpfen von ihres Mannes Scham und den Ahnungslosen gleichsam im Schlafe einer fremden Neugier, einem höhnisch genießenden Gelächter aufbreiten.

Nicht also, daß ich damals, von blindwütiger Verzweiflung verwirrt, in der anfangs bloß mitleidigen und dann erst zärtlichen Umarmung seiner Frau Zuflucht fand – verhängnisvoll rasch glitt ein Gefühl ins andere hinüber –, nicht dies empfinde ich noch heute als die erbärmlichste Niedrigkeit meines Lebens (denn es geschah ohne Willen, beide stürzten wir unwissend-unbewußt in diesen brennenden Abgrund), sondern daß ich auf gehitzten Kissen mir über ihn noch Vertraulichkeiten erzählen ließ, daß ich der gereizten Frau erlaubte, Geheimstes ihrer Ehe zu verraten. Warum duldete ich, ohne sie wegzustoßen, daß sie mir berichtete, seit Jahren meide er sie körperlich, und in dunklen Andeutungen sich erging: warum hieß ich sie nicht herrisch schweigen über dies Geheimste seines Geschlechts? Aber ich brannte so sehr nach seinem Geheimnis, ich dürstete dermaßen, ihn schuldig zu wissen gegen mich, gegen sie, gegen alle, daß ich taumlig dies zornige Bekenntnis ihrer Vernachlässigung aufnahm – war es doch so ähnlich meinem eigenen Gefühl des Zurückgestoßenseins! So geschah, daß wir beide aus wirrem, gemeinsamen Haß etwas taten, das wie Liebe sich gebärdete: aber indes unsere Körper sich suchten und ineinanderdrängten, dachten wir beide, sprachen wir beide immer wieder und immer nur von ihm. Manchmal tat mir ihr Wort weh, und ich schämte mich, daß ich verstrickt blieb, wo ich verabscheute. Aber der Körper unter mir gehorchte nicht mehr dem Willen, er wühlte wild in seiner eigenen Lust. Und schaudernd küßte ich die Lippe, die meinen liebsten Menschen verriet.

Am nächsten Morgen schlich ich, die Zunge bitter vor Ekel und Scham, hinauf in mein Zimmer. In der Minute, wo das Warme ihres Leibes nicht mehr mir die Sinne trübte, empfand ich die grelle Wirklichkeit und Widerlichkeit meines Verrats. Nie wieder, sofort wußte ichs, würde ich ihm vor Augen treten können, nie mehr seine Hand nehmen: nicht ihn, mich selbst hatte ich um mein Bestes bestohlen.

Jetzt gab es nur eine Rettung: Flucht. Im Fieber packte ich alle meine Sachen, schichtete meine Bücher, bezahlte meiner Wirtin: er durfte mich nicht mehr finden, auch ich sollte verschwunden sein, grundlos und geheimnisvoll, genau wie er mir.

Aber inmitten des geschäftigen Tuns erstarrte mir plötzlich die Hand. Ich hatte das Knirschen der Holztreppe gehört, ein Schritt hastete die Stiege herauf – sein Schritt.

Ich muß leichenfahl geworden sein. Denn kaum eingetreten, schrak er schon auf. »Was ist dir, Junge? Bist du krank?«

Ich wich zurück. Ich bog ihm aus, als er jetzt näher wollte und mich helfend anfassen.

»Was hast du?« fragte er erschreckt. »Ist dir etwas zugestoßen? Oder ... oder ... bist du mir noch böse?«

Krampfhaft hielt ich mich zum Fenster hin. Ich konnte ihn nicht ansehen. Seine teilnehmende warme Stimme riß in mir etwas auf wie eine Wunde: einer Ohnmacht nahe, fühlte ich es aufströmen in mir, heiß, ganz heiß, brennend und verbrennend, einen glühenden Guß von Scham.

Aber auch er stand verwundert, verwirrt. Und plötzlich – ganz klein, ganz zaghaft duckte sich seine Stimme – flüsterte er eine sonderbare Frage: »Hat dir … hat dir jemand … etwas über mich gesagt?«

Ich machte, ohne mich ihm zuzuwenden, eine abwehrende Bewegung. Aber irgendein ängstlicher Gedanke schien ihn zu beherrschen, er wiederholte hartnäckig:

»Sag mirs … gesteh mirs … hat irgend jemand über mich etwas gesagt … irgend jemand, ich frage nicht, wer.«

Ich verneinte wieder. Er stand ratlos. Aber mit einmal schien er bemerkt zu haben, daß meine Koffer gepackt, meine Bücher zusammengerafft waren und sein Kommen gerade meine letzten Reisevorbereitungen unterbrochen hatte. Erregt trat er heran: »Du willst fort, Roland, ich sehe es … sag mir die Wahrheit.«

Da raffte ich mich auf. »Ich muß fort … verzeihen Sie mir … aber ich kann darüber nicht sprechen … ich werde Ihnen schreiben.« Mehr würgte ich nicht aus der verklemmten Kehle, und in jedes Wort schlug mir das Herz.

Er blieb starr. Dann plötzlich kam wieder jene müde Art über ihn. »Es ist vielleicht besser so, Roland … ja gewiß, es ist besser so … für dich und für alle. Aber ehe du gehst, möchte ich dich noch einmal sprechen. Komm um sieben Uhr, zur gewohnten Stunde … dann wollen wir Abschied nehmen, Mann zu Mann … Nur keine Flucht vor sich selber, nur keine Briefe … das wäre kindisch und unser nicht würdig … und dann, was ich dir sagen möchte, will in keine Feder … Also du kommst, nicht wahr?«

Ich nickte nur. Mein Blick wagte sich noch immer nicht vom Fenster weg. Aber ich sah nichts von der Helligkeit des Morgens mehr, ein dichter dunkler Schleier stand zwischen mir und der Welt.

Um sieben Uhr betrat ich zum letztenmal den geliebten Raum: verfrühtes Dunkel dämmerte durch die Portieren, kaum glänzte von der Tiefe noch der fließende Stein der Marmorgestalten, und die Bücher schliefen alle schwarz hinter ihren perlmuttern flimmernden Gläsern. Geheimnisort meiner Erinnerungen, wo das Wort mir magisch geworden und ich Rausch und Verzückung des Geistigen wie nirgends erlebt – immer sehe ich dich aus dieser Abschiedsstunde und immer die verehrte Gestalt, wie sie jetzt der Lehne des Sessels sich langsam, langsam enthebt und mir schattend entgegenkommt: bloß die Stirne glänzt rund wie eine alabasterne Lampe im Dunkel, und drüber wogt, ein wehender Rauch, das weiße Haar des alten Mannes. Jetzt steigt, mühsam gehoben, von unten eine Hand empor, sie sucht die meine, jetzt erkenne ich die Augen ernst mir zugewandt, und schon fühle ich sanft meinen Arm umfaßt und mich niedergeleitet zu einem Stuhl.

»Setz dich nieder, Roland, und sprechen wir klar. Wir sind Männer und müssen aufrichtig sein. Ich dränge dich nicht – aber wäre es nicht besser, die letzte Stunde schaffte auch volle Klarheit zwischen uns? Also sag, warum willst du weg? Bist du böse auf mich wegen jeder unsinnigen Beleidigung?«

Ich verneinte mit einer Gebärde. Entsetzlich der Gedanke, daß er noch, er, der Betrogene, der Verratene, die Schuld auf sich nehmen wollte!

»Habe ich dir sonst bewußt oder unbewußt eine Kränkung zugefügt? Ich bin manchmal sonderbar, ich weiß es. Und ich habe dich gereizt, gequält wider meinen eigenen Willen. Ich habe dir nie genug gedankt für alle deine Anteilnahme – ich weiß es, ich weiß es, ich habe es immer gewußt, selbst in den Minuten, wo ich dir wehe tat. Ist das der Grund – sag es mir, Roland – denn ich möchte, daß wir ehrlich voneinander Abschied nehmen.«

Wieder schüttelte ich den Kopf: ich konnte nicht sprechen. Noch immer ging seine Stimme fest: jetzt begann sie sich leicht zu verwirren.

»Oder ... ich frage dich nochmals ... hat irgend jemand dir irgend etwas über mich zugetragen ... etwas, das du als niedrig, als ... abstoßend empfindest ... etwas, was dich ... was dich mich verachten läßt?«

»Nein! nein! ... nein! ...« Wie ein Schluchzen fuhr mir der Protest heraus: ich ihn verachten! Ich ihn!

Ungeduldig wurde jetzt seine Stimme. »Was ist es dann? ... Was kann es denn sonst sein? ... Bist du der Arbeit müde? ... Oder zieht dich sonst etwas fort? ... Eine Frau ... ist es eine Frau?«

Ich schwieg. Und dieses Schweigen war wohl derart anders, daß er die Bejahung spürte. Er beugte sich näher heran und flüsterte ganz leise, aber ohne Erregung, ganz ohne Erregung und Zorn:

»Ist es eine Frau? ... *meine* Frau?«

Ich schwieg noch immer. Und er verstand. Ein Zittern lief mir über den Leib: jetzt, jetzt, jetzt würde er ausbrechen, mich anfallen, mich schlagen, mich züchtigen ... und ... ich sehnte mich beinahe danach, daß er mich peitschte, mich, den Dieb, den Verräter, daß er mich wie einen räudigen Hund wegpeitschte aus seinem geschändeten Haus. Aber seltsam ... er blieb vollkommen still ... und beinahe wie eine Erleichterung klangs, als er zu sich selber sinnend murmelte: »Das hätte ich mir eigentlich denken können.« Zweimal ging er im Zimmer auf und ab. Dann blieb er vor mir stehen und sagte, fast schien mirs, verächtlich:

»Und das ... das nimmst du so schwer? Hat sie dir denn nicht gesagt, daß sie frei ist, zu tun, zu nehmen, was ihr beliebt, daß ich kein Recht habe über sie? ... Kein Recht, ihr etwas zu verbieten, und auch nicht die geringste Lust dazu ... Und warum hätte sie sich beherrschen sollen, wem zuliebe und gerade gegen dich ... Du bist jung, du bist hell und schön ... du warst uns nah ... wie sollte sie dich nicht lieben, du ... du Schöner, du Junger, wie sollte sie dich nicht lieben ... Ich ...« Plötzlich begann seine Stimme zu zittern. Und er beugte sich nahe, so nah, daß ich seinen Atem spürte. Wieder fühlte ich die warme Umfangung seiner Blicke, wieder dies seltsame Licht, so ... so wie in jenen seltenen sonderbaren Sekunden zwischen ihm und mir. Immer näher kam er heran.

Und dann flüsterte er leise, kaum regten sich die Lippen. »Ich ... ich liebe dich doch auch.«

War ich aufgefahren? Hatte mich es unwillkürlich zurückgeschreckt? Aber irgendeine Geste der Überraschung, der Flucht mußte aus meinem Körper vorgefahren sein, denn er taumelte weg wie ein Zurückgestoßener. Ein Schatten dunkelte über sein Gesicht. »Verachtest du mich jetzt?« fragte er ganz leise. »Bin ich dir jetzt widerlich?«

Warum fand ich damals kein Wort? Warum saß ich nur stumm da, lieblos, verlegen, betäubt, statt auf den Liebenden zuzutreten und ihm die irrige Sorge zu nehmen? Aber in mir wogten wild alle Erinnerungen; als hätte eine Chiffre mit einmal die Sprache all jener unfaßbaren Botschaften gelöst, so verstand ich alles jetzt in furchtbarer Klarheit, sein zärtliches Kommen und seine brüske Verteidigung, ich verstand erschüttert jenen Besuch in der Nacht und die verbissene Flucht vor meiner begeistert zudrängenden Leidenschaft. Liebe, ich hatte sie ja immer bei ihm gefühlt, zärtlich und scheu, bald anflutend, bald wieder übermächtig gehemmt, ich hatte sie geliebt und genossen in jedem flüchtig mir zugefallenen Strahl – aber doch, wie Liebe, das Wort, jetzt von bärtigem Munde kam, sinnlich-zärtlichen Klangs, da dröhnte mir ein Grauen süß und furchtbar zugleich in den Schläfen. Und so sehr ich brannte in Demut und Mitleid für ihn, ich fand, ich verwirrter, zitternder, überfallener Knabe, kein Wort für seine unvermutet mir aufgetane Leidenschaft.

Er saß vernichtet und starrte in mein Schweigen. »So furchtbar also ist dirs, so furchtbar«, murmelte er, »auch du ... auch du verzeihst mirs also nicht, auch du, gegen den ich meine Lippen verpreßt, daß ich beinahe erstickte ... dem ich mich verborgen habe, wie ich mich keinem verbarg ... Aber besser, du weißt es jetzt, nun erdrückts mich nicht mehr ... Denn es war schon zuviel für mich ... oh, viel zuviel ... besser, besser ein Ende als dies Schweigen und Verschweigen ...«

Wie das voll Trauer war, voll Zärtlichkeit und Scham; bis ins Innerste drang mir der zuckende Ton. Ich schämte mich, dermaßen kalt, derart fühllos frostig vor dem Manne zu schweigen, von dem ich mehr empfangen als von irgendeinem Menschen und der so unsinnig vor mir sich erniedrigte. Die Seele brannte mir, ihm ein Tröstliches zu sagen, aber die Lippe, die zitternde, gehorchte nicht. Und so verlegen, so jämmerlich klein hockte ich da und bog mich im Sessel herum, daß er, beinahe unwillig, mich aufmunterte. »Sitz doch nicht so da, Roland, so grauenhaft stumm ... Faß dich doch ... Ist es dir wirklich so fürchterlich? Schämst du dich meiner so sehr? ... Jetzt ist ja doch alles vorbei, ich habe dir alles gesagt ... laß uns doch wenigstens anständig Abschied nehmen, wie es zwei Männern, zwei Freunden geziemt.«

Aber ich hatte noch immer nicht Macht über mich. Da rührte er meinen Arm: »Komm, Roland, setz dich zu mir! ... Mir ist leichter, seitdem du es weißt, seit endlich Klarheit zwischen uns besteht ... Erst habe ich immer gefürchtet, du möchtest erraten, wie lieb du mir bist ... dann habe ich wieder gehofft, du selbst würdest es spüren, nur damit mir dies Geständnis erspart sei ... Aber nun ists geschehen, nun bin ich frei ... nun kann ich zu dir sprechen wie nie zu einem andern Menschen. Denn du warst mir näher als irgendeiner in all diesen Jahren ... wie keinen habe ich dich geliebt ... Wie keiner hast du, Kind, das Letzte meines Wesens wach gemacht ... So sollst du auch zum Abschied mehr wissen von mir als irgendein anderer Mensch, ich habe ja in all diesen Stunden dein Fragen, dein stummes, so deutlich gespürt ... Du allein sollst mein ganzes Leben kennen. Willst du, daß ich dirs erzähle?«

An meinen Blicken, an meinen verwirrten und erschütterten Blicken sah er mein Ja.

»So komm nahe ... hierher zu mir ... Ich kann diese Dinge nicht laut sagen.« Ich beugte mich – fromm, muß ichs nennen. Aber kaum daß ich wartend, lauschend ihm gegenübersaß, stand er wieder auf. »Nein, so geht es nicht ... Du darfst mich nicht ansehen dabei ... sonst ... sonst kann ich nicht sprechen.« Und mit einem Griff löschte er das Licht.

Dunkel fiel über uns. Ich fühlte, daß er nahe war, fühlte es an seinem Atem, der schwer und wie röchelnd irgendwo im Unsichtbaren ging. Und plötzlich stand zwischen uns eine Stimme auf und erzählte mir sein ganzes Leben.

Seit jenem Abend, wo dieser verehrteste Mann mir sein Schicksal wie eine harte Muschel aufschloß, seit jenem Abend vor vierzig Jahren scheint mir noch immer alles spielhaft und belanglos, was unsere Schriftsteller und Dichter in Büchern als außerordentlich erzählen, was Schauspiele den Bühnen als tragisch maskieren. Ist es Bequemlichkeit, Feigheit oder ein zu kurzes Gesicht, daß sie alle immer nur den obern erhellten Lichtrand des Lebens zeichnen, wo die Sinne offen und gesetzhaft spielen, indes unten in den Kellergewölben, in den Wurzelhöhlen und Kloaken des Herzens phosphorhaft funkelnd die wahren, die gefährlichen Bestien der Leidenschaft umfahren, im Verborgenen sich paarend und zerfleischend in allen phantastischen Formen der Verstrickung? Schreckt sie der Atem, der heiße und zehrende der dämonischen Triebe, der Dunst des brennenden Blutes, fürchten sie die Hände zu schmutzen, die allzu zarten, an den Schwären der Menschheit, oder findet ihr Blick, an mattere Helligkeiten gewöhnt, nicht hinab diese glitschigen, gefährlichen, von Fäulnis triefenden Stufen? Und doch ist dem Wissenden keine Lust gleich als jene am Verborgenen, kein Schauer so urmächtig stark, als der das Gefährliche umfröstelt, und kein Leiden heiliger, als das sich aus Scham nicht zu entäußern vermag.

Hier aber schlug ein Mensch sich mir auf in äußerster Nacktheit, hier zerriß sich einer die innerste Brust, gierig bereit, das zerhämmerte, vergiftete, verbrannte, vereiterte Herz zu entblößen. Eine wilde Wollust folterte sich flagellantisch frei in diesem durch Jahre und Jahre verhaltenen Geständnis. Nur wer ein Leben lang sich geschämt, sich geduckt und verdeckt, nur der konnte so rauschhaft überwältigt ausfahren in die Unerbittlichkeit eines solchen Gestehens. Stück für Stück brach sich hier ein Mensch sein Leben aus der Brust, und in dieser Stunde starrte ich Knabe zum erstenmal hinab in die unausdenkbaren Tiefen des irdischen Gefühls.

Erst wogte seine Stimme nur körperlos im Raum, unklarer

Qualm der Erregung, unsichere Andeutung geheimen Geschehens, und doch fühlte man gerade an dieser mühsamen Beherrschung der Leidenschaft ihre kommende Gewalt, so wie man an gewissen gewaltsam verlangsamten Takten, die einem jagenden Rhythmus vorausgehen, das Furioso schon in den Nerven voraus spürt. Dann aber begannen die Bilder aufzuflackern, vom innern Sturm der Leidenschaft zuckend emporgerissen und allmählich erst sich erhellend. Einen Knaben sah ich zuerst, einen scheuen, in sich geduckten Knaben, der kein Wort zu den Kameraden wagt, den aber ein wirres, körperlich-forderndes Verlangen gerade den Schönsten der Schule leidenschaftlich zudrängt. Doch mit erbittertem Rückstoß hat der eine ihn bei allzu zärtlicher Annäherung von sich weggejagt, ein zweiter ihn mit gräßlich deutlichem Wort verspottet, und ärger noch: beide haben sie das abwegige Gelüst den andern verprangert. Und sofort schließt eine einhellige Feme von Hohn und Erniedrigung den Verwirrten wie einen Aussätzigen von ihrer heitern Gemeinschaft aus. Täglicher Kreuzgang wird der Weg zur Schule, und die Nächte von Selbstekel dem früh Gezeichneten verstört: als Wahnwitz und entehrendes Laster empfindet der Ausgestoßene sein abwegiges und doch vorerst nur in Träumen verdeutlichtes Gelüst.

Unsicher schwankt die erzählende Stimme: einen Augenblick ists, als wollte sie verlöschen im Dunkel. Aber ein Seufzer stößt sie wieder empor, und aus dem düstern Qualm flackern nun neue Bilder, schattenhaft und gespenstisch gereiht. Der Knabe ist Student in Berlin geworden, zum erstenmal gewährt ihm die untergründige Stadt Erfüllung der langbeherrschten Neigung, aber wie beschmutzt sind sie von Ekel, wie vergiftet von Angst, diese zwinkernden Begegnungen an dunklen Straßenecken, im Schatten von Bahnhöfen und Brücken, wie arm in ihrer zuckenden Lust und wie grauenhaft durch Gefahr, meist erbärmlich in Erpressungen endend und jede noch wochenlang eine schleimige Schneckenspur kalter Furcht hinter sich ziehend! Höllenwege zwischen Schatten und Licht: indes am hellen arbeitsamen Tag das kristallene Element des Geistigen den Forschenden durchläutert, stößt der Abend immer wieder den Leidenschaftlichen in den Abhub der Vorstädte hinab, in die Gemeinschaft fragwürdiger, vor der Pickelhaube jedes Schutzmannes wegflüchtender Gesellen, in dünstige Bierkeller, deren mißtrauische Tür nur einem gewissen Lächeln sich auftut. Und eisern muß der Wille sich straffen, diese Doppelschichtigkeit des täglichen Lebens vorsichtig zu verbergen, das medusische Geheimnis fremdem Blick zu verhüllen, tagsüber die ernst-würdehafte Haltung eines Dozenten untadelig bewahrend, um dann nachts die Unterwelt jener verschämten, im Schatten flackernder Laternen geschlossenen Abenteuer ungekannt zu durchwandern. Immer wieder spannt sich der Gequälte auf, mit der Peitsche der Selbstbeherrschung die von gewohnter Bahn ausbrechende Leidenschaft in die Hürde zurückzutreiben, immer wieder reißt ihn der Trieb zum Dunkel-Gefährlichen hin. Zehn, zwölf, fünfzehn Jahre nervenzerreißenden Ringens wider die unsichtbar magnetische Kraft unheilbarer Neigung spannen sich wie ein einziger Krampf, Genießen ohne Genuß, würgende Scham und allmählich der verdunkelte, in sich scheu verborgene Blick der Furcht vor der eignen Leidenschaft.

Endlich, spät schon, nach dem dreißigsten Lebensjahr, ein gewaltsamer Versuch, das Gespann auf die rechte Bahn zu reißen. Bei einer Verwandten lernt er seine spätere Frau kennen, ein junges Mädchen, die vom Geheimnisvollen seines Wesens unklar angezogen, ihm aufrichtige Neigung entgegenbringt. Und zum erstenmal vermag dieser knabenhafte Körper und ihr jugendhaft übermütiges Gebaren seine Leidenschaft für kurze Zeit zu täuschen. Ein flüchtiges Verhältnis bezwingt den Widerstand gegen das Weibliche, zum erstenmal ist er überwunden, und in der Hoffnung, dank dieser geraden Beziehung Herr seiner fehlgängerischen Neigung zu werden, ungeduldig, sich festzuketten, wo er erstmalig Halt gegen dies innere Zeichen ins Gefährliche gefunden, heiratet er rasch – nach vorherigem freiem Geständnis – das junge Mädchen. Nun meint er den Rückweg in die schreckhaften Zonen versperrt. Ein paar knappe Wochen lassen ihn sorglos sein; aber bald erweist sich der neue Reiz als wirkungslos, das urtümliche Verlangen wieder eigensinnig übermächtig. Und von nun ab dient die enttäuschende Enttäuschte nur mehr als Attrappe, um gesellschaftlich die rückfälligen Neigungen zu maskieren. Wieder geht der Weg halsbrecherisch am Rand des Gesetzes und der Gesellschaft hinab ins Dunkel der Gefährlichkeiten.

Und besondere Qual zu der inneren Verwirrung: eine Stellung ist ihm ausersehen, wo solche Neigung zum Fluche wird. Dem Dozenten und bald darauf dem wohlbestallten Professor wird der ständige Umgang mit jungen Menschen amtliche Pflicht, immer wieder schiebt ihm die Versuchung atemnah neue Blüte der Jugend her, Epheben eines unsichtbaren Gymnasions innerhalb der preußischen Paragraphenwelt. Und alle – neuer Fluch! neue Gefährdung! – lieben ihn leidenschaftlich, ohne das Antlitz des Eros hinter der Maske des Lehrenden zu erkennen, sind sie beglückt, wenn jovial seine Hand (die heimlich erzitternde) sie anstreift, sie verschwenden ihre Begeisterung an einen, der ständig wider sie sich bemeistern muß. Qualen des Tantalus: hart zu sein gegen zudrängende Neigung, unablässig mit der eigenen Schwäche in nie endendem Kampf! Und immer, wenn er einer Versuchung sich fast erliegen fühlte, dann ergriff er plötzlich die Flucht. Das waren jene Eskapaden, deren blitzhaftes Kommen und Widerkommen mich damals so verwirrt: nun sah ich in den grausigen Weg dieser Flucht vor sich selbst, Flucht in das Grauen der Winkelwege und Abgründe. Er reiste dann immer in eine Großstadt, wo er an abseitiger Stelle Vertraute fand, Menschen niederen Standes, deren Begegnung beschmutzte, hurenhafte Jugend statt der heilig hingegebenen, aber dieser Ekel, dieser Sumpf, diese Widrigkeit, diese giftige Beize der Enttäuschung tat ihm not, um dann daheim, im vertrauend gescharten Kreise der Studenten seiner Sinne wieder standhaft gewiß zu sein. Oh, was für Begegnungen – welche gespenstische und doch stinkend irdische Gestalten, die sein Geständnis mir beschwor! Denn dieser hohe geistige Mann, dem Schönheit der Formen ureingeboren und atemhaft notwendig war, dieser lautere Meister aller Gefühle, er mußte den letzten Erniedrigungen der Erde begegnen in jenen rauchigen, verschwelten Kaschemmen, die nur Eingeweihte einlassen: er kannte die frechen Forderungen geschminkter Promenadejungen, die süßliche Vertraulichkeit parfümierter Friseurgehilfen, das erregte Kichern der Transvestiten aus ihren Weiberröcken, die rabiate Geldgier vazierender Schauspieler, die plumpe Zärtlichkeit tabakkauender Matrosen – alle diese verkrümmten, verängstigten, verkehrten und phantastischen Formen, in denen das fehlwandernde Geschlecht sich am untersten Rande der Städte sucht und erkennt. Alle Erniedrigungen, alle Schmach und Gewaltsamkeit waren ihm auf diesen glitschigen Wegen begegnet: mehrmals war er vollkommen ausgestohlen worden (zu schwach, zu edel, sich mit einem Reitknecht zu balgen), ohne Uhr, ohne Mantel, und dazu noch ausgehöhnt von dem betrunkenen Kameraden jenes üblen Vorstadthotels heimgekehrt. Erpresser hatten sich an seine Fersen geheftet, Schritt für Schritt hatte ihn einer monatelang bis in die Universität verfolgt, frech sich in die erste Bank seiner Hörer gesetzt und dann mit schuftigem Lächeln zu dem stadtbekannten Professor aufgesehen, der, zitternd unter seinem vertraulichen Augenzwinkern, das Kolleg nur mit letzter Mühe vorwürgte. Einmal – das Herz stand mir still, da er auch dieses mir beichtete – war er mitternachts in Berlin mit einem ganzen Klüngel in einer anrüchigen Bar von der Polizei ausgehoben worden; mit jenem bauchblähenden höhnischen Lächeln des Subalternen, der sich einmal aufspielen kann über einen Intellektuellen, notierte ein feister, rotbackiger Wachtmeister des Zitternden Namen und Stand, schließlich ihm gnädig bedeutend, für diesmal sei er noch straflos entlassen, doch bleibe von nun ab sein Name auf der gewissen Liste. Und wie an eines Menschen Gewand, der lange in fuseligen Stuben gesessen, schließlich jener Geruch fühlbar anhaftet, so mußte allmählich hier in der eigenen Stadt, an irgendeiner unerfindlichen Stelle beginnend, schon munkelndes Gerede durchgesickert sein, denn genau wie damals in der Schulklasse, frostete jetzt im Kreise der Kollegen immer ostentativer Rede und Gruß, bis auch hier schließlich jener gläserne, durchsichtige Raum von Fremdheit den immer Einsamen von allen absonderte. Und in all seiner Verborgenheit im siebenfach verschlossenen Haus fühlte er sich noch immer bespäht und erkannt.

Nie aber war diesem gequälten, verängstigten Herzen die Gnade des reinen Freundes, des Edelgesinnten widerfahren, würdige Erwiderung männlich-übermächtiger Zärtlichkeit: immer mußte er sein Gefühl zerteilen in ein Unten und Oben, in den zart sehnsüchtigen Verkehr mit den jungen geistigen Gefährten der Universität und jenen im Dunkel geworbenen Genossen, deren er morgens sich nur mehr schauernd besann. Nie hatte dem schon Alternden das Erlebnis einer reinen Zuneigung, der seelenvollen eines Jünglings, sich geschenkt, und matt von Enttäuschung, die Nerven zermürbt von dieser Dornenjagd im Dickicht, hatte der Resignierte schon sich verschüttet gemeint – da trat noch einmal ein junger Mensch in sein Leben, leidenschaftlich auf ihn, den Gealterten, zu, brachte mit seinem Wort, seinem Wesen opferfreudig sich selber dar, ihm zuglühend, dem ahnungslos Übermannten, der erschreckt vor nicht mehr erhofftem Wunder stand, nicht mehr sich würdig fühlend so reinen, so unbewußt dargebotenen Geschenks. Noch einmal war ein Bote der Jugend gekommen, schöne Gestalt und leidenschaftlicher Sinn, glühend für ihn in geistigem Feuer, zärtlich an ihn gebunden durch sympathetisches Band, dürstend nach seiner Neigung und ohne Gefühl ihrer Gefahr. Die Fackel des Eros in der unwissenden Seele, kühn und ahnungslos wie Parzival, der Tor, beugte er sich nah über die vergiftete Wunde, unkund des Zaubers und daß schon sein Kommen die Heilung trug – der Langerwartete eines Lebens, zu spät, in der letzten sinkenden Abendstunde trat er ins Haus.

Und mit dieser geschilderten Gestalt stieg auch die Stimme aus dem Dunkel. Ein Helles schien sie zu durchläutern, eine tiefe mitschwingende Zärtlichkeit gab ihr Musik, da dieser sprachmächtige Mund von diesem jungen Menschen sprach, dem Spätgeliebten. Ich zitterte mit vor Erregung und mitfühlender Beglückung, aber plötzlich – da schlug es mir wie ein Hammer aufs Herz. Denn dieser junge glühende Mensch, von dem mein Lehrer sprach, das war ja – ... das war ja ... – Scham fuhr mir über die Wangen ... das war ja ich selbst: wie aus brennendem Spiegel sah ich mich vortreten, gehüllt in einen solchen Glanz ungeahnter Liebe, daß ihr Widerschein mich noch versengte. Ja, das war ich – immer näher erkannte ich mich, meine andrängende, begeisterte Art, dies fanatische Ihm-nahe-sein-Wollen, die begehrliche Ekstase, der ein Geistiges nicht genügte, mich, den törichten, wilden Jungen, der unkund seiner Macht den quellenden Samen des Schöpferischen noch einmal in dem Verschlossenen erweckt, noch einmal die schon müd hingesunkene Fackel des Eros in seiner Seele entzündet. Staunend erkannte ichs nun, was ich, der Schüchterne, ihm bedeutet, dessen zudrängenden Überschwang er als heiligste Überraschung seines Alters liebte – und schauernd erkannte ich zugleich, wie übermächtig hier sein Wille mir entgegengerungen: denn gerade von mir, dem rein Geliebten, wollte er nicht Hohn und Rückstoß, den Schauer beleidigter Leiblichkeit erfahren, gerade diese letzte Gnade unwilligen Geschicks nicht den Sinnen zum lusthaften Spiele geben. Darum setzte er meinem Zudrängen so erbitterten Widerstand entgegen, scheuchte mein flutendes Gefühl mit jähem Guß eiskalter Ironie, spitzte das weichflutende Freundeswort zu konventioneller Härte, bändigte die zärtlich umfassende Hand – nur um meinetwillen erzwang er von sich all die Schroffheiten, die mich ernüchtern sollten und ihn bewahren, und die mir durch Wochen die Seele verstörten. Grauenhaft klar ward mir nun das wüste Wirrsal jener Nacht, da er, Traumwandler seiner übermächtigen Sinne, die knirschende Treppe emporgestiegen, um dann mit jenem beleidigenden Wort sich selbst und unsere Freundschaft zu retten. Und schauernd, ergriffen, erregt wie im Fieber, zergehend in Mitleid, verstand ich, wie sehr er um meinetwillen gelitten, wie heldisch er sich um meinetwillen bemeistert.

Diese Stimme im Dunkel, diese Stimme im Dunkel, wie fühlte ich sie eindringen bis in das innerste Gebälk meiner Brust! Es war ein Ton in ihr, wie ich ihn nie vordem vernommen, nie vordem, nie nachdem – ein Ton aus Tiefen, die mittleres Schicksal nie ertastet. So sprach ein Mensch nur einmal in seinem Leben zu einem Menschen, um dann für immer zu schweigen, so wie in der Sage vom Schwane gesagt ist, daß er bloß sterbend ein einziges Mal die rauhe Stimme aufheben könne zum Gesang. Und ich nahm diese heiß vorstoßende, diese glühend eindringliche Stimme in mich auf, schauernd und schmerzhaft, wie ein Weib den Mann in sich empfängt ...

Und mit einemmal schwieg diese Stimme, und es war nur noch Dunkel zwischen uns. Ich wußte ihn nah. Nur die Hand mußte ich heben, und die ausgestreckte rührte ihn an. Und mächtig drangs aus mir, dem Leidenden tröstlich zu sein.

Aber da machte er eine Bewegung. Licht zuckte auf. Müde, alt, verquält raffte vom Sessel eine Gestalt sich empor – ein alter, ein erschöpfter Mann ging langsam auf mich zu. »Leb woh, Roland ... jetzt kein Wort mehr zwischen uns! Es war gut, daß du gekommen bist ... und es ist gut für uns beide, daß du gehst ... Lebe wohl ... Und laß ... dich küssen zum Abschied!«

Wie von magischer Macht gerissen, schwankte ich ihm entgegen. Jenes schwelende, sonst wie von wirrem Rauch niedergehaltene Licht glomm jetzt offen in seinen Augen: brennende Flamme schlug aus ihnen hoch. Er zog mich nahe, seine Lippen preßten durstig die meinen, nervig, in einem zuckenden Krampf drängte er meinen Körper an sich.

Es war ein Kuß, wie ich ihn nie von einer Frau empfing, ein Kuß, wild und verzweifelt wie ein Todesschrei. Der zitternde Krampf seines Leibes ging in mich über. Ich schauerte von einem fremdfurchtbaren Empfinden zwiefältig gefaßt – hingegeben mit meiner Seele und doch zutiefst erschreckt von einem widrigen Wehren des männlich berührten Körpers – unheimliche Verwirrung des Gefühls, die mir verpreßte Sekunde zu betäubender Dauer zerdehnend.

Da ließ er mich los – es war ein Ruck, als risse gewaltsam ein Leib auseinander –, wandte sich mühsam um und warf sich in den Sessel, den Rücken mir zugewandt: ganz starr lehnte er einige Minuten vor sich ins Leere. Allmählich aber ward ihm der Kopf zu schwer, er beugte sich erst müder und matter, dann aber, so wie ein Übergewicht, ein lange schwankendes, plötzlich zur Tiefe stürzt, fiel mit einem dumpfen trockenen Ton die gebeugte Stirn schwer über den Schreibtisch hin.

Unendlich durchwogte mich Mitleid. Unwillkürlich trat ich nah. Aber da krampfte sich plötzlich der eingestürzte Rücken noch einmal auf, und sich rückwendend, heiser und dumpf aus der

Höhle seiner verklammerten Hände stöhnte er drohend: »Weg! ... weg! ... Nicht! ... nicht nahekommen! ... um Gottes willen ... um unser beider willen ... geh jetzt ... geh!«

Ich verstand. Und schaudernd trat ich zurück: wie ein Flüchtender verließ ich den geliebten Raum.

Nie wieder habe ich ihn gesehen. Nie einen Brief empfangen oder eine Botschaft. Sein Werk ist nie erschienen, sein Name vergessen; niemand weiß mehr um ihn als ich allein. Aber noch heute, wie einstmals der ungewisse Knabe, fühl ich: Vater und Mutter vor ihm, Frau und Kinder nach ihm, keinem danke ich mehr. Keinen habe ich mehr geliebt.

EPISODE AM GENFER SEE

Am Ufer des Genfer Sees, in der Nähe des kleinen Schweizer Ortes Villeneuve, wurde in einer Sommernacht des Jahres 1918 ein Fischer, der sein Boot auf den See hinausgerudert hatte, eines merkwürdigen Gegenstandes mitten auf dem Wasser gewahr, und näherkommend erkannte er ein Gefährt aus lose zusammengefügten Balken, das ein nackter Mann in ungeschickten Bewegungen mit einem als Ruder verwendeten Brett vorwärts zu treiben suchte. Staunend steuerte der Fischer heran, half dem Erschöpften in sein Boot, deckte seine Blöße notdürftig mit Netzen und versuchte dann, mit dem frostzitternden, scheu in den Winkel des Bootes gedrückten Menschen zu sprechen; der aber antwortete in einer fremdartigen Sprache, von der nicht ein einziges Wort der seinen glich. Bald gab der Hilfreiche jede weitere Mühe auf, raffte seine Netze empor und ruderte mit rascheren Schlägen dem Ufer zu.

In dem Maße, als im frühen Licht die Umrisse des Ufers aufglänzten, begann sich auch das Antlitz des nackten Menschen zu erhellen; ein kindliches Lachen schälte sich aus dem Bartgewühl seines breiten Mundes, die eine Hand hob sich deutend hinüber, und immer wieder fragend und halb schon gewiß, stammelte er ein Wort, das wie »Rossiya« klang und immer glückseliger tönte, je näher der Kiel sich dem Ufer entgegenstieß. Endlich knirschte das Boot auf den Strand; des Fischers weibliche Anverwandte, die auf nasse Beute harrten, stoben kreischend, wie einst die Mägde Nausikaas, auseinander, da sie des nackten Mannes im Fischernetz ansichtig wurden; allmählich erst, von der seltsamen Kunde angelockt, sammelten sich verschiedene Männer des Dorfes, denen sich alsbald würdebewußt und amtseifrig der wackere Weibel des Ortes zugesellte. Ihm war es aus mancher Instruktion und der reichen Erfahrung der Kriegszeit sofort gewiß, daß dies ein Deserteur sein müsse, vom französischen Ufer herübergeschwommen, und schon rüstete er sich zu amtlichem Verhör, aber dieser umständliche Versuch verlor baldigst an Würde und Wert durch die Tatsache, daß der nackte Mensch (dem inzwischen einige Bewohner eine Jacke und eine Zwilchhose zugeworfen) auf alle Fragen nichts als immer ängstlicher und unsicherer seinen fragenden Ausruf »Rossiya? Rossiya?« wiederholte. Ein wenig ärgerlich über seinen Mißerfolg, befahl der Weibel dem Fremden durch nicht mißzuverstehende Gebärden, ihm zu folgen, und, umjohlt von der inzwischen erwachten Gemeindejugend, wurde der nasse, nacktbeinige Mensch in seiner schlotternden Hose und Jacke auf das Amtshaus gebracht und dort in Verwahr genommen. Er wehrte sich nicht, sprach kein Wort, nur seine hellen Augen waren dunkel geworden vor Enttäuschung, und seine hohen Schultern duckten sich wie unter gefürchtetem Schlage.

Die Kunde von dem menschlichen Fischfang hatte sich inzwischen bis zu den nahen Hotels verbreitet, und einer ergötzlichen Episode in der Eintönigkeit des Tages froh, kamen einige Damen und Herren herüber, den wilden Menschen zu betrachten. Eine Dame schenkte ihm Konfekt, daß er mißtrauisch wie ein Affe liegen ließ; ein Herr machte eine photographische Aufnahme, alle schwatzten und sprachen lustig um ihn herum, bis endlich der Manager eines großen Gasthofes, der lange im Ausland gelebt hatte und mehrerer Sprachen mächtig war, an den schon ganz Verängstigten nacheinander auf deutsch, italienisch, englisch und schließlich russisch das Wort richtete. Kaum hatte er den ersten Laut seiner heimischen Sprache vernommen, zuckte der Verängstigte auf, ein breites Lachen teilte sein gutmütiges Gesicht von einem Ohr zum andern, und plötzlich sicher und freimütig erzählte er seine ganze Geschichte. Sie war sehr lang und sehr verworren, in ihren Einzelberichten auch nicht immer dem zufälligen Dolmetsch verständlich, doch war im wesentlichen das Schicksal dieses Menschen das folgende:

Er hatte in Rußland gekämpft, war dann eines Tages mit tausend anderen in Waggons verpackt worden und sehr weit gefahren, dann wieder in Schiffe verladen und noch länger mit ihnen gefahren durch Gegenden, wo es so heiß war, daß, wie er sich ausdrückte, einem die Knochen im Fleisch weichgebraten wurden. Schließlich waren sie irgendwo wieder gelandet und in Waggons verpackt worden und hatten dann mit einemmal einen Hügel zu stürmen, worüber er nichts Näheres wußte, weil ihn gleich zu Anfang eine Kugel ins Bein getroffen habe. Den Zuhörern, denen der Dolmetsch Rede und Antwort übersetzte, war sofort klar, daß dieser Flüchtling ein Angehöriger jener russischen Divisionen in Frankreich war, die man über die halbe Erde, über Sibirien und Wladiwostok an die französische Front geschickt hatte, und es regte sich mit einem gewissen Mitleid bei allen gleichzeitig die

Neugier, was ihn vermocht habe, diese seltsame Flucht zu versuchen. Mit halb gutmütigem, halb listigem Lächeln erzählte bereitwillig der Russe, kaum genesen, habe er die Pfleger gefragt, wo Rußland sei, und sie hätten ihm die Richtung gedeutet, die er durch die Stellung der Sonne und der Sterne sich ungefähr bewahrt hatte, und so sei er heimlich entwichen, nachts wandernd, tagsüber vor den Patrouillen in Heuschobern sich versteckend. Gegessen habe er Früchte und gebetteltes Brot, zehn Tage lang, bis er endlich an diesen See gekommen. Nun wurden seine Erklärungen undeutlicher; es schien, daß er, aus der Nähe des Baikalsees stammend, vermeint hatte, am andern Ufer, dessen bewegte Linien er im Abendlicht erblickte, müsse Rußland liegen. Jedenfalls hatte er sich aus einer Hütte zwei Balken gestohlen und war auf ihnen, bäuchlings liegend, mit Hilfe eines als Ruder benützten Brettes weit in den See hinausgekommen, wo ihn der Fischer auffand. Die ängstliche Frage, mit der er seine unklare Erzählung beschloß, ob er schon morgen daheim sein könne, erweckte, kaum übersetzt, durch ihre Unbelehrtheit erst lautes Gelächter, das aber bald gerührtem Mitleid wich, und jeder steckte dem unsicher und kläglich um sich Blickenden ein paar Geldmünzen oder Banknoten zu.

Inzwischen war auf telephonische Verständigung aus Montreux ein höherer Polizeioffizier erschienen, der mit nicht geringer Mühe ein Protokoll über den Vorfall aufnahm. Denn nicht nur, daß der zufällige Dolmetsch sich als unzulänglich erwies, bald wurde auch die für Westländer gar nicht faßbare Unbildung dieses Menschen klar, dessen Wissen um sich selbst kaum den eigenen Vornamen Boris überschritt und der von seinem Heimatdorf nur äußerst verworrene Darstellungen zu geben vermochte, etwa, daß sie Leibeigene des Fürsten Metschersky seien (er sagte Leibeigene, obwohl doch seit einem Menschenalter diese Fron abgeschafft war) und daß er fünfzig Werst vom großen See entfernt mit seiner Frau und drei Kindern wohne. Nun begann die Beratung über sein Schicksal, indes er mit stumpfem Blick geduckt inmitten der Streitenden stand: die einen meinten, man müsse ihn der russischen Gesandtschaft nach Bern überweisen, andere befürchteten von solcher Maßnahme eine Rücksendung nach Frankreich; der Polizeibeamte erläuterte die ganze Schwierigkeit der Frage, ob er als Deserteur oder als dokumentenloser Ausländer behandelt werden solle; der Gemeindeschreiber des Ortes wehrte gleich von vornherein die Möglichkeit ab, daß man gerade hier den fremden Esser zu ernähren und zu beherbergen hätte. Ein Franzose schrie erregt, man solle mit dem elenden Durchbrenner nicht so viel Geschichten machen, er solle arbeiten oder zurückspediert werden; zwei Frauen wandten heftig ein, er sei nicht schuld an seinem Unglück, es sei ein Verbrechen, Menschen aus ihrer Heimat in ein fremdes Land zu verschicken. Schon drohte sich aus dem zufälligen Anlaß ein politischer Zwist zu entspinnen, als plötzlich ein alter Herr, ein Däne, dazwischenfuhr und energisch erklärte, er bezahle den Unterhalt dieses Menschen für acht Tage, inzwischen sollten die Behörden mit der Gesandtschaft ein Übereinkommen treffen; eine unerwartete Lösung, welche sowohl die amtlichen als auch die privaten Parteien zufriedenstellte.

Während der immer erregter werdenden Diskussion hatte sich der scheue Blick des Flüchtlings allmählich erhoben und hing unverwandt an den Lippen des Managers, des einzigen innerhalb dieses Getümmels, von dem er wußte, daß er ihm verständlich sein Schicksal sagen könne. Dumpf schien er den Wirbel zu spüren, den seine Gegenwart erregte, und ganz unbewußt hob er, als jetzt der Wortlärm abschwoll, durch die Stille beide Hände flehentlich gegen ihn auf, wie Frauen vor einem heiligen Bild. Das Rührende dieser Gebärde ergriff unwiderstehlich jeden einzelnen. Der Manager trat herzlich auf ihn zu und beruhigte ihn, er möge ohne Angst sein, er könne unbehelligt hier verweilen, im Gasthof würde die nächste Zeit über für ihn gesorgt werden. Der Russe wollte ihm die Hand küssen, die ihm jedoch der andere rücktretend rasch entzog. Dann wies er ihm noch das Nachbarhaus, eine kleine Dorfwirtschaft, wo er Bett und Nahrung finden würde, sprach nochmals zu ihm einige herzliche Worte der Beruhigung und ging dann, ihm noch einmal freundlich zuwinkend, die Straße zu seinem Hotel empor.

Unbeweglich starrte der Flüchtling ihm nach, und in dem Maße, wie der einzige, der seine Sprache verstand, sich entfernte, verdüsterte sich wieder sein schon erhellteres Gesicht. Mit zehrenden Blicken folgte er dem Entschwindenden bis hinauf zu dem hochgelegenen Hotel, ohne die anderen Menschen zu beachten, die sein seltsames Gehaben bestaunten und belachten. Als ihn dann einer mitleidig anrührte und in den Gasthof wies, fielen seine schweren Schultern gleichsam in sich zusammen, und gesenkten Hauptes trat er in die Tür. Man öffnete ihm das Schankzimmer. Er drückte sich an den Tisch, auf den die Magd zum Gruß ein Glas Branntwein stellte, und blieb dort verhangenen Blicks den ganzen Vormittag unbeweglich sitzen. Unablässig spähten vom Fenster die Dorfkinder herein, lachten und schrien ihm etwas zu – er hob den Kopf nicht. Eintretende betrachteten ihn neugierig, er blieb, den Blick auf den Tisch gebannt, mit krummem Rücken sitzen, schamhaft und scheu. Und als mittags zur Essenszeit ein Schwarm Leute den Raum mit Lachen füllte, Hunderte Worte um ihn schwirrten, die er nicht verstand, und er, seiner Fremdheit entsetzlich gewahr, taub und stumm inmitten einer allgemeinen Bewegtheit saß, zitterten ihm die Hände so sehr, daß er kaum den Löffel aus der Suppe heben konnte. Plötzlich lief eine dicke Träne die Wange herunter und tropfte schwer auf den Tisch. Scheu sah er sich um. Die andern hatten sie bemerkt und schwiegen mit einemmal. Und er schämte sich: immer tiefer beugte sich sein schwerer, struppiger Kopf gegen das schwarze Holz.

Bis gegen Abend blieb er so sitzen. Menschen gingen und kamen, er fühlte sie nicht und sie nicht mehr ihn: ein Stück Schatten, saß er im Schatten des Ofens, die Hände schwer auf den Tisch gestützt. Alle vergaßen ihn, und keiner merkte darauf, daß er sich in der Dämmerung plötzlich erhob und, dumpf wie ein Tier, den Weg zum Hotel hinaufschritt. Eine Stunde und zwei stand er dort vor der Tür, die Mütze devot in der Hand ohne jemanden mit dem Blick anzurühren: endlich fiel diese seltsame Gestalt, die starr und schwarz wie ein Baumstrunk vor dem lichtfunkelnden Eingang des Hotels im Boden wurzelte, einem der Laufburschen auf, und er holte den Manager. Wieder stieg eine kleine Helligkeit in dem verdüsterten Gesicht auf, als seine Sprache ihn grüßte.

»Was willst du, Boris?« fragte der Manager gütig.

»Ihr wollt verzeihen«, stammelte der Flüchtling, »ich wollte nur wissen ... ob ich nach Hause darf.«

»Gewiß, Boris, du darfst nach Hause«, lächelte der Gefragte.

»Morgen schon?«

Nun ward auch der andere ernst. Das Lächeln verflog auf seinem Gesicht, so flehentlich waren die Worte gesagt.

»Nein, Boris ... jetzt noch nicht. Bis der Krieg vorbei ist.«

»Und wann? Wann ist der Krieg vorbei?«

»Das weiß Gott. Wir Menschen wissen es nicht.«

»Und früher? Kann ich nicht früher gehen?«

»Nein, Boris.«

»Ist es so weit?«

»Ja.«

»Viele Tage noch?«

»Viele Tage.«

»Ich werde doch gehen, Herr! Ich bin stark. Ich werde nicht müde.«

»Aber du kannst nicht, Boris. Es ist doch eine Grenze dazwischen.«

»Eine Grenze?« Er blickte stumpf. Das Wort war ihm fremd. Dann sagte er wieder mit seiner merkwürdigen Hartnäckigkeit: »Ich werde hinüberschwimmen.«

Der Manager lächelte beinahe. Aber es tat ihm doch weh, und er erläuterte sanft: »Nein, Boris, das geht nicht. Eine Grenze, das ist ein fremdes Land. Die Menschen lassen dich nicht durch.«

»Aber ich tue ihnen doch nichts! Ich habe mein Gewehr weggeworfen. Warum sollen sie mich nicht zu meiner Frau lassen, wenn ich sie bitte um Christi willen?«

Dem Manager wurde immer ernster zumute. Bitterkeit stieg in ihm auf. »Nein«, sagte er, »sie werden dich nicht hinüberlassen, Boris. Die Menschen hören jetzt nicht mehr auf Christi Wort.«

»Aber was soll ich tun, Herr? Ich kann doch hier nicht bleiben! Die Menschen verstehen mich hier nicht, und ich verstehe sie nicht.«

»Du wirst es schon lernen, Boris.«

»Nein, Herr«, tief bog der Russe den Kopf, »ich kann nichts lernen. Ich kann nur auf dem Feld arbeiten, sonst kann ich nichts. Was soll ich hier tun? Ich will nach Hause! Zeige mir den Weg!«

»Es gibt jetzt keinen Weg, Boris.«

»Aber, Herr, sie können mir doch nicht verbieten, zu meiner Frau heimzukehren und zu meinen Kindern! Ich bin doch nicht mehr Soldat!«

»Sie können es, Boris.«

»Und der Zar?« Er fragte es ganz plötzlich, zitternd vor Erwartung und Ehrfurcht.

»Es gibt keinen Zaren mehr, Boris. Die Menschen haben ihn abgesetzt.«

»Es gibt keinen Zaren mehr?« Dumpf starrte er den andern an. Ein letztes Licht erlosch in seinen Blicken, dann sagte er ganz müde: »Ich kann also nicht nach Hause?«

»Jetzt noch nicht. Du mußt warten, Boris.«

»Lange?«

»Ich weiß nicht.«

Immer düsterer wurde das Gesicht im Dunkel: »Ich habe schon so lange gewartet! Ich kann nicht mehr warten. Zeig mir den Weg! Ich will es versuchen!«

»Es gibt keinen Weg, Boris. An der Grenze nehmen sie dich fest. Bleib hier, wir werden dir Arbeit finden!«

»Die Menschen verstehen mich hier nicht, und ich verstehe sie nicht«, wiederholte er hartnäckig. »Ich kann hier nicht leben! Hilf mir, Herr!«

»Ich kann nicht, Boris.«

»Hilf mir um Christi willen, Herr! Hilf mir, ich ertrage es nicht mehr!«

»Ich kann nicht, Boris. Kein Mensch kann jetzt dem andern helfen.«

Sie standen stumm einander gegenüber. Boris drehte die Mütze in den Händen. »Warum haben sie mich dann aus dem Haus geholt? Sie sagten, ich müsse Rußland verteidigen und den Zaren. Aber Rußland ist doch weit von hier, und du sagst, sie haben den Zaren ... wie sagst du?«

»Abgesetzt.«

»Abgesetzt.« Verständnislos wiederholte er das Wort. »Was soll ich jetzt tun, Herr? Ich muß nach Hause! Meine Kinder schreien nach mir. Ich kann hier nicht leben! Hilf mir, Herr! Hilf mir!«

»Ich kann nicht, Boris.«

»Und kann niemand mir helfen?«

»Jetzt niemand.«

Der Russe beugte immer tiefer das Haupt, dann sagte er plötzlich dumpf: »Ich danke dir, Herr«, und wandte sich um.

Ganz langsam ging er den Weg hinunter. Der Manager sah ihm lange nach und wunderte sich noch, daß er nicht dem Gasthof zuschritt, sondern die Stufen hinab zum See. Er seufzte tief auf und ging wieder an seine Arbeit im Hotel.

Ein Zufall wollte es, daß derselbe Fischer am nächsten Morgen den nackten Leichnam des Ertrunkenen auffand. Er hatte sorgsam die geschenkte Hose, Mütze und Jacke an das Ufer gelegt und war ins Wasser gegangen, wie er aus ihm gekommen. Ein Protokoll wurde über den Vorfall aufgenommen und, da man den Namen des Fremden nicht kannte, ein billiges Holzkreuz auf sein Grab gestellt, eines jener kleinen Kreuze über namenlosem Schicksal, mit denen jetzt unser Europa bedeckt ist von einem bis zum andern Ende.

DIE UNSICHTBARE SAMMLUNG

Eine Episode aus der deutschen Inflation

Zwei Stationen hinter Dresden stieg ein älterer Herr in unser Abteil, grüßte höflich und nickte mir dann, aufblickend, noch einmal ausdrücklich zu wie einem guten Bekannten. Ich vermochte mich seiner im ersten Augenblick nicht zu entsinnen; kaum nannte er dann aber mit einem leichten Lächeln seinen Namen, erinnerte ich mich sofort: es war einer der angesehensten Kunstantiquare Berlins, bei dem ich in Friedenszeit öfters alte Bücher und Autographen besehen und gekauft. Wir plauderten zunächst von gleichgültigen Dingen. Plötzlich sagte er unvermittelt:

»Ich muß Ihnen doch erzählen, woher ich gerade komme. Denn diese Episode ist so ziemlich das Sonderbarste, was mir altem Kunstkrämer in den siebenunddreißig Jahren meiner Tätigkeit begegnet ist. Sie wissen wahrscheinlich selbst, wie es im Kunsthandel jetzt zugeht, seit sich der Wert des Geldes wie Gas verflüchtigt: die neuen Reichen haben plötzlich ihr Herz entdeckt für gotische Madonnen und Inkunabeln und alte Stiche und Bilder; man kann ihnen gar nicht genug herzaubern, ja wehren muß man sich sogar, daß einem nicht Haus und Stube kahl ausgeräumt wird. Am liebsten kauften sie einem noch den Manschettenknopf vom Ärmel weg und die Lampe vom Schreibtisch. Da wird es nun eine immer härtere Not, stets neue Ware herbeizuschaffen – verzeihen Sie, daß ich für diese Dinge, die unsereinem sonst etwas Ehrfürchtiges bedeuten, plötzlich Ware sage –, aber diese üble Rasse hat einen ja selbst daran gewöhnt, einen wunderbaren Venezianer Wiegendruck nur als Überzug von soundsoviel Dollars zu betrachten und eine Handzeichnung des Guercino als Inkarnation von ein paar Hundertfrankenscheinen. Gegen die penetrante Eindringlichkeit dieser plötzlichen Kaufwütigen hilft kein Widerstand. Und so war ich über Nacht wieder einmal ganz ausgepowert und hätte am liebsten die Rolladen heruntergelassen, so schämte ich mich, in unserem alten Geschäft, das schon mein Vater vom Großvater übernommen, nur noch erbärmlichen Schund herumkümmeln zu sehen, den früher kein Straßentrödler im Norden sich auf den Karren gelegt hätte.

In dieser Verlegenheit kam ich auf den Gedanken, unsere alten Geschäftsbücher durchzusehen, um einstige Kunden aufzustöbern, denen ich vielleicht ein paar Dubletten wieder abluchsen könnte. Eine solche alte Kundenliste ist immer eine Art Leichenfeld, besonders in jetziger Zeit, und sie lehrte mich eigentlich nicht viel: die meisten unserer früheren Käufer hatten längst ihren Besitz in Auktionen abgeben müssen oder waren gestorben, und von den wenigen Aufrechten war nichts zu erhoffen. Aber da stieß ich plötzlich auf ein ganzes Bündel Briefe von unserem wohl ältesten Kunden, der mir nur darum aus dem Gedächtnis gekommen war, weil er seit Anbruch des Weltkrieges, seit 1914, sich nie mehr mit irgendeiner Bestellung oder Anfrage an uns gewandt hatte. Die Korrespondenz reichte – wahrhaftig keine Übertreibung! – auf beinahe sechzig Jahre zurück; er hatte schon von meinem Vater und Großvater gekauft, dennoch konnte ich mich nicht entsinnen, daß er in den siebenunddreißig Jahren meiner persönlichen Tätigkeit jemals unser Geschäft betreten hätte. Alles deutete darauf hin, daß er ein sonderbarer, altväterischer, skurriler Mensch gewesen sein mußte, einer jener verschollenen Menzel- oder Spitzweg-Deutschen, wie sie sich noch knapp bis in unsere Zeit hinein in kleinen Provinzstädten als seltene Unika hier und da erhalten haben. Seine Schriftstücke waren Kalligraphika, säuberlich geschrieben, die Beträge mit dem Lineal und roter Tinte unterstrichen, auch wiederholte er immer zweimal die Ziffer, um ja keinen Irrtum zu erwecken: dies sowie die ausschließliche Verwendung von abgelösten Respektblättern und Sparkuverts deuteten auf die Kleinlichkeit und fanatische Sparwut eines rettungslosen Provinzlers. Unterzeichnet waren diese sonderbaren Dokumente außer mit seinem Namen stets noch mit dem umständlichen Titel: Forst- und Ökonomierat a. D., Leutnant a. D., Inhaber des Eisernen Kreuzes erster Klasse. Als Veteran aus dem siebenziger Jahr mußte er also, wenn er noch lebte, zumindest seine guten achtzig Jahre auf dem Rücken haben. Aber dieser skurrile, lächerliche Sparmensch zeigte als Sammler alter Graphiken eine ganz ungewöhnliche Klugheit, vorzügliche Kenntnis und feinsten Geschmack: als ich mir so langsam seine Bestellungen aus beinahe sechzig Jahren zusammenlegte, deren erste noch auf Silbergroschen lautete, wurde ich gewahr, daß sich dieser kleine Provinzmann in den Zeiten, da man für einen Taler noch ein Schock schönster deutscher Holzschnitte kaufen konnte, ganz im stillen eine Kupferstichsammlung zusammengetragen haben mußte, die wohl neben den lärmend genannten der neuen Reichen in höchsten Ehren bestehen konnte. Denn schon was er bei uns allein in kleinen Mark- und Pfennigbeträgen im Laufe eines halben Jahrhunderts erstanden hatte, stellte heute einen erstaunlichen Wert dar, und außerdem ließ sichs erwarten, daß er auch bei Auktionen und anderen Händlern nicht minder wohlfeil gescheffelt. Seit 1914 war allerdings keine Bestellung mehr von ihm gekommen, ich jedoch wiederum zu vertraut mit allen Vorgängen im Kunsthandel, als daß mir die Versteigerung oder der geschlossene Verkauf eines solchen Stapels hätte entgehen können: so mußte dieser sonderbare Mann wohl noch am Leben oder die Sammlung in den Händen seiner Erben sein.

Die Sache interessierte mich, und ich fuhr sofort am nächsten Tage, gestern abend, direkt drauflos, geradewegs in eine der unmöglichsten Provinzstädte, die es in Sachsen gibt; und als ich so vom kleinen Bahnhof durch die Hauptstraße schlenderte, schien es mir fast unmöglich, daß da, inmitten dieser banalen Kitschhäuser mit ihrem Kleinbürgerplunder, in irgendeiner dieser Stuben ein Mensch wohnen sollte, der die herrlichsten Blätter Rembrandts neben Stichen Dürers und Mantegnas in tadelloser Vollständigkeit besitzen könnte. Zu meinem Erstaunen erfuhr ich aber im Postamt auf die Frage, ob hier ein Forst- oder Ökonomierat dieses Namens wohne, daß tatsächlich der alte Herr noch lebe, und machte mich – offen gestanden, nicht ohne etwas Herzklopfen – noch vor Mittag auf den Weg zu ihm.

Ich hatte keine Mühe seine Wohnung zu finden. Sie war im zweiten Stock eines jener sparsamen Provinzhäuser, die irgendein spekulativer Maurerarchitekt in den sechziger Jahren hastig aufgekellert haben mochte. Den ersten Stock bewohnte ein biederer Schneidermeister, links glänzte im zweiten Stock das Schild eines Postverwalters, rechts endlich das Porzellantäfelchen mit dem Namen des Forst- und Ökonomierates. Auf mein zaghaftes Läuten trat sofort eine ganz alte, weißhaarige Frau mit sauberem schwarzem Häubchen auf. Ich überreichte ihr meine Karte und fragte, ob Herr Forstrat zu sprechen sei. Erstaunt und mit einem gewissen Mißtrauen sah sie zuerst mich und dann die Karte an: in diesem weltverlorenen Städtchen, in diesem altväterischen Haus schien ein Besuch von außen her ein Ereignis zu sein. Aber sie bat mich freundlich zu warten, nahm die Karte, ging hinein ins Zimmer; leise hörte ich sie flüstern und dann plötzlich eine laute, polternde Männerstimme: ›Ah, der Herr R... aus Berlin, von dem großen Antiquariat ... soll nur kommen, soll nur kommen ... freue mich sehr!‹ Und schon trippelte das alte Mütterchen wieder heran und bat mich in die gute Stube.

Ich legte ab und trat ein. In der Mitte des bescheidenen Zimmers stand hochaufgerichtet ein alter, aber noch markiger Mann mit buschigem Schnurrbart in verschnürtem, halb militärischem Hausrock und hielt mir herzlich beide Hände entgegen. Doch dieser offenen Geste unverkennbar freudiger und spontaner Begrüßung widersprach eine merkwürdige Starre in seinem Dastehen. Er kam mir nicht einen Schritt entgegen, und ich mußte – ein wenig befremdet – bis an ihn heran, um seine Hand zu fassen. Doch als ich sie fassen wollte, merkte ich an der waagerecht unbeweglichen Haltung dieser Hände, daß sie die meinen nicht suchten, sondern erwarteten. Und im nächsten Augenblick wußte ich alles: dieser Mann war blind.

Schon von Kindheit an, immer war es mir unbehaglich, einem Blinden gegenüberzustehen, niemals konnte ich mich einer gewissen Scham und Verlegenheit erwehren, einen Menschen ganz als lebendig zu fühlen und gleichzeitig zu wissen, daß er mich nicht so fühlte wie ich ihn. Auch jetzt hatte ich ein erstes Erschrecken zu überwinden, als ich diese toten, starr ins Leere hineingestellten Augen unter den aufgesträubten weißbuschigen Brauen sah. Aber der Blinde ließ mir nicht lange Zeit zu solcher Befremdung, denn kaum daß meine Hand die seine berührte, schüttelte er sie auf das kräftigste und erneute den Gruß mit stürmischer, behaglich-polternder Art. ›Ein seltener Besuch‹, lachte er mir breit entgegen, ›wirklich ein Wunder, daß sich einmal einer der Berliner großen Herren in unser Nest verirrt ... Aber da heißt es vorsichtig sein, wenn sich einer der Herren Händler auf die Bahn setzt ... Bei uns zu Hause sagt man immer: Tore und Taschen zu, wenn die Zigeuner kommen ... Ja, ich kann mirs schon denken, warum Sie mich aufsuchen ... Die Geschäfte gehen jetzt schlecht in unserem armen, heruntergekommenen Deutschland, es gibt keine Käufer mehr, und da besinnen sich die großen Herren wieder einmal auf ihre alten Kunden und suchen ihre Schäflein auf ... Aber bei mir, fürchte ich, werden Sie kein Glück haben, wir armen, alten Pensionisten sind froh, wenn wir unser Stück Brot auf dem Tische haben. Wir können nicht mehr mittun bei den irrsinnigen Preisen, die ihr jetzt macht ... unsereins ist ausgeschaltet für immer.‹

Ich berichtigte sofort, er habe mich mißverstanden, ich sei nicht gekommen, ihm etwas zu verkaufen, ich sei nur gerade hier in der Nähe gewesen und hätte die Gelegenheit nicht versäumen wollen, ihm als vieljährigem Kunden unseres Hauses und einem der größten Sammler Deutschlands meine Aufwartung zu machen. Kaum hatte ich das Wort ›einer der größten Sammler Deutschlands‹ ausgesprochen, so ging eine seltsame Verwandlung im Gesichte des alten Mannes vor. Noch immer stand er aufrecht und starr inmitten des Zimmers, aber jetzt kam ein Ausdruck plötzlicher Helligkeit und innersten Stolzes in seine Haltung, er wandte sich in die Richtung, wo er seine Frau vermutete, als wollte er sagen: ›Hörst du‹, und voll Freudigkeit in der Stimme, ohne eine Spur jenes militärisch barschen Tones, in dem er sich noch eben gefallen, sondern weich, geradezu zärtlich, wandte er sich zu mir:

›Das ist wirklich sehr, sehr schön von Ihnen ... Aber Sie sollen auch nicht umsonst gekommen sein. Sie sollen etwas sehen, was Sie nicht jeden Tag zu sehen bekommen, selbst nicht in Ihrem protzigen Berlin ... ein paar Stücke, wie sie nicht schöner in der ›Albertina‹ und in dem gottverfluchten Paris zu finden sind ... Ja, wenn man sechzig Jahre sammelt, da kommen allerhand Dinge zustande, die sonst nicht gerade auf der Straße liegen. Luise, gib mir mal den Schlüssel zum Schrank!‹

Jetzt aber geschah etwas Unerwartetes. Das alte Mütterchen, das neben ihm stand und höflich, mit einer lächelnden, leise lauschenden Freundlichkeit an unserem Gespräch teilgenommen, hob plötzlich zu mir bittend beide Hände auf, und gleichzeitig machte sie mit dem Kopfe eine heftige verneinende Bewegung, ein Zeichen, das ich zunächst nicht verstand. Dann erst ging sie auf ihren Mann zu und legte ihm leicht beide Hände auf die Schulter: ›Aber Hermann‹, mahnte sie, ›du fragst ja den Herrn gar nicht, ob er jetzt Zeit hat, die Sammlung zu besehen, es geht doch schon auf Mittag. Und nach Tisch mußt du eine Stunde ruhen, das hat der Arzt ausdrücklich verlangt. Ist es nicht besser, du zeigst dem Herrn alle die Sachen nach Tisch, und wir trinken dann gemeinsam Kaffee? Dann ist auch Annemarie hier, die versteht ja alles viel besser und kann dir helfen!‹

Und nochmals, kaum daß sie die Worte ausgesprochen hatte, wiederholte sie gleichsam über den Ahnungslosen hinweg jene bittend eindringliche Gebärde. Nun verstand ich sie. Ich wußte, daß sie wünschte, ich solle eine sofortige Besichtigung ablehnen, und erfand schnell eine Verabredung zu Tisch. Es wäre mir ein Vergnügen und eine Ehre, seine Sammlung besehen zu dürfen, aber dies sei mir kaum vor drei Uhr möglich, dann aber würde ich mich gern einfinden.

Ärgerlich wie ein Kind, dem man sein liebstes Spielzeug genommen, wandte sich der alte Mann herum. ›Natürlich‹, brummte er, ›die Herren Berliner, die haben nie für etwas Zeit. Aber diesmal werden Sie sich schon Zeit nehmen müssen, denn das sind nicht drei oder fünf Stücke, das sind siebenundzwanzig Mappen, jede für einen andern Meister, und keine davon halb leer. Also um drei Uhr; aber pünktlich sein, wir werden sonst nicht fertig.‹

Wieder streckte er mir die Hand ins Leere entgegen. ›Passen Sie auf, Sie dürfen sich freuen – oder ärgern. Und je mehr Sie sich ärgern, desto mehr freue ich mich. So sind wir Sammler ja schon: alles für uns selbst und nichts für die andern!‹ Und nochmals schüttelte er mir kräftig die Hand.

Das alte Frauchen begleitete mich zur Tür. Ich hatte ihr schon die ganze Zeit eine gewisse Unbehaglichkeit angemerkt, einen Ausdruck verlegener Ängstlichkeit. Nun aber, schon knapp am Ausgang, stotterte sie mit einer ganz niedergedrückten Stimme: ›Dürfte Sie ... dürfte Sie ... meine Tochter Annemarie abholen, ehe Sie zu uns kommen? ... Es ist besser aus ... aus mehreren Gründen ... Sie speisen doch wohl im Hotel?‹

›Gewiß, ich werde mich freuen, es wird mir ein Vergnügen sein‹, sagte ich.

Und tatsächlich, eine Stunde später, als ich in der kleinen Gaststube des Hotels am Marktplatz die Mittagsmahlzeit gerade beendet hatte, trat ein ältliches Mädchen, einfach gekleidet, mit suchendem Blick ein. Ich ging auf sie zu, stellte mich vor und erklärte mich bereit, gleich mitzugehen, um die Sammlung zu besichtigen. Aber mit einem plötzlichen Erröten und der gleichen wirren Verlegenheit, die ihre Mutter gezeigt hatte, bat sie mich, ob sie nicht zuvor noch einige Worte mit mir sprechen könnte. Und ich sah sofort, es wurde ihr schwer. Immer, wenn sie sich einen Ruck gab und zu sprechen versuchte, stieg diese unruhige, diese flatternde Röte ihr bis zur Stirn empor, und die Hand verbastelte sich im Kleid. Endlich begann sie, stockend und immer wieder von neuem verwirrt:

›Meine Mutter hat mich zu Ihnen geschickt ... Sie hat mir alles erzählt, und ... wir haben eine große Bitte an Sie ... Wir möchten Sie nämlich informieren, ehe Sie zu Vater kommen ... Vater wird Ihnen natürlich seine Sammlung zeigen wollen, und die Sammlung ... die Sammlung ... ist nicht mehr ganz vollständig ... es fehlen eine Reihe Stücke daraus ... leider sogar ziemlich viele ...‹

Wieder mußte sie Atem holen, dann sah sie mich plötzlich an und sagte hastig:

›Ich muß ganz aufrichtig mit Ihnen reden ... Sie kennen die Zeit, Sie werden alles verstehen ... Vater ist nach dem Ausbruch des Krieges vollkommen erblindet. Schon vorher war seine Sehkraft öfters gestört, die Aufregung hat ihn dann gänzlich des Lichts beraubt – er wollte nämlich durchaus, trotz seinen sechsundsiebzig Jahren, noch nach Frankreich mit, und als die Armee nicht gleich wie 1870 vorwärtskam, da hat er sich entsetzlich aufgeregt, und da ging es furchtbar rasch abwärts mit seiner Sehkraft. Sonst ist er ja noch vollkommen rüstig, er konnte bis vor kurzem noch stundenlang gehen, sogar auf seine geliebte Jagd. Jetzt ist es aber mit seinen Spaziergängen aus, und da blieb ihm als einzige Freude die Sammlung, die sieht er sich jeden Tag an ... das heißt, er sieht sie ja nicht, er sieht ja nichts mehr, aber er holt sich doch jeden Nachmittag alle Mappen hervor, um wenigstens die Stücke anzutasten, eins nach dem andern, in der immer gleichen Reihenfolge, die er seit Jahrzehnten auswendig kennt ... Nichts anderes interessiert ihn heute mehr, und ich muß ihm immer aus der Zeitung vorlesen von allen Versteigerungen, und je höhere Preise er hört, desto glücklicher ist er ... denn ... das ist ja das Furchtbare, Vater versteht nichts mehr von den Preisen und von der Zeit ... er weiß nicht, daß wir alles verloren haben und daß man von seiner Pension nicht mehr zwei Tage im Monat leben kann ... dazu kam noch, daß der Mann meiner Schwester gefallen ist und sie mit vier kleinen Kindern zurückblieb ... Doch Vater weiß nichts von allen unseren materiellen Schwierigkeiten. Zuerst haben wir gespart, noch mehr gespart als früher, aber das half nichts. Dann begannen wir zu verkaufen – wir rührten natürlich nicht an seine geliebte Sammlung ... Man verkaufte das bißchen Schmuck, das man hatte, doch, mein Gott, was war das, hatte doch Vater seit sechzig Jahren jeden Pfennig, den er erübrigen konnte, einzig für seine Blätter ausgegeben. Und eines Tages war nichts mehr da ... wir wußten nicht weiter ... und da ... da ... haben Mutter und ich ein Stück verkauft. Vater hätte es nie erlaubt, er weiß ja nicht, wie schlecht es geht, er ahnt nicht, wie schwer es ist, im Schleichhandel das bißchen Nahrung aufzutreiben, er weiß auch nicht, daß wir den Krieg verloren haben und daß Elsaß und Lothringen abgetreten sind, wir lesen ihm aus der Zeitung alle diese Dinge nicht mehr vor, damit er sich nicht aufregt.

Es war ein sehr kostbares Stück, das wir verkauften, eine Rembrandt-Radierung. Der Händler bot uns viele, viele tausend Mark dafür, und wir hofften, damit auf Jahre versorgt zu sein. Aber Sie wissen ja, wie das Geld einschmilzt ... Wir hatten den ganzen Rest auf die Bank gelegt, doch nach zwei Monaten war alles weg. So mußten wir noch ein Stück verkaufen und noch eins, und der Händler sandte das Geld immer so spät, daß es schon entwertet war. Dann versuchten wir es bei Auktionen, aber auch da betrog man uns trotz den Millionenpreisen ... Bis die Millionen zu uns kamen, waren sie immer schon wertloses Papier. So ist allmählich das Beste seiner Sammlung bis auf ein paar gute Stücke weggewandert, nur um das nackte, kärglichste Leben zu fristen, und Vater ahnt nichts davon.

Deshalb erschrak auch meine Mutter so, als Sie heute kamen ... denn wenn er Ihnen die Mappen aufmacht, so ist alles verraten ... wir haben ihm nämlich in die alten Passepartouts, deren jedes er beim Anfühlen kennt, Nachdrucke oder ähnliche Blätter statt der verkauften eingelegt, so daß er nichts merkt, wenn er sie antastet. Und wenn er sie nur antasten und nachzählen kann (er hat die Reihenfolge genau in Erinnerung), so hat er genau dieselbe Freude, wie wenn er sie früher mit seinen offenen Augen sah. Sonst ist ja niemand in diesem kleinen Städtchen, den Vater je für würdig gehalten hätte, ihm seine Schätze zu zeigen ... und er liebt jedes einzelne Blatt mit einer so fanatischen Liebe, ich glaube, das Herz würde ihm brechen, wenn er ahnte, daß alles das unter seinen Händen längst weggewandert ist. Sie sind der erste in all diesen Jahren, seit der frühere Vorstand des Dresdner Kupferstichkabinetts tot ist, dem er seine Mappen zu zeigen meint. Darum bitte ich Sie ...‹

Und plötzlich hob das alternde Mädchen die Hände auf, und ihre Augen schimmerten feucht.

›... bitten wir Sie ... machen Sie ihn nicht unglücklich ... nicht uns unglücklich ... zerstören Sie ihm nicht diese letzte Illusion, helfen Sie uns, ihn glauben zu machen, daß alle diese Blätter, die er Ihnen beschreiben wird, noch vorhanden sind ... er würde es nicht überleben, wenn er es nur mutmaßte. Vielleicht haben wir ein Unrecht an ihm getan, aber wir konnten nicht anders: man mußte leben ... und Menschenleben, vier verwaiste Kinder, wie die meiner Schwester, sind doch wichtiger als bedruckte Blätter ... Bis zum heutigen Tage haben wir ihm ja auch keine Freude genommen damit; er ist glücklich, jeden Nachmittag drei Stunden seine Mappen durchblättern zu dürfen, mit jedem Stück wie mit einem Menschen zu sprechen. Und heute ... heute wäre vielleicht sein glücklichster Tag, wartet er doch seit Jahren darauf, einmal einem Kenner seine Lieblinge zeigen zu dürfen; bitte ... ich bitte Sie mit aufgehobenen Händen, zerstören Sie ihm diese Freude nicht!‹

Das war alles so erschütternd gesagt, wie es mein Nacherzählen gar nicht ausdrücken kann. Mein Gott, als Händler hat man ja viele dieser niederträchtig ausgeplünderten, von der Inflation hundsföttisch betrogenen Menschen gesehen, denen kostbarster jahrhundertealter Familienbesitz um ein Butterbrot weggegaunert war – aber hier schuf das Schicksal ein Besonderes, das mich besonders ergriff. Selbstverständlich versprach ich ihr, zu schweigen und mein Bestes zu tun.

Wir gingen nun zusammen hin – unterwegs erfuhr ich noch voll Erbitterung, mit welchen Kinkerlitzchen von Beträgen man diese armen, unwissenden Frauen betrogen hatte, aber das festigte nur meinen Entschluß, ihnen bis zum Letzten zu helfen. Wir gingen die Treppe hinauf, und kaum daß wir die Türe aufklinkten, hörten wir von der Stube drinnen schon die freudig-polternde Stimme des alten Mannes: ›Herein! Herein!‹ Mit der Feinhörigkeit eines Blinden mußte er unsere Schritte schon von der Treppe vernommen haben.

›Hermann hat heute gar nicht schlafen können vor Ungeduld, Ihnen seine Schätze zu zeigen‹, sagte lächelnd das alte Mütterchen. Ein einziger Blick ihrer Tochter hatte sie bereits über mein Einverständnis beruhigt. Auf dem Tische lagen ausgebreitet und wartend die Stöße der Mappen, und kaum daß der Blinde meine Hand fühlte, faßte er schon ohne weitere Begrüßung meinen Arm und drückte mich auf den Sessel.

›So, und jetzt wollen wir gleich anfangen – es ist viel zu sehen, und die Herren aus Berlin haben ja niemals Zeit. Diese erste Mappe da ist Meister Dürer und, wie Sie sich überzeugen werden, ziemlich komplett – dabei ein Exemplar schöner als das andere. Na, Sie werden ja selber urteilen, da sehen Sie einmal!‹ – er schlug das erste Blatt der Mappe auf – ›das große Pferd‹.

Und nun entnahm er mit jener zärtlichen Vorsicht, wie man sonst etwas Zerbrechliches berührt, mit ganz behutsam anfassenden schonenden Fingerspitzen der Mappe ein Passepartout, in dem ein leeres vergilbtes Papierblatt eingerahmt lag, und hielt den wertlosen Wisch begeistert vor sich hin. Er sah es an, minutenlang, ohne doch wirklich zu sehen, aber er hielt ekstatisch das leere Blatt mit ausgespreizter Hand in Augenhöhe, sein ganzes Gesicht drückte magisch die angespannte Geste eines Schauenden aus. Und in seine Augen, die starren mit ihren toten Sternen, kam mit einemmal – schuf dies der Reflex des Papiers oder ein Glanz von innen her? – eine spiegelnde Helligkeit, ein wissendes Licht.

›Nun‹, sagte er stolz, ›haben Sie schon jemals einen schöneren Abzug gesehen? Wie scharf, wie klar da jedes Detail herauswächst – ich habe das Blatt verglichen mit dem Dresdner Exemplar, aber das wirkte ganz flau und stumpf dagegen. Und dazu das Pedigree!

Da‹ – und er wandte das Blatt um und zeigte mit dem Fingernagel auf der Rückseite haargenau auf einzelne Stellen des leeren Blattes, so daß ich unwillkürlich hinsah, ob die Zeichen nicht doch da waren – ›da haben Sie den Stempel der Sammlung Nagler, hier den von Remy und Esdaile; die haben auch nicht geahnt, diese illustren Vorbesitzer, daß ihr Blatt einmal hierher in die kleine Stube käme.‹

Mir lief es kalt über den Rücken, als der Ahnungslose ein vollkommen leeres Blatt so begeistert rühmte, und es war gespenstisch mitanzusehen, wie er mit dem Fingernagel bis zum Millimeter genau auf alle die nur in seiner Phantasie noch vorhandenen unsichtbaren Sammlerzeichen hindeutete. Mir war die Kehle vor Grauen zugeschnürt, ich wußte nichts zu antworten; aber als ich verwirrt zu den beiden aufsah, begegnete ich wieder den flehentlich aufgehobenen Händen der zitternden und aufgeregten Frau. Da faßte ich mich und begann mit meiner Rolle.

›Unerhört!‹ stammelte ich endlich heraus. ›Ein herrlicher Abzug.‹ Und sofort erstrahlte sein ganzes Gesicht vor Stolz. ›Das ist aber noch gar nichts‹, triumphierte er, ›da müssen Sie erst die ›Melancholia‹ sehen oder da die ›Passion‹, ein illuminiertes Exemplar, wie es kaum ein zweites Mal vorkommt in gleicher Qualität. Da sehen Sie nur‹ – und wieder strichen zärtlich seine Finger über eine imaginäre Darstellung hin – ›diese Frische, dieser körnige, warme Ton. Da würde Berlin kopfstehen mit allen seinen Herren Händlern und Museumsdoktoren.‹

Und so ging dieser rauschende, redende Triumph weiter, zwei ganze geschlagene Stunden lang. Nein, ich kann es Ihnen nicht schildern, wie gespenstisch das war, mit ihm diese hundert oder zweihundert leeren Papierfetzen oder schäbigen Reproduktionen anzusehen, die aber in der Erinnerung dieses tragisch Ahnungslosen so unerhört wirklich waren, daß er ohne Irrtum in fehlloser Aufeinanderfolge jedes einzelne mit den präzisesten Details rühmte und beschrieb: die unsichtbare Sammlung, die längst in alle Winde zerstreut sein mußte, sie war für diesen Blinden, für diesen rührend betrogenen Menschen noch unverstellt da und die Leidenschaft seiner Vision so überwältigend, daß beinahe auch ich schon an sie zu glauben begann. Nur einmal unterbrach schreckhaft die Gefahr eines Erwachens die somnambule Sicherheit seiner schauenden Begeisterung: er hatte bei der Rembrandtschen ›Antiope‹ (einem Probeabzug, der tatsächlich einen unermeßlichen Wert gehabt haben mußte) wieder die Schärfe des Druckes gerühmt, und dabei war sein nervös hellsichtiger Finger, liebevoll nachzeichnend, die Linie des Eindruckes nachgefahren, ohne daß aber die geschärften Tastnerven jene Vertiefung auf dem fremden Blatte fanden. Da ging es plötzlich wie ein Schatten über seine Stirne hin, die Stimme verwirrte sich. ›Das ist doch ... das ist doch die ›Antiope?‹ murmelte er, ein wenig verlegen, worauf ich mich sofort ankurbelte, ihm eilig das gerahmte Blatt aus den Händen nahm und die auch mir gegenwärtige Radierung in allen möglichen Einzelheiten begeistert beschrieb. Da entspannte sich das verlegen gewordene Gesicht des Blinden wieder. Und je mehr ich rühmte, desto mehr blühte in diesem knorrigen, vermorschten Manne eine joviale Herzlichkeit, eine biederheitere Innigkeit auf. ›Da ist einmal einer, der etwas versteht‹, jubelte er, triumphierend zu den Seinen hingewandt. ›Endlich, endlich einmal einer, von dem auch ihr hört, was meine Blätter da wert sind. Da habt ihr mich immer mißtrauisch gescholten, weil ich alles Geld in meine Sammlung gesteckt: es ist ja wahr, in sechzig Jahren kein Bier, keinen Wein, kein Tabak, keine Reise, kein Theater, kein Buch, nur immer gespart und gespart für diese Blätter. Aber ihr werdet einmal sehen, wenn ich nicht mehr da bin – dann seid ihr reich, reicher als alle in der Stadt, und so reich wie die Reichsten in Dresden, dann werdet ihr meiner Narrheit noch einmal froh sein. Doch solange ich lebe, kommt kein einziges Blatt aus dem Haus – erst müssen sie mich hinaustragen, dann erst meine Sammlung.‹

Und dabei strich seine Hand zärtlich, wie über etwas Lebendiges, über die längst geleerten Mappen – es war grauenhaft und doch gleichzeitig rührend für mich, denn in all den Jahren des Krieges hatte ich nicht einen so vollkommenen, so reinen Ausdruck von Seligkeit auf einem deutschen Gesichte gesehen. Neben ihm standen die Frauen, geheimnisvoll ähnlich den weiblichen Gestalten auf jener Radierung des deutschen Meisters, die, gekommen, um das Grab des Heilands zu besuchen, vor dem erbrochenen, leeren Gewölbe mit einem Ausdruck fürchtigen Schrekkens und zugleich gläubiger, wunderfreudiger Ekstase stehen. Wie dort auf jenem Bilde die Jüngerinnen von der himmlischen Ahnung des Heilands, so waren diese beiden alternden, zermürbten, armseligen Kleinbürgerinnen angestrahlt von der kindlich-seligen Freude des Greises, halb in Lachen, halb in Tränen, ein Anblick, wie ich ihn nie ähnlich erschütternd erlebt. Aber der alte Mann konnte nicht satt werden an meinem Lob, immer wieder häufte und wendete er die Blätter, durstig jedes Wort eintrinkend: so war es für mich eine Erholung, als endlich die lügnerischen Mappen zur Seite geschoben wurden und er widerstrebend den Tisch freigeben mußte für den Kaffee. Doch was war dies mein schuldbewußtes Aufatmen gegen die aufgeschwellte, tumultuöse Freudigkeit, gegen den Übermut des wie um dreißig Jahre verjüngten Mannes! Er erzählte tausend Anekdoten von seinen Käufen und Fischzügen, tappte, jede Hilfe abweisend, immer wieder auf, um noch und noch ein Blatt herauszuholen: wie von Wein war er übermütig und trunken. Als ich aber endlich sagte, ich müsse Abschied nehmen, erschrak er geradezu, tat verdrossen wie ein eigensinniges Kind und stampfte trotzig mit dem Fuße auf, das ginge nicht an, ich hätte kaum die Hälfte gesehen. Und die Frauen hatten harte Not, seinem starrsinnigen Unmut begreiflich zu machen, daß er mich nicht länger zurückhalten dürfe, weil ich sonst meinen Zug versäume.

Als er sich endlich nach verzweifeltem Widerstand gefügt hatte und es an den Abschied ging, wurde seine Stimme ganz weich. Er nahm meine beiden Hände, und seine Finger strichen liebkosend mit der ganzen Ausdrucksfähigkeit eines Blinden an ihnen entlang bis zu den Gelenken, als wollten sie mehr von mir wissen und mir mehr Liebe sagen, als es Worte vermochten. ›Sie haben mir eine große, große Freude gemacht mit Ihrem Besuch‹, begann er mit einer von innen her aufgewühlten Erschütterung, die ich nie vergessen werde. ›Das war mir eine wirkliche Wohltat, endlich, endlich, endlich einmal wieder mit einem Kenner meine geliebten Blätter durchsehen zu können. Doch Sie sollen sehen, daß Sie nicht vergebens zu mir altem, blindem Manne gekommen sind. Ich verspreche Ihnen hier vor meiner Frau als Zeugen, daß ich in meine Verfügungen noch eine Klausel einsetzen will, die Ihrem altbewährten Hause die Auktion meiner Sammlung überträgt. Sie sollen die Ehre haben, diesen unbekannten Schatz‹ – und dabei legte er die Hand liebevoll auf die ausgeraubten Mappen – ›verwalten zu dürfen bis an den Tag, da er sich in die Welt zerstreut. Versprechen Sie mir nur, einen schönen Katalog zu machen: er soll mein Grabstein sein, ich brauche keinen besseren.‹

Ich sah auf Frau und Tochter, sie hielten sich eng zusammen, und manchmal lief ein Zittern hinüber von einer zur andern, als wären sie ein einziger Körper, der da bebte in einmütiger Erschütterung. Mir selbst war es ganz feierlich zumute, da mir der rührend Ahnungslose seine unsichtbare, längst zerstobene Sammlung wie eine Kostbarkeit zur Verwaltung zuteilte. Ergriffen versprach ich ihm, was ich niemals erfüllen konnte; wieder ging ein Leuchten in den toten Augensternen auf, ich spürte, wie seine Sehnsucht von innen suchte, mich leibhaftig zu fühlen: ich spürte es an der

Zärtlichkeit, an dem liebenden Anpressen seiner Finger, die die meinen hielten in Dank und Gelöbnis.

Die Frauen begleiteten mich zur Türe. Sie wagten nicht zu sprechen, weil seine Feinhörigkeit jedes Wort erlauscht hätte, aber wie heiß in Tränen, wie strömend voll Dankbarkeit strahlten ihre Blicke mich an! Ganz betäubt tastete ich mich die Treppe hinunter. Eigentlich schämte ich mich: da war ich wie der Engel des Märchens in eine Armeleutestube getreten, hatte einen Blinden sehend gemacht für eine Stunde nur dadurch, daß ich einem frommen Betrug Helferdienst bot und unverschämt log, ich, der in Wahrheit doch als ein schäbiger Krämer gekommen war, um ein paar kostbare Stücke jemandem listig abzujagen. Was ich aber mitnahm, war mehr: ich hatte wieder einmal reine Begeisterung lebendig spüren dürfen in dumpfer, freudloser Zeit, eine Art geistig durchleuchteter, ganz auf die Kunst gewandter Ekstase, wie sie unsere Menschen längst verlernt zu haben scheinen. Und mir war – ich kann es nicht anders sagen – ehrfürchtig zumute, obgleich ich mich noch immer schämte, ohne eigentlich zu wissen, warum.

Schon stand ich unten auf der Straße, da klirrte oben ein Fenster, und ich hörte meinen Namen rufen: wirklich, der alte Mann hatte es sich nicht nehmen lassen, mit seinen blinden Augen mir in der Richtung nachzusehen, in der er mich vermutete. Er beugte sich so weit vor, daß die beiden Frauen ihn vorsorglich stützen mußten, schwenkte sein Taschentuch und rief: ›Reisen Sie gut!‹ mit der heiteren, aufgefrischten Stimme eines Knaben. Unvergeßlich war mir der Anblick: dies frohe Gesicht des weißhaarigen Greises da oben im Fenster, hoch schwebend über all den mürrischen, gehetzten, geschäftigen Menschen der Straße, sanft aufgehoben aus unserer wirklichen widerlichen Welt von der weißen Wolke eines gütigen Wahns. Und ich mußte wieder an das alte wahre Wort denken – ich glaube, Goethe hat es gesagt –: ›Sammler sind glückliche Menschen.‹«